Violetta Stern
Guardian Affairs – Geheimes Verlangen

Violetta Stern

Guardian Affairs
Geheimes Verlangen

Erotischer Roman

© Violetta Stern 2017

Violetta Stern
c/o Papyrus Autoren-Club
Pettenkoferstr. 16-18
10247 Berlin

nachricht@violetta-stern.de
www.facebook.com/autorinviolettastern

Herstellung und Verlag:
BoD – Books on Demand, Norderstedt
ISBN: 9783743134201

Umschlaggestaltung:
Nadine Kapp – booklover-coverdesign.de
Umschlagfoto:
Ysbrand Cosijn, shutterstock.com

E-Book-Erstellung und Buchsatz:
Corinna Rindlisbacher
www.ebokks.de

Korrektorat:
Lektorat Sabine Maria Steck

Dieses Werk ist urheberrechtlich geschützt.
Jegliche Vervielfältigung und Verwertung ist nur
mit Zustimmung der Autorin zulässig.
Dies gilt insbesondere für Übersetzungen, die Einspeicherung und
Verarbeitung in elektronischen Systemen sowie für das öffentliche
Zugänglichmachen über das Internet.

Inhalt

»Ich passe auf dich auf. Solange ich da bin, musst du keine Angst haben.«

Dana Laurentius führt ein Luxusleben. Die Milliardärin verbringt ihre Zeit mit Vernissagen und Dinnerpartys. Männer wie den Bodyguard Drago Kaminski findet sie abstoßend. Zu ungehobelte Manieren. Zu viel Testosteron. Doch dann wird Dana erpresst und mit der Vergangenheit ihres verstorbenen Mannes Philipp konfrontiert. Das wirft sie komplett aus der Bahn. Als sie am Tiefpunkt angelangt ist, taucht ausgerechnet Drago auf, um ihr beizustehen. Aber muss er sich dazu gleich in ihr Bett legen?

Drago Kaminski ist ein ganzer Kerl. Groß, muskelbepackt, mit finsterem Blick und einer erotischen Ausstrahlung, die Frauen um den Verstand bringt. Er lässt keine Gelegenheit für heißen Sex aus. Nur Dana Laurentius kann er nicht ausstehen. Zu verwöhnt. Zu egoistisch. Da erhält er den Auftrag, ausgerechnet diese Prinzessin auf der Erbse zu beschützen. Nur widerwillig übernimmt Drago den Job – bis er begreift, dass nicht nur Dana in weitaus größerer Gefahr schwebt, als er bislang dachte.

Erotisch, dramatisch und romantisch – ein hinreißender Liebesroman mit Erotikszenen in eindeutiger Sprache.

1

Er nahm sie von hinten, wobei seine Hände ihre Brüste umfassten. Große, schwere Brüste, zwischen denen man sich verlieren und alles vergessen konnte. Theoretisch jedenfalls.

»Gefällt dir das?« Sein Mund war nah an ihrem Ohr.

»Oh ja! Das ist wundervoll«, schnurrte sie.

Er stieß fester zu und schloss die Augen. Jetzt einfach loslassen und an nichts weiter denken … Als er die Augen wieder öffnete, sah er, wie ihre Finger sich in das Kopfkissen krallten. Es waren wulstige Finger mit langen Nägeln in Bonbonrosa. An den Spitzen funkelten silberne Glitzersterne. Er hatte plötzlich ein Bild vor Augen, wie diese Plastikkrallen sich in seine Weichteile gruben.

»He – was ist?« Sie drehte den Kopf zu ihm. »Machst du etwa schlapp?«

Verdammt, er musste sich zusammenreißen!

»Natürlich nicht«, knurrte er und zwang sich gewaltsam, sich auf diese riesigen Brüste und den geilen Arsch zu konzentrieren. Und seinen Schwanz, der sich tief in ihr versenkt hatte.

Irgendwie brachte er es zu Ende, aber es fühlte sich schal und unbefriedigend an. Diese Frau mit den weißblond gefärbten Haaren, den falschen Brüsten und der unnatürlichen Bräune passte so wenig in sein Beuteschema wie Haferbrei auf den Speiseplan eines Löwen. Keine Ahnung, warum er trotzdem mit in ihr Hotelzimmer gegangen war.

Er schenkte ihr Champagner ein und fragte sich, wie lange er warten musste, bevor er gehen konnte, ohne dass es allzu unhöflich wirkte. Sie lächelte ihn mit diesem satten Lächeln an, das Frauen oft zeigten, wenn er es ihnen gut besorgt hatte. Offensichtlich war ihr, abgesehen von seiner kleinen Schlappe zwischendrin, nicht aufgefallen, wie wenig er bei der Sache gewesen war.

»Ich liebe Männer, die so groß und stark sind wie du«, säuselte die Blondine, deren Namen er nicht mal kannte. Langsam glitt sie mit ihren falschen Fingernägeln an seiner Brust hinab.

Drago Kaminski drehte sich rasch zur Seite, griff nach seinem Bourbonglas und sehnte sich Millionen Kilometer weit weg.

2

Die elegante New Yorker Galerie war erstaunlich voll, wenn man bedachte, wie unbekannt der Künstler noch war. Aber der Galerist, ein kleiner, dicker Mann mit Halbglatze, besaß einen ausgesprochen guten Riecher für Talente. Er eröffnete die Vernissage mit einer wahren Lobeshymne auf den Künstler.

»… tiefgründige Auseinandersetzung mit existenziellen Fragen, die man sich angesichts dieser Bilder ganz neu stellen muss.«

Der Künstler war noch sehr jung, mit einer schlaksigen Figur, die sein schwarzes Sakko nicht recht auszufüllen vermochte. Seine Haare standen unordentlich in alle Richtungen, unter den Augen hatte er tiefe Schatten. Er lauschte den Worten des Galeristen mit gesenktem Kopf, ob konzentriert oder verlegen, war nicht ganz klar.

Ein dürres Mädchen mit giftgrünen Haaren hielt Dana Laurentius ein Tablett mit Fingerfood unter die Nase. Dana griff nach einem Hummerröllchen und steckte es sich in den Mund. Sie ließ ihren Blick über die großformatigen, grobkörnigen Schwarzweißbilder gleiten, die an den Wänden hingen. Sie zeigten allesamt tote Tiere –

überfahren auf Highways, Main Streets und kleinen, unbefestigten Wegen.

»Wie kann man nur in dem Alter schon so deprimiert sein?«, hörte sie Stella Willemsen neben sich murmeln.

Dana spülte mit einem Schluck Champagner nach. »Vielleicht ist sein Hund überfahren worden und er musste das irgendwie verarbeiten«, raunte sie.

»Das sind Tauben, Schätzchen, gottverdammte *Tauben*«, wisperte Stella. Jemand drehte sich um und zog mahnend die Augenbrauen hoch. Dana schaute noch einmal genauer hin. Stella hatte recht. Es handelte sich ausschließlich um tote Vögel.

»Dann war es eben sein Wellensittich, der gestorben ist«, wisperte sie und Stella kicherte albern. Sie war eine reizlose Frau Anfang dreißig mit aschblonden halblangen Haaren und einem Pferdegesicht. Nur ihr Kleid war ein echter Hingucker: ein schulterfreies Strickkleid mit Kreuzstich, langen durchsichtigen Ärmeln und einem voluminösen Rock. Die Farben changierten von Schwarz bis Nude.

»Tolles Kleid«, hatte Dana anerkennend bei ihrer Begrüßung gesagt und Stella hatte mit ihrem üblichen Understatement geantwortet: »Es ist ganz hübsch, nicht? Ich habe es mir gestern noch besorgt, weil ich überhaupt nichts Passendes zum Anziehen hatte.«

Das war natürlich der übliche Quatsch, den Frauen so von sich gaben. Stella Willemsen besaß vermutlich hunderte Kleider – allesamt von großen Designern. Dieses hier war von Alexander McQueen und hatte rund dreitausend Dollar gekostet. Das wusste Dana zufällig, weil sie es selbst erst letzte Woche in einer Boutique gesehen hatte. Und sie wusste auch, dass Kleider in dieser Preiskategorie bei Stella unter *einfache Alltagsklamotten* liefen.

Wenn Stella Willemsen nicht steinreich wäre, würde sich vermutlich kein Mensch für sie interessieren. Aber sie war die Erbin der Willemsenwerke, eines deutschen Familienunternehmens, das weltweit führend in der Produktion von Kugellagern war. Und damit gehörte Stella zu dem sehr elitären Kreis der Superreichen dieser Welt. Allerdings wusste das kaum jemand. Sie hielt sich fern von jeglichem Medienrummel und ihr Name tauchte so gut wie nie in den Klatschblättern auf.

Das war Dana nie so gut gelungen. Allein schon durch ihre Mutter, eine berühmte Tänzerin und Choreografin, war sie von jeher ein Magnet für die Fotografen gewesen. Seit ihrer Heirat mit Philipp Laurentius war sie obendrein ebenfalls in die Riege der Multimilliardäre aufgestiegen. Die Laurentius AG war der zweitgrößte Kosmetikkonzern der Welt und Dana inzwischen sogar noch reicher als Stella Willemsen.

Außerdem war Dana bedeutend attraktiver und fotogener als Stella. Das sagten jedenfalls alle anderen, ihr selbst wäre es vermutlich gar nicht aufgefallen. Auch jetzt stach sie ihre Freundin deutlich aus. Ihre schwarzen Haare fielen lang und glatt über ihre Schultern, der gerade Pony bedeckte ihre Augenbrauen. Sie trug eine knallenge pfirsichfarbene Wildlederhose und eine lange Tunika im selben Farbton mit Wasserfallausschnitt, dazu anthrazitfarbene Overkneestiefel. Ihre Kleidung betonte ihre schmale Figur und ließ sie noch zarter erscheinen.

Ihr schmales Gesicht mit den hohen Wangenknochen wurde von ausdrucksstarken, mandelförmigen Augen dominiert, die jadegrün schimmerten und ihr ein leicht asiatisches Aussehen verliehen. Sie waren das Erbe ihrer Großmutter, die aus Korea stammte.

Dana spürte deutlich die Blicke einiger interessierter Herren und ließ ihre Gesichtszüge rasch versteinern, um Zudringlinge abzuwehren.

»… Applaus für diesen jungen, hochbegabten Künstler …« Endlich kam der Galerist zum Ende. Die Leute applaudierten freundlich und schwirrten dann aus, um wichtigen Geschäftspartnern oder Freunden Hallo zu sagen. Das war auch für Dana der einzige Grund, warum sie auf solche Veranstaltungen ging. Sehen und gesehen werden, Kontakte pflegen und für den Moment ihrem öden Leben ein wenig Schwung verleihen.

»Das stehe ich nur mit sehr viel Alkohol durch«, sagte Stella und ließ sich zum wiederholten Mal Champagner einschenken. Dana mochte ihre bodenständige, unverblümte Art. Stella gehörte zu den wenigen Leuten, bei denen Dana das Gefühl hatte, dass sie echt waren. Und zwar in *jeglicher* Hinsicht echt. Stella hatte sich noch nie einer Schönheitsoperation unterzogen, obwohl sie sicher allen Grund dazu hätte – jedenfalls, wenn man die Maßstäbe gewisser Leute anlegte.

»Ich begrüße nur mal kurz Gordon und Peggy Smith, dann können wir von mir aus wieder gehen«, sagte Dana und strebte auf ein älteres Paar zu, das im großen Stil Kunst sammelte. Für Dana, die selbst eine kleine Galerie betrieb, waren solche Kontakte enorm wichtig.

Sie hatte die Gruppe, in der Gordon und Peggy standen, beinah schon erreicht, als eine junge, recht hübsche Frau auf sie zutrat. Sie war etwas größer als Dana, ihre rotblonden Haare fielen in großen Locken über ihre Schultern und sie trug eine modische Brille.

»Entschuldigung, sind Sie Dana Laurentius?«

Dana nickte. Die Frau wirkte ein wenig verlegen. Vermutlich war sie eine Künstlerin, die all ihren Mut zusammennahm, um Dana ihre Werke anzubieten.

»Was kann ich für Sie tun?«, fragte Dana geschäftsmäßig.

»Ich bin Anna Kusmina.« Die junge Frau hatte einen harten Akzent und sprach leise und hastig, als koste es sie große Überwindung. Sie war wirklich noch sehr jung, sicher nicht älter als neunzehn. Aber ihre weiblichen Rundungen waren so üppig wie die einer reifen Frau. Das korallenrote Etuikleid, das sie trug, spannte jedenfalls gefährlich über der Brust. »Können wir uns irgendwo in Ruhe unterhalten?«

»Worum geht es denn?« Leise Ungeduld befiel Dana. Sie zog es vor, erst mal zu erfahren, was die Leute von ihr wollten, bevor sie in vertrauliche Gespräche einwilligte.

Das Mädchen sah sich nervös um. »Das würde ich Ihnen gern unter vier Augen sagen.«

Dana zwang sich, freundlich zu bleiben und ihre wachsende Ungeduld zu verbergen. Sie wusste, Künstler waren eigenartige, egozentrische Menschen. Anna Kusmina scheute sich offenbar, öffentlich über ihre Arbeiten zu reden. Nun gut, fünf Minuten würde Dana für sie erübrigen können. Gordon und Peggy waren immer noch in lebhafte Gespräche mit anderen Gästen vertieft. Sie würden ihr so schnell nicht davonlaufen.

»Okay, kommen Sie mit.« Sie führte Anna Kusmina in einen Seitenraum, in dem sie zumindest für den Moment allein waren. »Nun, Anna, was haben Sie auf dem Herzen?« Sie sah die Frau aufmerksam an.

Anna Kusmina fuhr sich nervös mit der Zunge über die Lippen, bevor sie loslegte. Dana hörte mit wachsender Fassungslosigkeit zu. Sie war auf vieles vorbereitet gewesen. Nur nicht auf das, was sie hier in diesem kleinen Seitenraum einer New Yorker Galerie erfuhr.

3

Mickey schnüffelte im Laub zwischen den Bäumen herum. So aufgeregt, wie er wirkte, hatte er vermutlich die Fährte eines Rehs aufgenommen. Oder eines Wildschweinrudels. Mit diesen Biestern war nicht zu spaßen. Drago Kaminski pfiff den Schäferhund zu sich. Mickey gehorchte nur widerstrebend, zu spannend schien das zu sein, was er da entdeckt hatte. Drago ließ ihn bei Fuß laufen, während er selbst seinen gleichmäßigen Trott nicht unterbrach. Er lief jeden Morgen zehn Kilometer, egal wo er sich gerade befand. Aber hier im Wald kam er besonders gut zur Ruhe und tankte Kraft.

In den letzten Wochen war er viel unterwegs gewesen, hauptsächlich, um seinen Chef zu begleiten. Oliver Laurentius hatte sich mit seiner Familie in der italienischen Schweiz häuslich niedergelassen und Drago hatte wochenlang mit ihnen dort gelebt – in einem schmucken kleinen Haus am Berg oberhalb von Ascona, mit einem traumhaften Blick auf den Lago Maggiore. Im Grunde konnte er sich nicht beklagen, er hätte es wahrlich schlechter treffen können.

Aber er hatte sein eigenes Haus am Rand von Hamburg vermisst, mitten im Wald, in dem er morgens vom Zwitschern der Vögel geweckt wurde und wo die Rehe bis zum Haus kamen – und manchmal auch die Wildschweine, die eine echte Plage waren. Jetzt machte er Urlaub daheim und genoss es, mit seinem Hund durch vertraute Gefilde zu joggen.

Verschwitzt bog er in den Pfad ein, der zur Hinterpforte seines Hauses führte. Die Morgensonne schob sich zwischen den Baumwipfeln hindurch und ließ das rote Backsteinhaus in einem warmen Licht erscheinen. Mickey streckte sich auf einem Sonnenfleck auf dem Rasen aus und Drago ging duschen.

Er frühstückte auf der Terrasse – welch ein unfassbarer Luxus nach Monaten voller Aufregung und Anspannung. Genießerisch schlürfte er seinen Kaffee, den er schwarz und sehr stark trank, und ließ sich die Junisonne ins Gesicht scheinen. So könnte es immer weitergehen, dachte er, so ruhig und friedlich. Er kippte die Rückenlehne seines Gartenstuhls ein wenig nach hinten und schloss die Augen.

Irgendwo klingelte sein Handy. Drago erkannte am Ton, dass es sein Boss war. »Ich bin im Urlaub«, murmelte er schläfrig. »Ich gehe nicht ran. Jetzt nicht. Morgen nicht. Nie mehr.«

Nach einer kurzen Pause klingelte das Handy erneut. Drago blinzelte in die Sonne. »Kannst du es mir mal holen?«, sagte er zu Mickey.

Der Hund legte den Kopf schief, sah seinen Herrn aufmerksam an, rührte sich aber nicht vom Fleck. Er war ein langhaariger Schäferhund und wirkte dadurch größer und fülliger als andere Hunde seiner Rasse. Eins seiner

Ohren stand aufrecht, das andere war halb abgeknickt. Das wiederum verlieh ihm etwas Freches, und es war einer der Gründe, warum Drago den Hund damals ausgewählt hatte.

»Warum habe ich dir nie Apportieren beigebracht?« Drago erhob sich schwerfällig. »Du bist doch zu gar nichts zu gebrauchen.« Mickey sah ihm hinterher und Drago hätte wetten mögen, dass ein empörter Ausdruck in den dunklen Augen des Hundes lag. »War nicht so gemeint, Kumpel«, rief er über die Schulter und griff nach dem Telefon.

»Ich habe Urlaub«, bellte er in das Mikrofon. »U-R-L-A-U-B!«

»Ich weiß. Aber es ist dringend.« Oliver Laurentius' Stimme klang beunruhigt und augenblicklich vergaß Drago seinen Ärger. Sein Chef neigte nicht zu überspannten Gefühlen. Wenn er seinen Bodyguard im Urlaub anrief und besorgt klang, dann gab es dazu einen handfesten Grund. Hellwach hörte Drago zu.

»Wie es scheint, hat Philipp Geschäfte mit Leuten gemacht, zu denen man besser keinen Kontakt hat«, sagte Oliver.

Prompt befiel Drago ein ungutes Gefühl. Olivers jüngerer Bruder Philipp hatte sich in der Vergangenheit so manchen Fauxpas geleistet.

Und da kam es auch schon.

»Philipp hatte Kontakt zu einem Mann, der offenbar in Verbindung zur russischen Mafia steht.« Oliver klang immer noch so geschockt, als habe er die Nachricht eben erst erhalten. Drago konnte sein Entsetzen nur zu gut nachvollziehen.

»Ach, du Scheiße«, sagte er. »Mit der russischen Mafia ist nicht zu spaßen. Ihr solltet eine gute Securityfirma anheuern und alle bisherigen Vorsichtsmaßnahmen verschärfen.«

»Ich habe eine gute Securityfirma.«

Drago grinste breit. »Wen genau meinst du?«

»Dich und Matt.«

»Wir sind bloß Chauffeure, schon vergessen?«

»Jetzt nicht mehr.«

»Aha.« Drago lachte rau, aber eigentlich war ihm eher zum Heulen. »Okay. Erzähl mir alles, was du über diese Geschichte weißt.«

Als er etwas später auflegte, ging er langsam zurück auf die Terrasse. *Bloß Chauffeure* ... Das Bild eines Mannes schob sich vor sein inneres Auge. Athletisch, mit grauer Strähne im dunklen Haar. *Silver* ... Drago schluckte hart. Verdammt noch mal, er würde den Tod seines Kollegen und Freundes nie verwinden. Er war in der Ausübung seiner Pflicht gestorben, wie es so schön hieß. Ohne auch nur eine Sekunde zu zögern. Ein echter Held.

Oliver hatte Drago daraufhin gekündigt. »Ich will nicht, dass andere Menschen ihr Leben für mich opfern«, hatte er erklärt. »Das ist einfach nicht richtig.«

»Ich gehe nicht fort«, hatte Drago damals gesagt und den Aufhebungsvertrag zerrissen. »Wenn du nicht willst, dass ich als Bodyguard für dich arbeite, dann stell mich als Chauffeur ein.«

Im Grunde hatte sich seitdem nichts geändert. Drago war auch weiterhin für die Sicherheit des Laurentiuserben verantwortlich. Aber sie hatten eine ganze Weile so getan, als habe er sich lediglich um den Fuhrpark zu kümmern und Oliver und dessen Familie von A nach B zu befördern. Irgendwie fühlte sich dadurch alles nicht ganz so deprimierend an. Denn Oliver war nicht nur Dragos Boss, er war auch sein Freund. Und Silver ebenso. Sie waren eine verschworene Gemeinschaft gewesen und hatten nahezu alles miteinander geteilt. Sogar ihre Frauen.

Drago stöhnte auf, als er daran dachte. Sein letzter Sex war eine Vollkatastrophe gewesen. Genauso wie der vorletzte und der vorvorletzte. Er wusste gar nicht mehr, wann er das letzte Mal richtig guten Sex gehabt hatte. Das musste tatsächlich … nein, er wollte nicht mehr daran denken, das tat einfach zu weh.

Drago riss sich zusammen. Er ging in sein Arbeitszimmer, das mit mehreren großen Monitoren und allem möglichen anderen technischen Equipment ausgestattet war.

Wie es schien, war der Urlaub endgültig vorbei.

Nachts holte ihn die Verzweiflung ein. Er dachte daran, wie es sich angefühlt hatte, zusammen mit Silver eine Frau zu nehmen. Drago schloss die Augen und umfasste seinen steifen Penis. Er roch Silvers Aftershave und hörte sein Lachen, dunkel und warm. Er fühlte, wie Silver nach Dragos Hand griff. Wie er ihn ansah, mit einem Verlangen in den Augen, das Drago anfangs irritierte. Er hatte eine Weile gebraucht, bis er sich damit angefreundet hatte, dass Silver nicht nur an Frauen interessiert war. Drago war beim ersten Mal so verlegen gewesen wie ein kleiner Junge. Aber als Silvers Mund sich um seinen Schwanz legte und ihn so hingebungsvoll verwöhnte, dass Drago alles um sich herum vergaß, war das Eis gebrochen. Von da an waren sie nicht mehr nur Kollegen und Freunde, da war auch noch etwas anderes zwischen ihnen gewesen. Eine sehr große Zuneigung und eine Verbundenheit, wie sie unter Männern selten war.

Drago rieb sich immer schneller. Herrje, dachte er, warum waren denn nur alle Menschen, die ihm etwas bedeuteten, entweder tot oder unerreichbar? Als er kam, stöhnte er nicht nur vor Lust auf, sondern auch vor Verzweiflung. Sehnsucht schlug auf einmal wie eine riesige Welle über ihm zusammen und drohte, ihn in die Tiefe zu reißen.

Am nächsten Morgen fühlte er sich wie gerädert. Alles holte ihn auf einmal wieder ein. Das musste an seinem Urlaub liegen. Er hatte endlich mal Zeit, sich mit sich selbst zu befassen. Und das war keine sonderlich fröhliche Veranstaltung.

Drago wanderte durch sein großes Haus, das ihm auf einmal sehr leer und still vorkam. Dabei war es gemütlich hier, mit einem offenen Kamin im Wohnzimmer und herrlich bequemen Sesseln davor, mit einer großen Wohnküche, von der man einen schönen Blick in den Garten hatte, und einem Schlafzimmer mit einem Bett, das so riesig war, dass eine ganze Familie darin Platz gefunden hätte.

Aber diese Familie gab es nicht. Und es würde sie auch nie geben, das hatte er vor langer Zeit entschieden. Warum er sich trotzdem dieses Haus gekauft hatte, statt in einer kleinen, schicken Stadtwohnung zu leben, fiel ihm im Moment nicht mehr ein. Gewiss, es war schön hier und er liebte es, als Ausgleich zu seinem anstrengenden Job in der Natur zu sein. Aber es war auch verdammt still.

Nachmittags unternahm er einen langen Spaziergang mit Mickey. Anschließend tobte er sich zwei Stunden in seinem Fitnesskeller aus. Wesentlich besser ging es ihm danach nicht.

Und dann, gegen Abend, ertappte er sich dabei, wie er zum Telefon griff. Er hatte die Nummer seit Jahren nicht gewählt.

»Drago?« Die Stimme klang so voll und dunkel, wie er sie in Erinnerung hatte. »Ach, du liebe Zeit, ich kann kaum glauben, dass du wirklich anrufst!«

»Liv! Ich weiß, es ist viel zu lange her.«

»Verschwende bitte keine Zeit mit Entschuldigungen. Ich weiß doch selbst, wie das ist. Also, wie geht es dir? Ich will alles wissen, hörst du?«

Es tat gut, mit ihr zu sprechen. Liv Dahlberg war eine der wunderbarsten Frauen, die Drago kannte. Sie hatte es schon immer verstanden, ihm all das zu entlocken, was er normalerweise nie preisgab. Und während er ihrer kraftvollen, lebendigen Stimme zuhörte, fragte er sich, warum er so viel Zeit hatte verstreichen lassen. Am Ende des Gesprächs sehnte er sich danach, zu ihr zu fahren, sie in die Arme zu nehmen und mit ihr die halbe Nacht auf ihrer Veranda zu sitzen und den Geräuschen des Waldes zu lauschen.

»Warum kommst du nicht eine Weile her?«, fragte sie, als habe sie seine Gedanken erahnt. »Du weißt, hier ist immer Platz für dich, mein Lieber.«

»Das mache ich«, sagte er. »Sobald ich das nächste Mal

Urlaub habe.« Aber er wusste genau, dass bis dahin sehr viel Zeit vergehen würde.

Oliver Laurentius trommelte mit einem Stift auf die Schreibtischplatte in seinem Hamburger Büro. Er war ein Mann, der die Fäden gern in der Hand hielt – beruflich wie privat. Die Geschichte mit seinem Bruder Philipp machte ihn verständlicherweise nervös. Oliver war in den Dreißigern, mit sportlicher Figur, klassisch schönen Gesichtszügen und dunklen, vollen Haaren. Er hätte auch gut als Model arbeiten können.

Jetzt wirkte er allerdings so angespannt, als stehe er kurz vor einer gigantischen Explosion.

Drago beugte sich vor und bemühte sich um einen sachlichen Tonfall. Es hatte wenig Sinn, die Stimmung noch zusätzlich aufzuheizen. »Also noch mal fürs Protokoll: Philipp schuldet diesem Russen eine beträchtliche Summe Geld und der ist darüber alles andere als erfreut. Richtig?«

»Richtig.« Das Trommeln auf der Tischplatte nahm zu.

»Wie viel Geld?«

»Dreihundertfünfzigtausend.«

Nun, das war für einen Laurentius-Sprössling kein allzu hoher Betrag. Drago wusste, dass man in dieser Familie in anderen finanziellen Dimensionen dachte und lebte als allgemein üblich. Dennoch überraschte ihn die Summe. Was, zur Hölle, hatte Philipp bloß für Geschäfte mit diesem Mann gemacht?

Er nickte bedächtig. »Da wäre ich auch etwas ungehalten. Was ich aber nicht begreife: Wieso hat Philipp nicht gezahlt? Ich meine, er war doch liquide genug, oder?«

Oliver Laurentius warf den Kugelschreiber auf den Schreibtisch und fuhr sich mit den Fingern durch die glatt nach hinten gegelten Haare. »Ganz ehrlich? Ich blicke da überhaupt nicht mehr durch. Wie es scheint, ist Philipps Barvermögen nahezu aufgebraucht, sofern es nicht fest angelegt war. Zudem hat er immens hohe Steuerschulden hinterlassen.« Seine Miene verfinsterte sich. »Ich bin nur froh, dass er die Firma nicht noch in Mitleidenschaft gezogen hat. Der Schaden ist so schon groß genug.«

Drago pfiff leise durch die Zähne. Alle Achtung! Philipp Laurentius war ja ein noch viel größerer Idiot gewesen, als Drago eh schon immer angenommen hatte. Er hatte nicht nur vor Jahren dem Bruder auf recht unschöne Weise die Frau ausgespannt. Philipp hatte sich auch als Firmenchef als äußerst ungeschickt erwiesen, weil er in seiner Vermessenheit viel zu selten auf seine Berater gehört hatte. Dadurch war der Konzern in große Schwierigkeiten geraten. Und nun stellte sich sogar heraus, dass er ganz offensichtlich auch noch in krumme Geschäfte verwickelt gewesen war.

Seinem finsteren Gesichtsausdruck nach schien Oliver ähnliche Gedanken zu hegen. »Unsere Anwälte legen gerade Nachtschichten ein, um Licht in dieses Chaos zu bringen«, sagte er zornig. »Als hätten wir nicht schon genug zu kämpfen.«

Oliver hatte es gerade mit enormer Anstrengung geschafft, den Laurentiuskonzern aus einer seiner größten Krisen zu befreien und wieder an die Weltspitze zu bringen. Erneute negative Schlagzeilen konnten sie sich schlichtweg nicht leisten. Olivers Frisur löste sich immer mehr auf. Dunkle Locken hingen ihm wirr ins Gesicht, und während er zunächst hauptsächlich beunruhigt gewesen war, nahm der Zorn nun überhand.

Drago lehnte sich in seinem Stuhl zurück. »Du würdest ihm am liebsten eine reinhauen, was?«

»Allerdings!« Oliver sprang auf und lief unruhig auf und ab. Die Angelegenheit war so wichtig, dass er sein Haus am Lago Maggiore verlassen hatte und nach Hamburg gekommen war. Und das passierte in letzter Zeit nur selten. Er und seine Freundin Josi befanden sich in einer Art Vor-Flitterwochen, in denen es mit Sicherheit sehr lustvoll zuging. Aber gelegentlich flogen sicher auch die Fetzen.

Drago konnte sich nur mit Mühe ein Grinsen verkneifen, als er an die wunderbar sinnliche und sehr temperamentvolle Josi dachte. Er senkte kurz den Blick, bevor er sich wieder hochkonzentriert seinem Boss zuwandte. »Da ist noch etwas, das ich nicht verstehe. Dieser Igor Kusmin sagt zwei Jahre lang keinen Pieps, und nun fällt ihm plötzlich ein, dass Philipp ihm noch Geld schuldet?«

Oliver zuckte mit den Schultern. »Er saß so lange im Knast.«

»Das wird ja immer schöner.«

»Du sagst es!« Oliver ballte die Fäuste und Drago wusste, wie sehr sein Chef jetzt am liebsten seinen Bruder zusammenbrüllen und zur Verantwortung ziehen würde. Nur leider war das nicht mehr möglich. Philipp Laurentius war seit zwei Jahren tot.

4

Das kunstvoll gearbeitete schmiedeeiserne Geländer, das die Dachterrasse umgrenzte, sah sehr hübsch aus. Die pfeilartig zulaufenden Längsstäbe machten ein Hinüberklettern allerdings zu einem riskanten Unterfangen. Aber so war es ja auch gedacht. Das Geländer war zur Sicherheit da und kein Klettergerüst. Auf diese Idee kam man nur, wenn man lebensmüde war oder total betrunken. Oder beides.

Auf der anderen Seite des Geländers ging das Dach noch zirka zwei Meter weiter, dann war Ende. Sie hatte sich die Beine zerkratzt und den Rock ihres luftigen Sommerkleids zerrissen, als sie über den Zaun geklettert war. Jetzt hielt sie sich mit einer Hand am Geländer fest und spähte über den Rand des Daches. Dort ging es fünfzehn Stockwerke in die Tiefe. Der Lärm der Stadt war kaum zu vernehmen, als befänden sich die Straßenschluchten da unten in einer anderen Welt. Was fühlte man wohl auf dem Weg abwärts? Erleichterung? Oder doch eine letzte große Angst?

Gleich würde sie es wissen. Sie musste nur noch ein paar Schritte machen. Der letzte musste nicht groß sein. Nur ein einziger, klitzekleiner Schritt.

Und dann – Finsternis. Stille.

Erlösung.

Die Junisonne brannte heiß von einem wolkenlosen Himmel und sorgte dafür, dass der Nebel in ihrem Kopf noch dichter wurde. Sie fühlte sich wie in Watte gepackt, abgeschirmt von allen Gefühlen. Nichts war mehr wichtig, rein gar nichts. Vorsichtig löste sie ihre Hand vom Geländer. Sie spürte, wie etwas sie zum Abgrund zog, wie sie unaufhaltsam auf den sicheren Tod zusteuerte. In einer Minute konnte alles vorbei sein. So etwas wie Frieden erfasste sie bei diesem Gedanken. Sie schloss die Augen.

Fünf Schritte noch.

Vier.

Drei.

Am besten machte sie die Augen gar nicht mehr auf, sondern ging einfach weiter, bis sie im Nichts landete. Erneut setzte sie den nackten Fuß vorwärts, ertastete die heißen Steine, spürte, wie ihr der warme Sommerwind ins Gesicht blies.

Zwei …

Ein Geräusch hinter ihr ließ sie innehalten.

»Dana?«

Eine Stimme drang aus weiter Ferne durch den Nebel in ihrem Kopf. »He, Dana, was machst du denn da?«

Langsam drehte sie sich um. Da standen zwei Männer auf der Terrasse. Unschlüssig hielt sie inne. Was machten die auf einmal da?

»Willst du nicht herkommen und mir Hallo sagen? Ist ne Weile her, seit wir uns das letzte Mal gesehen haben.« Die Stimme hatte einen einschmeichelnden Klang und erinnerte sie an jemanden.

Sie schüttelte benommen den Kopf. Es gab niemanden mehr, dem sie Hallo sagen wollte. Sie drehte sich wieder um – und erschrak. Jetzt erst sah sie, wie dicht sie bereits am Abgrund stand. Nur eine Armlänge vor ihr endete das Dach. Sie spähte hinab – und ihr wurde schlecht vor Angst. Gleichzeitig spürte sie eine entsetzliche Macht, die sie in die Tiefe zu ziehen drohte.

»Dana, komm schon, ich hab doch den weiten Weg nicht gemacht, um dir beim Turmspringen zuzusehen.« Der Mann war jetzt dicht an den Zaun herangetreten. »Da unten läuft vielleicht gerade eine Mutter mit ihrem Kind vorbei. Du willst doch nicht ernsthaft, dass die sich deine Eingeweide angucken, oder?«

Daran hatte sie noch gar nicht gedacht. Erneut wallte Übelkeit in ihr auf. Sie taumelte rückwärts.

»Nein«, flüsterte sie heiser.

»Na bitte!« Die Stimme des Mannes kam immer näher. »Gib mir deine Hand, ja? Dann kann dir nichts mehr passieren.«

Sie zögerte. Sie war doch schon so nah dran. Wenn sie jetzt wieder zurückschreckte, würde alles von vorne losgehen. Alle Verzweiflung und alle Angst.

»Ich kann nicht«, wisperte sie.

»Doch, natürlich kannst du.« Die Stimme des Mannes hatte einen einladenden, schmeichelnden Tonfall. Es war eine schöne Stimme.

Sie blinzelte den Nebel vor ihren Augen ein wenig fort. Der Mann hatte nicht nur eine schöne Stimme, er sah auch schön aus. So groß und stark und verlässlich. Wenn er sie festhalten würde, passierte ihr vielleicht nichts mehr.

Schwindel erfasste sie und sie schwankte erneut. Da griff eine Hand nach ihr und schloss sich fest um ihren Oberarm. Eine immense Kraft riss sie zurück, sie prallte gegen einen riesigen, harten Männerkörper, der sie fest an sich zog und so mühelos über das schmiedeeiserne Geländer hob, als sei sie eine Puppe.

Eine andere Stimme drang zu ihr durch. »Himmel, Lady, Sie haben uns aber einen ganz schönen Schrecken eingejagt!«

»Die Dame neigt zu überspannten Aktionen«, brummte der Mann, der sie festgehalten hatte, und nun klang seine Stimme überhaupt nicht mehr schmeichelnd, sondern nur noch verärgert.

Dana Laurentius schaute erschrocken auf. Und da endlich erkannte sie den Mann.

Drago hätte explodieren können. Da schickte Oliver ihn um den halben Globus, weil er sich sorgte, dass seine Exfreundin von einem russischen Gangster bedroht wurde – und dann hatte diese dumme Kuh überhaupt kein Interesse an derlei Schutz, sondern wäre lieber von einem fünfzehn Stockwerke hohen Haus in den Tod gesprungen. Wie konnte man nur so bescheuert sein und sein kostbares Leben einfach wegwerfen? Noch dazu als Mutter eines kleinen Sohnes.

Max war gerade drei Jahre alt und hatte bereits seinen Vater verloren. Sollte er jetzt etwa zur Vollwaise werden? Nun, vielleicht war das besser, als eine so gestörte Frau wie Dana Laurentius zur Mutter zu haben.

Das Ärgerliche an der Geschichte war, dass Oliver mit seiner Ahnung recht behalten hatte. Nur waren die

Gründe, aus denen man sich um Dana sorgen musste, völlig andere, als er vermutet hatte.

»Ich möchte, dass du mal nach Dana siehst«, hatte Oliver bei ihrem Gespräch in seinem Hamburger Büro zu Drago gesagt. Er ging zwar davon aus, dass dieser Russe keine weiteren Schwierigkeiten machen würde, sobald er das Geld bekommen hatte, das Philipp ihm schuldete, aber sicher war sicher.

»Wieso? Sie hat doch eigene Personenschützer, oder nicht?« Drago kannte die Securityfirma, die für Dana arbeitete, und es schien ihm, dass diese Leute einen guten Job machten. Aber vielleicht waren sie nur für Danas Betreuung in Deutschland zuständig und nicht in den USA.

»Du bist einfach der Beste«, sagte Oliver. »Mir scheint ohnehin, dass Dana ein Problem hat. Sie reagiert seit Tagen nicht auf meine Anrufe.«

»Und was genau soll ich da ausrichten?«, fragte Drago misstrauisch. Er war froh, wenn er mit diesem verwöhnten Püppchen nichts zu tun hatte.

»Einfach mal nach ihr sehen. Flieg nach New York, vergewissere dich, dass alles okay ist, und fertig.«

Drago stöhnte auf. »Das halte ich für keine gute Idee. Mir wäre es lieber, wenn ich in deiner Nähe bliebe. Falls dieser Mafiakerl tatsächlich Schwierigkeiten machen sollte, wird er eher dich im Visier haben als Dana.«

»Wir verschärfen die Sicherheitsmaßnahmen für meine ganze Familie. Dazu gehören auch Dana und Max. Mach dir ein Bild davon, was bei ihnen los ist. Anschließend möchte ich, dass du dir ein paar gute Leute suchst, die dich und Matt unterstützen.«

»Ich halte das für keine gute Idee«, wiederholte Drago. »Schick Matt nach New York, wenn dir so viel daran liegt.«

»Der hat nicht so viel Erfahrung wie du. Ihm fällt möglicherweise gar nicht auf, wenn Danas Leute schlecht arbeiten.«

»Ach, und dann soll er dich beschützen, während ich fort bin? Großartig! Wirklich großartig!«

Aber Dragos Einwände halfen nichts. Bereits wenige Stunden später saß er in einem Privatjet, der ihn nach New York brachte. Es war brüllend heiß in der Stadt. Die Hitze schlug ihm wie eine Wand entgegen, als er das Taxi vor einem eleganten Apartmenthaus in der Upper East Side verließ. Drago hastete über einen roten Teppich zum Eingang, um möglichst schnell in das klimatisierte Haus zu gelangen. Ein Wachmann ließ sich seine Papiere zeigen und öffnete ihm erst dann die Tür. Er landete in einer großen, eleganten Empfangshalle, in der ihn ein weiterer Wachmann hinter einem Tresen empfing.

»Tut mir leid«, sagte der Mann, nachdem er Dana über das Haustelefon angerufen hatte. »Mrs Laurentius meldet sich nicht.«

»Aber sie ist da?«, fragte Drago.

»Ja, gewiss. Sie hat sich nirgendwo abgemeldet.« Er warf einen Blick auf einen Monitor. »Ihre Alarmanlage ist auch ausgeschaltet. Möchten Sie einen Moment warten?« Er zeigte auf eine Ecke, in der schwere Ledersessel standen. »Vielleicht nimmt sie gerade ein Bad.«

Drago ließ sich in einem der Sessel nieder und starrte dumpf auf den schiefergrauen Marmorboden. Wenn Dana Laurentius Schönheitspflege betrieb, konnte das dauern.

Aber als sie nach über einer Stunde immer noch nicht reagierte, kam ihm die Sache merkwürdig vor. So viel Zeit verbrachte selbst Dana Laurentius kaum in der Wanne. Es vergingen etliche weitere Minuten, bis er den Wachmann endlich davon überzeugt hatte, mit ihm hinauf in den obersten Stock zu fahren und nach dem Rechten zu sehen.

Und da fanden sie Dana dann auch – nur wenige Zentimeter von ihrem sicheren Tod entfernt.

Drago rief Oliver an, während Dana ihren Rausch ausschlief. »Was soll ich jetzt mit ihr anstellen?«, fragte er und malte sich im Geist aus, wie er diesem verwöhnten Gör ein paar kräftige Ohrfeigen verpasste. Ein höchst befriedigender Gedanke.

»Wie schlimm ist es?«, fragte Oliver.

»Ich sags mal so: Auf einer Skala von eins bis zehn erreicht sie eine Dreizehn – wobei zehn schlimmer ist als alles, was du dir an schlimmen Dingen ausmalen kannst.«

Oliver fluchte leise. Dann war es eine ganze Weile still am anderen Ende der Leitung. Drago sah sich in der Zwischenzeit in dem großen Wohnzimmer um, dessen verglaste Front einen traumhaften Blick auf die Skyline von New York bot. Das Apartment war im üblichen Stil der Reichen eingerichtet – mit eleganten Möbeln im klassischen Design, kostbaren Teppichen und allem erdenklichen Hightech-Schnickschnack. Alles sah teuer und edel aus. Und leblos. Das hier könnte genauso gut die Suite eines Luxushotels sein, es fehlte jegliche persönliche Note.

»Ich habe das ehrlich gesagt kommen sehen«, sagte

Oliver. »Philipps Tod hat sie viel mehr getroffen, als wir alle immer dachten.« Nach einer kleinen Pause fuhr er entschieden fort. »Sie muss in eine Klinik. Und Max braucht vorübergehend ein anderes Zuhause.«

Drago hatte herausgefunden, dass Dana den Kleinen mit seiner Nanny in einen exklusiven Kinderbeachclub geschickt hatte. Nicht auszudenken, was geschehen wäre, wenn die beiden beim Heimkehren eine zermatschte Dana vor dem Haus gefunden hätten. Ihm wurde ganz schlecht bei der Vorstellung, was diese schwachköpfige Frau beinah ihrem armen Kind zugemutet hätte.

»Sag mir einfach, wo ich sie hinbringen soll«, sagte er. »Je eher ich sie wieder los bin, desto besser.«

Oliver versprach, sich umgehend etwas zu überlegen und ihn sofort wieder anzurufen. Außerdem trug er Drago auf, das Kindermädchen mit Max über Nacht in einem Apartment in der Nachbarschaft einzuquartieren, das Oliver gehörte. »Ich will nicht, dass Max seine Mutter in diesem Zustand sieht. Das geht auf keinen Fall«, erklärte er wütend.

Drago kümmerte sich um alles und inspizierte anschließend die Wohnung. Das Kernstück des Apartments war das riesige Wohnzimmer mit diesem grandiosen Panoramablick hin zum Central Park. Außerdem gab es drei kleinere Salons, vier Schlafzimmer – wer zur Hölle übernachtete darin? –, von denen jedes über ein eigenes Bad verfügte, und zwei Kinderzimmer, eins zum Spielen, eins zum Schlafen. Das Spielzimmer hatte die Größe eines Spielzeugladens und war auch ungefähr so gut ausgestattet. Es fehlte dem kleinen Max wahrlich an nichts – wenn man mal von der Mutterliebe absah.

Drago überprüfte die Alarmanlage, die Überwachungskameras, Fenster- und Türverriegelungen und inspizierte den Zugang zur Feuertreppe.

Das Apartment war eine verdammte Festung. Hier war Dana absolut sicher – sofern man irgendwo auf dieser Welt sicher sein konnte. Und sofern man nicht vorhatte, sich selbst zu töten.

Nun blieb nur noch die Frage, wie es unterwegs um ihre Sicherheit bestellt war. Allerdings war es müßig, weiter über diese Dinge nachzudenken. Dana würde kaum hierbleiben können, dafür war ihre Verfassung viel zu schlecht.

Leise öffnete er die Tür zu ihrem Schlafzimmer. Es quoll über vor pastellfarbenen Rüschen und Schleifchen, Blümchen und Herzchen. Drago fühlte sich vollkommen erschlagen von diesem widerlichen Kitsch. Als ob hier ein Kind leben würde und keine erwachsene Frau. In der Mitte eines Himmelbetts lag oder besser thronte Dana Laurentius unter einem Berg Decken wie die Prinzessin auf der Erbse. Ihr zartes, schmales Gesicht war sehr blass, ihre Haare sahen verschwitzt aus. Kein Wunder bei den vielen Decken. Der Raum war zwar klimatisiert, aber so kalt, dass man drei Decken brauchte, war es nun auch wieder nicht. Vorsichtig schob Drago zwei der Decken beiseite. Dana warf unruhig den Kopf hin und her und stöhnte leise, aber sie schlug die Augen nicht auf.

»Alles okay?«, fragte Drago.

Das Stöhnen nahm zu. Ihr Körper krümmte sich unter der Decke zusammen. Was für ein Teufelszeug hatte sie da bloß eingeworfen? Das war doch nicht nur Alkohol gewesen. Sie hatte sich zweimal übergeben, nachdem er sie von der Terrasse geschleppt hatte, und war dabei hoffentlich eine Menge Gift wieder losgeworden. Wenn sich ihr Zustand trotzdem nicht rasch besserte, würde er einen Arzt rufen müssen.

Er musterte die Frau im Bett eingehend. Sie war eine echte Schönheit. Klein und zierlich, mit langen schwarzen Haaren, einer zarten, sehr reinen Haut und mandelförmigen Augen, die auf einen asiatischen Einschlag schließen ließen.

Wirklich ein Jammer, dass dieser bildschöne Körper über so wenig Gehirn verfügte.

Danas Atem ging schnell und flach. Drago machte sich erneut mit finsterer Miene an die Arbeit. Er durchsuchte die ganze Wohnung nach Drogen, aber das Einzige, was er neben Unmengen von Alkohol fand, waren ein bisschen Hasch und ein halb geleertes Pillenfläschchen, das ein Antidepressivum enthielt. Er wusste auch ohne die Inhaltsstoffe zu studieren, dass dieses Mittel in Kombination mit Alkohol ein echter Killer war.

5

Dana erwachte in ihrem Bett. Ihre Zunge fühlte sich pelzig an, sie hatte einen widerlichen Geschmack im Mund und ein flaues Gefühl im Magen. Benommen starrte sie den rosafarbenen Baldachin ihres Himmelbetts an. Alles drehte sich in ihrem Kopf, und als sie sich aufrichtete, wurde ihr so schwindelig, dass sie sich sofort wieder zurück in die Kissen fallen ließ.

Und da war mit einem Schlag alles wieder da. Ihre Kletterei auf der Dachterrasse, ihr Drang, in die Tiefe zu springen, und dann … oh nein!

Ruckartig setzte sie sich erneut auf. Und als habe er geahnt, dass sie wach war, stand er in der nächsten Sekunde in der Tür. Ein Schrank von einem Mann – riesig, breitschultrig, mit grobem Gesicht und finsterem Blick. Die dunklen Haare waren an den Seiten rasiert, unter dem kurzärmligen Shirt waren bunt tätowierte muskelbepackte Oberarme sichtbar.

Drago Kaminski, der Bodyguard ihres Schwagers Oliver. Dieser Mann hatte sie noch nie leiden können. Und das beruhte durchaus auf Gegenseitigkeit.

»Wie ich sehe, hat Madame ihren Rausch ausgeschlafen.« Seine Stimme unterstrich den finsteren Gesichtsausdruck.

»Was machen Sie hier?«, stammelte sie empört. »Verlassen Sie sofort mein Schlafzimmer.«

Er verzog den Mund zu einem abfälligen Lachen, wobei sehr gerade, weiße Zähne sichtbar wurden. »Ich glaube kaum, dass Sie sich in der Position befinden, mir Befehle zu erteilen.«

»Ich befinde mich immer in der Position, Befehle zu erteilen, wenn jemand in mein Schlafzimmer eindringt.« Sie wollte eigentlich giftig klingen, aber dafür war sie viel zu erschöpft. So brachte sie nur ein klägliches Piepsen zustande. Ihre Hände zitterten, als sie die Bettdecke ein Stückchen höher zog.

Drago Kaminski füllte die Türöffnung nahezu aus. Er stand da wie ein Fels, unverrückbar und unverwüstlich. In seiner Gegenwart fühlte Dana sich noch schwächer und hilfloser als ohnehin schon. Leuchtend blaue Augen fixierten sie und schienen bis unter die Bettdecke vorzudringen, ja, vermutlich sogar bis unter das dünne Kleid, das sie immer noch trug.

»Du warst halbtot, Schätzchen. Ohne mich wärst du vermutlich ganz tot. Wäre da nicht ein freundliches Dankeschön angebracht?«

Der Spott in seiner Stimme tat ihr weh. Und dass er sie plötzlich duzte, was er nie getan hatte, zeigte zusätzlich, wie wenig Achtung er vor ihr hatte. Er ließ keinen Zweifel daran, dass Dana ihre Rettung nur seinem ausgeprägten Pflichtgefühl zu verdanken hatte. Er wollte einen guten Job machen, mehr nicht. Und obwohl sie zurzeit nicht sonderlich an ihrem Leben hing, fand sie es auf schmerzhafte Weise demütigend, dass andere Leute ihr den Tod wünschten.

Sie hatte keine Kraft, mit diesem widerlichen Kerl zu streiten. Sie wollte einfach nur ihre Ruhe haben.

»Ich wüsste nicht, wofür ich Ihnen danken sollte«, sagte sie matt. »Warum sind Sie überhaupt hier?«

»Ihr Schwager hat mich geschickt. Er sorgt sich um Sie.«

Natürlich. Ausgerechnet Oliver war so ziemlich der einzige Mensch auf der Welt, dem sie nicht egal war. Außer Max. Aber an den mochte sie jetzt nicht denken, das war zu unerträglich.

Dana schloss die Augen und lehnte sich in die Kissen. In ihr stieg eine so gewaltige Verzweiflung auf, dass sie hoffte, nicht zu weinen, bevor dieser schreckliche Kerl ihr Zimmer verlassen hatte.

»Morgen früh unternehmen wir beiden Hübschen eine kleine Reise«, sagte er und seine Stimme klang nicht einen Hauch freundlicher. »Ich hoffe, bis dahin bist du wieder nüchtern.«

Erschrocken riss sie die Augen auf. Eine *Reise?* Sie beide? Das konnte nur auf Olivers Mist gewachsen sein.

»Wo wollen Sie denn hin mit mir?«, fragte sie panisch.

»In die Schweiz.«

Hatte sie es nicht gewusst? Oliver lebte zurzeit in der Schweiz.

»Ich fahre nirgendwohin«, erklärte sie entschieden.

»Und ob du das tust, Schätzchen.«

Er drehte sich aufreizend langsam um und zeigte ihr eine höchst ansehnliche Kehrseite mit gewaltigen Schultern und einem sehr knackigen Hintern, der sich aufregend unter seiner Jeans abzeichnete. Sie hätte gerne etwas nach ihm geworfen, ein Kissen oder besser noch einen Ziegelstein, der ihn zu Fall gebracht hätte. Doch sie schaffte es nicht mal, ihn verbal anzugreifen. Als die Tür hinter ihm zufiel, krümmte sie sich zitternd unter der Decke zusammen. Ihr war kalt und schwindelig und übel.

Das hatte sie nun davon.

Als Dana das nächste Mal zu sich kam, ging es ihr deutlich besser. Es war dunkel im Zimmer, ihr Handy, das auf dem Nachttisch lag, zeigte zwei Uhr siebenunddreißig in der Nacht an. Ihr kleines Intermezzo auf der Dachterrasse war beinah zwölf Stunden her. Aber sie spürte die Hitze auf dem Dach und den Wind in ihren Haaren noch so intensiv, als habe sie erst vor wenigen Minuten buchstäblich am Abgrund gestanden. Entsetzen schlug über ihr zusammen, wenn sie an den Sog dachte, der sie beinah in die Tiefe gezogen hatte.

Wie war es nur dazu gekommen? Dana verstand sich selbst nicht mehr. Sie hatte sich noch nie derart gehenlassen wie in den vergangenen Monaten. Ihr Leben bestand aus eiserner Disziplin, aus dem Willen, durchzuhalten, egal wie grausam man ihr auch mitspielte. Dabei hatte sie aus der Sicht der meisten Menschen alles, was man zum Glücklichsein brauchte – jedenfalls, wenn man Glück gleichsetzte mit 578 Paar Schuhen, 127 Handtaschen, riesigen begehbaren Kleiderschränken – und zwar in jedem ihrer vier Domizile –, Privatjets und exklusiven Dinnerpartys an den schönsten Orten der Welt. In der Vorstellung dieser Menschen war es ein riesengroßes Glück, Teil der Familie Laurentius zu sein.

Dana hingegen hatte allmählich das Gefühl, dass sie

dieser Familie bedeutend mehr unglückliche als glückliche Tage verdankte. Aber sie hatte sich nie etwas anmerken lassen, immer gestrahlt, wenn man es von ihr erwartete, immer die passenden Antworten gegeben, sich immer genau so verhalten, wie es ihr Status verlangte. Selbst als Witwe hatte sie sich nur wenige Wochen der Stille gegönnt, bevor sie wieder in die Öffentlichkeit gegangen war – so schön, perfekt und diszipliniert wie stets.

Bis auf einmal alles über ihr zusammengebrochen war.

Schaudernd dachte sie an jenen verhängnisvollen Abend vor vier Monaten in der New Yorker Galerie. Sie sah wieder dieses junge Gesicht vor sich, das von rotblonden Locken umrahmt wurde. Sie sah das korallenrote Etuikleid, das beinah von den drallen Brüsten gesprengt wurde, und sie hörte wieder und wieder die leise, nervöse Stimme mit dem harten Akzent – als sei sie in der Endlosschleife eines Albtraums gefangen.

»Ich habe eine Tochter, sie heißt Irina«, sagte die grässliche Stimme. »Sie ist ein süßes, kleines Mädchen.« Die Stimme zitterte dramatisch. »Leider hat sie ihren Vater nie kennengelernt. Er starb noch vor ihrer Geburt.«

»Das tut mir sehr leid«, hörte Dana sich sagen. Das arme Ding schien es ja noch schlimmer erwischt zu haben als sie selbst.

»Ja«, fuhr die zittrige Stimme fort, und nun traten sogar Tränen in die dunklen Augen der jungen Frau. »Er hatte einen Motorradunfall. Das war im Sommer vor zwei Jahren.«

»Wie bei mir«, wollte Dana schon sagen, doch sie war auf der Hut. Leute, die es auf der Mitleidsschiene probierten, hatten bei ihr in der Regel keine Chance. Wenn jemand Talent besaß, war sie bereit, ihn zu fördern. Aber nur, weil diese Anna ein trauriges Leben führte, würde Dana sich nicht für sie einsetzen.

»Und was genau kann ich jetzt für Sie tun?« Ihre Stimme war kühl und sachlich.

»Ich bin vollkommen mittellos, musste meine Schulausbildung abbrechen …« Die Tränen wurden mehr.

»Ja – und?« Nun war Dana hochgradig alarmiert. Diese Anna Kusmina zog alle Register. Vermutlich spekulierte sie nicht nur darauf, ihre drittklassigen Bilder in Danas Galerie auszustellen. Offenbar hoffte sie auch, dass Dana ihr finanziell unter die Arme greifen würde. Wie war sie überhaupt auf diese Vernissage geraten? Wer hatte sie eingeladen?

»Ich … es ist mir so peinlich.« Das Gesicht der jungen Frau war tatsächlich gerötet, ob vom Weinen oder vor Verlegenheit, konnte Dana schwer ausmachen.

»Hören Sie, Anna«, sagte sie eine Spur sanfter als zuvor. »Wenn Sie in Not sind, bin ich dafür die falsche Anlaufstelle. Aber ich gebe Ihnen gern die Adresse einer Stiftung, die junge Frauen wie Sie unterstützt.« Sie kramte in ihrer Versace-Handtasche nach ihrem Handy.

Anna Kusmina wühlte ebenfalls in ihrer Handtasche (war das etwa auch Versace? So mittellos konnte die Kleine also gar nicht sein.), zog umständlich eine Packung Taschentücher hervor und schnäuzte sich affektiert die Nase. »Danke, aber die Adresse brauche ich nicht. Sie sind die einzige Person, die mir helfen kann, Frau Laurentius.« In ihrer Stimme schwang ein neuer Klang mit, der Dana aufhorchen ließ.

»Und warum?« Dana fragte sich beinah belustigt, was die junge Frau sich für einen Blödsinn überlegt hatte, um sie rumzukriegen. Sie hatte da schon die absurdesten Dinge erlebt.

»Der Vater von Irina, er … es war Philipp Laurentius, Ihr Mann.«

»Unmöglich!«, hatte Dana reflexhaft abgewehrt. So eine bescheuerte Geschichte hatte sie ja noch nie gehört. »Das kann nicht sein.«

Jetzt hatte die Kleine es zu weit getrieben. Was für ein widerliches Schmierentheater. Als ob Philipp sich mit so einem jungen Ding eingelassen hätte – war diese Anna Kusmina überhaupt schon volljährig? Davon abgesehen hatte Philipp sich garantiert mit gar keiner Frau eingelassen. Er und Dana hatten eine gute Ehe geführt.

Aber sie nahm ein feines Zittern in ihrem Inneren wahr, das sich rasend schnell ausbreitete. Dennoch sagte sie mit fester Stimme: »Falls Sie versuchen, auf diese Weise an Geld zu kommen, haben Sie sich gründlich getäuscht. Glauben Sie mir, Sie sind nicht die erste Frau, die probiert, ein bisschen was vom Vermögen der Laurentiusmänner zu ergattern. Ich werde Ihnen ein ganzes Heer von Anwälten auf den Leib hetzen, falls Sie mich noch weiter belästigen.« Zornig wandte sie sich zum Gehen.

»Es ist nicht freiwillig geschehen.«

Dana drehte sich abrupt wieder um. »Was sagen Sie da?« Das Zittern wurde zu einem Beben.

»Ich wollte den Sex mit Ihrem Mann nicht. Er hat mich vergewaltigt.«

Danas Herz flatterte vor Verzweiflung. Sie wollte sich zwingen, ihre Gedanken auf etwas Schönes hinzulenken, aber sie schaffte es nicht. Vielmehr drängten sich weitere Erinnerungen auf, und das Flattern ihres Herzens schwoll zu einem panischen Hämmern an. Rückblickend wusste sie nicht mehr, woher sie damals die Kraft genommen hatte, dieser dreisten Person die Stirn zu bieten.

»Sie kriegen von mir gar nichts, solange nicht zweifelsfrei bewiesen ist, dass mein verstorbener Mann der Vater des Kindes ist. Wie gesagt – ich werde die Angelegenheit meinen Anwälten übergeben und sie werden einen Vaterschaftstest erzwingen. Soweit ich weiß, gibt es Wege, um so was auch noch zu klären, wenn der vermeintliche Vater nicht mehr lebt.«

»Das sollten Sie lieber bleiben lassen.« Anna Kusmina wirkte auf einmal gar nicht mehr hilflos und weinerlich, sondern kalt und berechnend. »Andernfalls gehe ich noch heute an die Presse. Und dann wird es sehr, sehr hässlich für Sie, das können Sie mir glauben.«

Fünfhunderttausend Euro Schweigegeld verlangte die junge Frau. Und um ihren Forderungen mehr Nachdruck zu verleihen, startete sie einen fürchterlichen Telefonterror und zermürbte Dana endgültig.

Sie zog die Knie zur Brust und rollte sich klein zusammen. Sie wusste nicht mehr, wie oft sie in den vergangenen Wochen zu benebelt gewesen war, um noch irgendetwas entscheiden, geschweige denn durchschauen zu können. Der fatale Mix aus Alkohol und Tabletten, den sie zu sich nahm, ließ sie für den Moment alles vergessen. Die Angst. Die Unsicherheit. Die Zweifel.

Doch wenn sie erwachte, war ihre Verzweiflung nur noch

schlimmer. Dann bemerkte sie, dass Max weinte, wenn sie ihn auf den Arm nahm, und strahlte, wenn er bei Jasmin, seiner Nanny, sein durfte. Sie begriff, dass sie diese Sache mit Anna Kusmina klären musste, bevor es zu einer Katastrophe kam. Und sie verstand, dass sie sich vollkommen falsch verhielt, was diese anonymen Anrufe anging. Sie hätte längst die Telefonnummer wechseln und die Polizei oder wenigstens ihre Securityleute informieren müssen. Stattdessen warf sie lieber wieder ein paar Pillen ein und spülte sie mit einem großen Glas Gin Tonic hinunter.

Tränen schossen ihr in die Augen und ihr zarter Körper wurde vom Weinen geschüttelt. Dana wartete ab, bis der Anfall vorüber war. Dann stand sie auf und tappte auf nackten Füßen in den Flur.

Sie brauchte zur Beruhigung unbedingt einen Drink.

Das Licht ging überall im Apartment automatisch per Bewegungsmelder an und erleuchtete ihren Weg. Als Dana den Spirituosenschrank in der Küche öffnete, vernahm sie ein Geräusch hinter sich. Erschrocken fuhr sie herum.

In der Tür stand Drago Kaminski. Er trug nur ein T-Shirt und eng anliegende Boxershorts und sah auf furchteinflößende Weise sehr männlich und sehr riesig aus.

»Madame scheint durstig zu sein.« Die Verachtung in seiner Stimme trieb ihr die Schamesröte ins Gesicht.

»Das geht Sie nichts an«, sagte Dana matt und griff nach einer halbleeren Ginflasche.

»Ich möchte vermeiden, dass Sie mir im Flugzeug die Hose vollkotzen.« Der Bodyguard trat näher. Für so einen großen, massigen Mann waren seine Bewegungen erstaunlich geschmeidig. Wie ein Raubtier umkreiste er seine Beute. »Also sollten Sie den Flug besser nüchtern antreten.«

»Ich betrete kein Flugzeug gemeinsam mit Ihnen.«

»Selbstverständlich wirst du das, Schätzchen. Notfalls trage ich dich über das Rollfeld bis in die Kabine.« Er schien sich bei dieser Vorstellung prächtig zu amüsieren.

Dana umklammerte die Flasche wie einen Rettungsanker. Nur ein kleines Glas und sie könnte nicht nur ihre Angst und ihren Schmerz vergessen, sondern auch diesen ekelhaften Kerl. Eine riesige Pranke schoss vor. Dana presste die Flasche an ihre Brust.

»Lassen Sie das!«, krächzte sie, aber sie klang so lächerlich schwach, dass sie am liebsten erneut geweint hätte. Wo war nur ihre Stärke geblieben? Ihre Disziplin? Alles, was sie ein Leben lang ausgemacht hatte?

Die Pranke legte sich schwer und fest über ihre zarte Hand. »Du kannst mir die Flasche freiwillig geben oder ich nehme sie mir mit Gewalt. So oder so wird sie am Ende bei mir landen.« Seine Stimme klang leise und drohend, aber in seinen Augen blitzte beinah so etwas wie Belustigung auf. Es waren Augen von einem so intensiven Blau, dass Dana sich fragte, ob er gefärbte Kontaktlinsen trug. Und noch während sie mit der Verwirrung kämpfte, die diese Augen in ihr entfachten, entwand ihr Drago Kaminski mühelos die Flasche.

Ein zufriedenes Grinsen glitt über sein Gesicht. »Und jetzt gehen wir schön brav wieder ins Bettchen. Ich hätte gern noch ein wenig Schlaf, bevor es losgeht.« Er legte eine Hand in ihren Nacken, warm, schwer und sehr bestimmend, und führte Dana mit unnachgiebigem Druck zurück in ihr Schlafzimmer.

»Es ist gut jetzt«, sagte sie unwillig, als sie bereits vor ihrem Bett stand und Drago Kaminskis Hand immer noch auf ihrem Nacken ruhte. Die Hand löste sich von ihr und Dana atmete auf.

Drago ging zur Tür. Doch zu ihrem Entsetzen verließ er den Raum nicht, sondern schloss die Tür ab, nahm den Schlüssel an sich und setzte sich auf die andere Seite ihres Bettes.

»Was soll das denn jetzt?« Ihre Stimme klang schrill vor Empörung und für einen Moment kehrten ihre Lebensgeister zurück. »Wagen Sie es ja nicht, sich in mein Bett zu legen, Sie … Sie Widerling!« Sie machte eine Handbewegung, als wolle sie eine aufdringliche Katze verscheuchen. »Fort da! Schsch! Los!«

Aber dieser Kerl war kein Kätzchen, das sich von einer piepsigen Stimme beindrucken ließ. Er war ein ausgewachsener Tiger, der jetzt herzhaft gähnte und sich die mit Rosenblüten bedruckte Seidendecke über die Beine zog.

»Bisschen viel Plüsch hier, findest du nicht?« Er ließ seinen Blick zu den Rüschen und Schleifen des Baldachins gleiten.

»Es hat Sie niemand um Ihre Meinung gebeten.« Zitternd vor Empörung ließ Dana sich auf einem Sessel nieder. Sie würde nicht eine Sekunde lang ihr Bett mit diesem Tier teilen, das war undenkbar. Nervös sah sie sich um. Vielleicht sollte sie sich lieber in ihr Bad zurückziehen. Wer weiß, was dieser Unhold mit ihr vorhatte. Dummerweise konnte sie die Badezimmertür, eine Schiebetür aus Milchglas, nicht abschließen. Dieser ganze Designermist war wirklich höchst unpraktisch. Aber notfalls konnte sie sich dahinter verschanzen.

Zögernd erhob sie sich und wartete förmlich darauf, dass Drago sie augenblicklich wie ein Raubtier anspringen würde. Doch er blieb liegen und fixierte sie nur mit den Augen.

Dana bemühte sich um eine gelassene Ausstrahlung, als sie Richtung Bad ging, obwohl ihre Beine so sehr zitterten, dass sie es kaum schaffte, auch nur einen Schritt zu machen.

»Ich muss mal für kleine Mädchen«, sagte sie mit unschuldigem Augenaufschlag.

»Lass die Tür auf«, kam es aus ihrem Bett.

»Wie bitte?« Empört fuhr sie herum. »Spinnen Sie jetzt komplett?«

»Ich will nur nicht, dass du dir was antust.«

Ach je, dachte sie bestürzt, daher wehte der Wind. Nun, dafür konnte sie keine Garantie übernehmen. Andererseits – würden die Antidepressiva sie tatsächlich umbringen, wenn sie eine ganze Packung davon auf einmal nahm? Sie hatte keine Ahnung. Resigniert machte sie kehrt. Es war blödsinnig gewesen, zu glauben, sie könnte mit diesem Mann einen Kampf aufnehmen. Er war doppelt so groß und schwer wie sie und obendrein in Topform.

»Wenn ich es mir recht überlege, muss ich doch nicht.« Sie hockte sich wieder auf ihren Sessel und zog die Beine hoch.

Das Monster in ihrem Bett schloss erneut die Augen und bald darauf hörte sie den Kerl leise schnarchen. Der hatte vielleicht Nerven! Unschlüssig hockte Dana auf ihrem Sessel. Er war zwar recht bequem, aber bequem genug, um als Schlafsessel zu dienen, dann doch nicht.

Die Lampe auf ihrem Nachttisch verbreitete dämmriges Licht, in dem alles im Raum wunderbar friedlich aussah. Ihre cremefarbenen, bauchigen Möbel mit verschnörkelten, gedrehten Beinen, die barocken Formen nachempfunden waren. Der begehbare Kleiderschrank, der ebenfalls durch eine Milchglastür, die halb offenstand, vom Raum abgetrennt war – eine Nachlässigkeit, die Dana erstaunte; normalerweise legte sie sehr großen Wert auf Ordnung. Und in der Mitte des Raums ihr wunderschönes Himmelbett, das natürlich sehr kitschig aussah, keine Frage. Aber sie hatte das nach Philipps Tod gebraucht. Ihr Mann hätte dieses Bett gehasst – genau wie den Kerl, der jetzt schnarchend darin lag und den Frieden im Raum auf scheußliche Weise störte.

Stöhnend vergrub Dana den Kopf in den Händen. Erneut fragte sie sich, wie sie in eine derartige Situation hatte geraten können. Ihr ganzes Leben entglitt ihr mehr und mehr, sie verlor allmählich nicht nur jegliche Kontrolle, sondern auch ihre Würde.

Sie schloss erschöpft die Augen und versuchte sich zu entspannen. Aber das war unmöglich. Sie hatte Kopfschmerzen, und ein leichtes Schwindelgefühl erfasste sie, sobald sie den Kopf drehte. Sie probierte verschiedene Positionen aus, aber es half alles nichts. Es war ausgeschlossen, dass sie den Rest der Nacht auf diesem Sessel zubrachte. Dafür war sie viel zu mitgenommen.

Vorsichtig, um das Monster nicht zu wecken, erhob Dana sich und unternahm einen erneuten Versuch, auf Zehenspitzen ins Bad zu schleichen. Diesmal schaffte sie es. Sehr behutsam zog sie die Tür hinter sich zu.

Als sie in den Spiegel schaute, prallte sie entsetzt zurück. Ein Gespenst starrte ihr aus großen Augen entgegen, die in dunklen Höhlen lagen und von wirren Haaren umrahmt wurden. Ihr Mascara war verlaufen – sie konnte sich nicht mal daran erinnern, dass sie überhaupt welchen aufgetragen hatte – und unterstrich den gespenstischen Eindruck. Etwas in ihrem eigenen Blick erschreckte Dana zutiefst. Niemand durfte sie so sehen, auf keinen Fall. Jeder wüsste sofort, wie es um sie stand.

An der Tür ertönte ein Klopfen. »Alles okay? Lebst du noch?«

»Falls nicht, wäre das für Sie sicher eine große Erleichterung«, rief sie.

»Wie man's nimmt. Mein Chef wäre nicht sonderlich begeistert, fürchte ich«, kam es griesgrämig zurück.

»So ein Pech aber auch.«

Dana atmete tief durch. Immerhin besaß der Kerl Respekt genug, nicht sofort hereinzuplatzen. Sie warf einen letzten entsetzten Blick auf ihr Spiegelbild – und zuckte zusammen, als habe sie jemand geschlagen.

Drago. Das Monster. *Er* hatte sie so gesehen.

Verdreckt. Verzweifelt. Verloren.

Das war fast so schlimm, wie nackt vor ihm zu stehen. Nein, noch schlimmer. Das ging so nicht weiter. Sie musste sich zusammennehmen und durfte sich auf keinen Fall eine weitere Blöße geben.

Dana streifte das Kleid ab und stellte sich unter die Dusche. Sie konnte nur beten, dass dieser Widerling von einem Bodyguard die Situation nicht ausnutzte und doch noch hereinkam. Alles an ihr roch fürchterlich nach Schweiß und Erbrochenem. Erstaunlich, dass Drago Kaminski nichts dazu gesagt hatte. Aber Tiere wie er fühlten sich vermutlich erst richtig wohl, wenn es um sie herum ordentlich stank.

Eine halbe Stunde später trat sie wieder aus der Dusche und fühlte sich bedeutend frischer und vitaler. Schwindel und Übelkeit waren verflogen und sie war auf angenehm entspannte Weise müde. Sie cremte sich ein, putzte ihre Zähne, kämmte und föhnte ausgiebig ihre langen Haare, schlang sich ein großes Badelaken um den Körper und verließ zögernd das Bad. Der Bodyguard schlief bereits wieder. Sie schnaubte abfällig. Großartiger Leibwächter, der ständig einschlief, obwohl er doch auf sie aufpassen sollte. Aber vielleicht war das ebenfalls Ausdruck seiner Verachtung für Dana und diesen Job, für den er sich garantiert nicht freiwillig gemeldet hatte. Andererseits – wenn ihm der Job so egal wäre, würde er jetzt kaum in ihrem Bett liegen. Oder war das nur ein Vorwand?

Misstrauisch beäugte Dana ihren leise schnarchenden Aufpasser. Jetzt, wo er schlief, sah er erstaunlich friedlich aus. Und gar nicht mal so unansehnlich. Sein kantiges Gesicht verlieh ihm etwas Markantes und unterstrich seine männliche Ausstrahlung. An den Schläfen entdeckte sie ein paar erste graue Haare. Und die Hand, die locker auf der Bettdecke ruhte, hatte wohlgeformte Finger mit sehr gepflegten Nägeln.

Dana schüttelte irritiert den Kopf. Wieso hatte Oliver ihn bloß hergeschickt? Nur weil Dana nicht gleich auf seine Anrufe reagiert hatte? Seit wann war Oliver ihr Babysitter? Und was, zum Teufel, hatte er sich dabei gedacht, sie zur Rückreise nach Europa zu zwingen, ohne mit ihr darüber zu sprechen?

Unwillen erfasste sie über dieses ganze Pack, diese

Männervereinigung, der sie sich nicht gewachsen fühlte. Sie wollte sich gerade wieder auf ihrem Sessel niederlassen, als ihr Handy vibrierte. Dana erstarrte beim Blick auf das Display.

Unbekannte Nummer.

Mit zitternden Fingern schaltete sie das Telefon ganz aus. Panik befiel sie und der Schwindel kehrte zurück. Ihr Magen krampfte sich zusammen, aber Dana wusste, dass er leer war. Dennoch musste sie so heftig würgen, dass sie es nur mit letzter Mühe ins Bad schaffte, wo sie ein bisschen Magenschleim und Galle hervorbrachte.

Zitternd spülte sie mechanisch den Mund aus, putzte erneut ihre Zähne und schleppte sich kraftlos zurück ins Schlafzimmer. Sie musste sich hinlegen, unbedingt.

»Und du wolltest trotzdem noch weiter saufen. Nicht zu fassen!«, hörte sie Drago Kaminski verschlafen nuscheln.

Am liebsten hätte Dana ihn mit einem Kissen erstickt, aber sie hatte nicht mal mehr die Kraft, etwas zu sagen. Sie kroch in ihr Bett und rollte sich am äußersten Rand zusammen, möglichst weit weg von diesem Scheusal.

6

Drago erwachte von einer Bewegung neben sich. Der matte Schein einer Nachttischlampe leuchtete den Raum warm aus. Drago brauchte genau eine Sekunde, um sich zu orientieren. Er lag im Bett von Dana Laurentius. Und sie lag direkt neben ihm. Genau genommen schmiegte sie sich fest an seinen Rücken. Ein kleiner, zierlicher Arm lag quer über seinem Bauch, zarte Finger hatten sich unter sein T-Shirt geschoben und ruhten auf seiner nackten Haut.

Das war … nun, also, es war nicht gerade unangenehm. Andererseits war ihm nicht ganz klar, was das sollte. Glaubte Dana allen Ernstes, sie könne ihn verführen? Und dann? Hoffte sie, er werde ihr die Entzugsklinik ersparen? Lächerlich. Er wollte sich gerade aus ihrer Umarmung befreien, als sie ein eigenartiges Geräusch von sich gab. Drago drehte den Kopf. Danas Wangen waren feucht, ihr Gesicht schmerzverzerrt.

»Dana?«

Sie reagierte nicht auf seine leise Stimme. Da wurde ihm klar, dass sie fest schlief. Falls sie vorgehabt hatte, ihn zu verführen, war sie darüber eingeschlafen – und träumte nun offenbar scheußliche Dinge. Etwas Rührendes umgab sie in ihrem Schmerz. Sie wirkte so hilflos und verloren, wie er sie kaum je zuvor erlebt hatte. Für ihn war Dana Laurentius der Inbegriff einer verwöhnten Tochter aus reichem Haus. Gefühllos, gedankenlos, egoistisch. Immer makellos geschminkt und frisiert, ausstaffiert mit teuren Kleidern und arrogantem Gesichtsausdruck. Und sie nahm sich einfach, was sie haben wollte. Der eine Laurentiusbruder wurde ihr langweilig, also schnappte sie sich den nächsten. Und dann? Wie lange wäre das mit Philipp noch gut gegangen? Wann hätte sie ihn abserviert – natürlich nicht, ohne ihn kräftig bluten zu lassen? Denn es gab vermutlich nur einen Grund, aus dem Frauen wie Dana Laurentius heirateten: Geld.

Doch nun lag diese Frau hier neben ihm und erinnerte ihn plötzlich auf fatale Weise an eine andere Frau, die weder egoistisch noch verwöhnt gewesen war. Dafür aber sehr verletzlich.

»Dana?« Er strich ihr sanft mit dem Daumen über die Wange. »He, Mädchen, wach auf!«, raunte er mit dunkler Stimme. »Es ist alles gut, hörst du?«

Sie blinzelte, seufzte leise und schlug endlich die Augen auf. Ihr Entsetzen, als sie sein Gesicht direkt vor ihrer Nase sah, war fast schon wieder lustig.

»Du hast geträumt.« Seine Hand ruhte immer noch an ihrer Wange.

»Entschuldigung«, murmelte sie und drehte sich hastig fort von ihm.

Einem Impuls folgend fing er sie ein, bevor sie sich ans andere Ende des Bettes rollte, möglichst weit weg von ihm. Er legte seinen breiten Arm quer über sie und zog sie zu sich heran. Sie lagen beide auf der Seite, Dana mit dem Rücken zu ihm.

»Es ist alles gut«, wisperte er in ihr Haar, das blumig duftete. »Bei mir bist du in Sicherheit.« Er hatte keine Ahnung, warum er das sagte. Vielleicht, weil er selbst noch so schwach war durch seinen Schmerz um Silver. Oder weil es nachts um halb vier war, die Stunde, in der die Menschen am verwundbarsten waren, in der sie die Einsamkeit am meisten spürten.

Danas zierlicher Mädchenkörper lag an seiner Brust, und er hätte in dieser Sekunde alles mit ihr anstellen können. Sie hätte keine Chance gehabt. Er spürte an ihren harten Muskeln, wie sehr sie auf Abwehr war. Als habe er vor, sie zu vergewaltigen. Seltsamerweise kränkte ihn das. Sie benahm sich so, als sei er ein widerliches Monster.

»Es ist alles gut«, wiederholte er leise. »Da draußen gibt es ein paar Menschen, denen etwas an dir liegt. Und darum passe ich auf dich auf. Mach dir keine Sorgen, ja?«

Sie gab einen Laut von sich, den er nicht einordnen konnte. Dann ging ein feines Beben durch ihren Körper und er begriff, dass sie erneut weinte. Stumm und sehr beherrscht, als wolle sie nicht, dass er es bemerkte. Automatisch zog er sie noch ein wenig enger an sich. Es dauerte lange, bis er spürte, wie sie sich entspannte und sich in seinem Arm zusammenrollte wie ein Kätzchen. Er vergrub seine Nase in ihrem Haar, atmete ihren blumigen Duft ein und schloss die Augen.

Er war bereits wieder halb weggedämmert, als er merkte, dass sich etwas veränderte zwischen ihnen. Danas süßer kleiner Po presste sich fest gegen Dragos Unterleib. Ein wenig zu fest für seinen Geschmack, denn sein Schwanz regte sich bereits auf fatale Weise. Aber dann nahm er eine feine Bewegung wahr, als ob sich dieser kleine Hintern an ihm rieb. Das konnte kein Zufall sein, es sei denn, Dana Laurentius wurde nachts nicht nur von Albträumen, sondern auch von erotischen Träumen heimgesucht.

Dragos Hand glitt etwas tiefer, und da stellte er fest, dass sich das Handtuch gelöst hatte, in das Dana sich nach dem Duschen gewickelt hatte. Es lag nur noch lose über ihrem Körper und war so weit hochgerutscht, dass ihr Gesäß frei lag. Sehr, sehr vorsichtig ertastete er die zarte, weiche Haut. Und da spürte er erneut diesen leisen Druck. Er hatte sich nicht getäuscht! Dana rieb sich an ihm.

Drago zögerte. Oliver würde ihn umbringen, wenn er jetzt weitermachte. Andererseits war sein Boss sehr weit weg und er musste ja nie erfahren, was hier in diesem rüschenbehangenen Himmelbett geschah. Dieser entzückende kleine Hintern war einfach zu verlockend, das weiche Fleisch, das sich an ihm rieb, schien ihn regelrecht einzuladen. Drago folgte dieser Einladung nur allzu bereitwillig und ließ seine Finger unter das lose Handtuch gleiten. Er ertastete einen flachen Bauch und einen schmalen Rippenbogen, an dem er seine Fingerspitzen entlanggleiten ließ.

Von Dana kam kein Protest, was er als Aufforderung verstand, weiterzumachen. Also wanderte seine Hand aufwärts und entdeckte zwei feste, kleine Brüste. Er konnte sie mühelos gleichzeitig mit einer Hand umfassen. Ein leiser Seufzer entschlüpfte Dana.

»Gefällt dir das?«, fragte er. Sie seufzte erneut. »Ja?«, vergewisserte er sich.

»Ja«, wisperte sie, und als sie den Kopf leicht zu ihm drehte, spiegelte sich sein Erstaunen in ihrem Gesicht.

Dana war vollkommen durcheinander. Diese Nacht hielt immer neue Überraschungen für sie bereit. Als ob es nicht schon erstaunlich genug gewesen wäre, dass sie vor diesem Kerl angefangen hatte zu weinen. Sie konnte sich nicht daran erinnern, dass sie jemals in Gegenwart eines Mannes geweint hatte, auch nicht in Philipps. Genau genommen weinte sie fast nie – und wenn, dann nur im Schutz der nächtlichen Dunkelheit und ihrer Bettdecke.

Und nun war sie ausgerechnet in den Armen dieses Mannes schwach geworden. Er hatte sie einfach festgehalten und getröstet, wodurch sie ihre Verzweiflung zunächst erst recht gespürt hatte.

Aber noch erstaunlicher als ihr Gefühlsausbruch war die Erkenntnis, dass sie es mochte, von Drago Kaminski getröstet zu werden. Es fühlte sich gut an, von diesen starken Armen und diesem gewaltigen Körper gehalten und beschützt zu werden. Seit einer Ewigkeit fühlte Dana sich zum ersten Mal sicher. Das war so schön, dass sie beinah schon wieder weinen musste. Doch statt Tränen verspürte sie auf einmal ein ungewohntes Verlangen. Sie hatte seit Jahren nicht mehr an Sex gedacht, alles in ihr war wie tot seit Philipps Unfall.

Und nun wollte sie ausgerechnet ihn. Diesen Kerl. Dieses Tier. Noch dazu in einer Nacht, der katastrophale Ereignisse vorangegangen waren. Eigentlich hätte Dana wie tot sein müssen vor Erschöpfung. Sie begriff das nicht.

Das sind nur die Hormone, sagte sie sich, das geht alles vorbei. Nimm mit, was du kriegen kannst, und vergiss anschließend einfach, was hier geschehen ist. Und so gab sie sich dem köstlichen Gefühl hin, das diese riesigen Hände auslösten, die überraschend zärtlich ihren Körper erkundeten. Seufzend drängte sie sich gegen Dragos Hüfte. Sie spürte die Härte unter seinen Boxershorts und das Verlangen, das ihn erfasst hatte. Seine Finger rieben ihre Knospen, bis Dana vor Lust aufstöhnte.

»Gut so?«, fragte er immer wieder, als sei er sich noch nicht sicher, dass sie wirklich wollte, was sie hier taten.

»Ja«, seufzte sie genüsslich. Zum ersten Mal seit einer Ewigkeit war nicht nur ihre Trauer fort, sondern auch die Angst.

Seine Hand schob sich zwischen ihre Beine. »Du bist ja schon klatschnass.« Er klang verwundert, als habe er damit nicht gerechnet. Dana war ebenfalls überrascht. Doch als die fremden Finger sie sachte massierten, spürte sie, wie die Lust mit einer Macht von ihr Besitz ergriff, die ihr vollkommen fremd war. Verlangend drängte sie sich Dragos gestähltem Körper entgegen, entbrannt in hemmungsloser Begierde nach diesem Mann. Er hielt sie so fest, dass sie kaum zu atmen vermochte, aber das verstärkte ihre Gier nur. Sie fühlte sich Drago auf köstliche Weise ausgeliefert. Er konnte alles mit ihr machen, einfach alles.

Und das tat er auch.

Er ließ einen Finger sacht durch ihren Spalt gleiten und rieb ihre Perle, bis Dana zitterte. Die erste Hitzewelle erfasste sie so schnell, dass sie kaum wusste, wie ihr geschah. Wimmernd lag sie in Dragos starken Armen, während ihr Körper von einem schnellen, heftigen Orgasmus durchzuckt wurde. Dragos Finger tauchte nun tief in sie ein. Dana spürte, wie sie butterweich unter seinen Berührungen wurde, wie sich in ihr etwas löste, das ihr ein völlig anderes Vergessen brachte als der Alkohol und die Tabletten. Ein zweiter Finger schob sich in ihre Pussy und füllte sie auf wunderbare Weise aus. Sie rieb sich an den Fingern, bewegte sich mit kleinen Bewegungen auf ihnen, bereit für mehr.

Sie schob eine Hand hinter sich und ertastete Dragos gewaltige Härte. Auch er war bereit für mehr. Sie vermochte kaum ihre ganze Hand um seinen Penis zu legen, so riesig war er. Aufregung erfasste Dana. Sie brauchte ihn in sich, jetzt sofort.

Sie hob ihr Becken und schob sich diesen wundervollen Schwanz zwischen die Beine. Doch Drago zögerte.

»Wir brauchen ein Kondom«, sagte er.

Dana blinzelte verwirrt. Sie konnte sich nicht daran erinnern, wann sie das letzte Mal Kondome benutzt hatte. Sie hatte ewig die Pille genommen, sie aber nach Philipps Tod abgesetzt. Wozu sich mit Hormonen belasten, wenn sie ohnehin keinen Sex hatte?

»Es gibt hier keine Kondome«, sagte sie. Aber sie begriff, dass es gut wäre, welche zu haben, obwohl sie sich an den ungefährlichen Tagen ihres Zyklus befand. Allerdings wusste sie genau, dass Drago Kaminski ein Schwerenöter war, der vermutlich jeden Tag eine andere Frau hatte.

»Keine Kondome?«, fragte Drago verwundert. »Wie verhütest du denn?«

»Gar nicht.« Jetzt war es an ihr, erstaunt zu klingen.

Was dachte er denn, was sie hier so den lieben langen Tag trieb?

Drago löste sich ein wenig von ihr. »Gar nicht? Ganz schön leichtsinnig, findest du nicht?«

Bevor sie antworten konnte, war er auch schon aus dem Bett gesprungen und aus dem Zimmer geeilt. Er kam rasch zurück, mit einem Kondomtütchen in der Hand. »Was für ein Glück, dass ich immer was dabei habe.« Er grinste breit.

Dana schaute ihn an. Er war eine imposante Erscheinung, wie er da nackt vor ihr stand. Der breite muskelbepackte Oberkörper war mit martialischen Bildern in allen Farben tätowiert, die sich wie ein Panzer über die Brust und Schultern bis hin zu den Oberarmen erstreckten. Zwischen den Beinen ragte ein beachtlicher Fahnenmast empor, der in Dana höchst widerstreitende Gefühle auslöste.

Nur zu gern hätte sie ihn erneut angefasst und die wunderbarsten Dinge mit ihm veranstaltet. Gleichzeitig spürte sie aber eine Ernüchterung.

Was für ein Glück, dass ich immer was dabei habe. Drago spielte Spiele wie dieses ständig. Mit immer neuen Frauen. Heute mit Dana, morgen mit einer anderen. Aber war das nicht gut so? Sie wollte doch auch nur den Moment erleben und morgen alles wieder vergessen.

Drago setzte sich auf die Bettkante und streifte sich routiniert das Kondom über. Mit wachsendem Befremden sah Dana zu, wie er seinen harten Schaft umfasste und das Gummi herabrollte. Er drehte sich mit einem umwerfenden Lächeln zu ihr – und auf einmal sah sie Philipp vor sich. Seine dunklen Haare, die ihm wirr ins Gesicht hingen. Die braunen Augen, die vor Verlangen leuchteten. Den schönen Körper, der erheblich kleiner und schmaler als Dragos war und dennoch nicht mickrig, sondern ebenfalls durchtrainiert. Sie schmeckte seine Küsse, leidenschaftlich und zärtlich. Sie roch seinen Geruch.

Abrupt drehte Dana sich fort von Drago Kaminski. »Es geht nicht«, sagte sie leise.

»Was meinst du?« Er klang verwundert.

»Ich kann das nicht tun. Es geht einfach nicht.« Dana zog sich die Bettdecke über die nackte Brust.

Drago blieb schweigend und reglos auf der Bettkante sitzen.

»Verstehe«, sagte er schließlich, stand auf und verließ Danas Schlafzimmer.

Verwirrt blieb sie zurück. Sie spürte noch seine Finger in sich, fühlte seine Nähe und Wärme und verstand sich selbst nicht mehr. Sie begriff nicht, was sie dazu bewogen hatte, diese Sache überhaupt anzufangen – nur um dann doch vor dem letzten Schritt zurückzuschrecken. Ihr eigenes Verlangen überraschte sie ebenso wie die Angst, die sie urplötzlich befallen hatte.

Es fühlte sich alles falsch an. Mit Drago zu schlafen, wäre ein riesiger Fehler gewesen – noch dazu in ihrem Zustand. Aber ohne ihn kam sie sich auf einmal erschreckend verloren vor in ihrem Himmelbett.

Dana rollte sich unter der Decke zusammen, schloss die Augen und stellte sich vor, wie Philipp sich zu ihr ins Bett legte und sie in die Arme nahm. Doch tröstlich war diese Fantasie nicht. Ganz im Gegenteil.

7

Der Tag, an dem Philipp verunglückte, war ein warmer und sonniger Dienstag vor ziemlich genau zwei Jahren. Dana erinnerte sich so genau daran, als sei das alles erst gestern passiert. Sie hatten das Wochenende davor auf Sylt verbracht. Mit dem Helikopter dauerte die Anreise von Hamburg aus nur eine Stunde – und schon befanden sie sich in der wunderbaren Dünenlandschaft der nordfriesischen Insel. Die Familie Laurentius besaß eins dieser zauberhaften Reetdachhäuser in Kampen, in unmittelbarer Nachbarschaft zu anderen wohlhabenden Unternehmerfamilien.

Sie hatten mit Max am Strand gesessen und im Sand gebuddelt. Philipp war sogar baden gegangen. Dana war das Wasser in der Nordsee meistens zu kalt, sie zog den Pool in ihrem Haus vor. Im Sansibar, *dem* Sylter Strandrestaurant, hatten sie ein paar Bekannte getroffen und Philipp hatte sich wie immer festgequatscht. Er war ein geselliger Mensch, der schnell mit jedem ins Gespräch kam.

Dana hingegen war von jeher eher zurückhaltend gewesen. Es kostete sie Kraft, immer freundlich zu lächeln und Smalltalk zu halten. Aber sie war so erzogen worden, sich niemals gehen zu lassen und ihre Gedanken und Gefühle für sich zu behalten. Also versteckte sie sich hinter ihrer riesigen Sonnenbrille, während Philipp mit ein paar Männern über Polo diskutierte und die Frauen sich erst an Max und dann an einem kleinen, schwarzen Mops ergötzten, der ein blaues Sporttrikot und ein farblich passendes Basecap trug.

»Henry sieht heute ja wieder besonders entzückend aus«, zwitscherte Monica Labahn, ein Model, das mit dem Fußballprofi Thomas Labahn verheiratet war.

»Danke, meine Süße. Und riecht er nicht toll?« Die stolze Besitzerin des Hundes, Katja Stöcking, hob den kleinen Kerl hoch und hielt ihn Monica Labahn unter die Nase. »Henry hat jetzt ein neues Pflegeshampoo, das wunderbar nach Pfirsich duftet. Es wurde extra für ihn kreiert, ist das nicht entzückend?«

»Großartig!« Monica nickte beeindruckt.

»Mir wäre er ja zu klein«, erklärte Roos van der Meer. Die Fernsehmoderatorin war zum dritten Mal geschieden und hatte sich nach jeder Ehe finanziell erheblich verbessert. Ihr letzter Mann war ein französischer Milliardär, der ihr dank eines ausgeklügelten Ehevertrags nach der Scheidung ein beträchtliches Vermögen überlassen musste.

»Es kommt tatsächlich auf die Größe an?«, fragte Stella Willemsen kichernd.

»Selbstverständlich!« Roos lachte anzüglich und die anderen Frauen fielen in ihr albernes Gegacker mit ein. Sogar Katja Stöcking lachte. Sie war die Älteste in der Runde, mit kurzen schwarz gefärbten Haaren, riesigen baumelnden Ohrringen und einer Affektiertheit, die kaum zu ertragen war. Ihr Mann war ein Selfmademillionär, der sein Vermögen mit einer Feinkostkette gemacht hatte. Wie bei den meisten Neureichen war bei ihnen alles eine Spur zu groß und übertrieben, um noch akzeptabel zu sein. Im Vergleich zu Katja wirkte nicht nur Stella, sondern auch Dana wie das Aschenputtel. Dabei waren beide erheblich wohlhabender als die anderen Frauen.

Dana verzog den Mund zu einem Grinsen, während ihre Augen hinter den dunklen Brillengläsern ernst blieben. Sie wusste wirklich nicht, warum sie sich mit diesen dummen Gänsen abgab. Andererseits – mit wem sollte sie sich sonst die Zeit vertreiben? Sie bewegte sich in Kreisen, in denen die Frauen ihres Alters entweder so viel arbeiteten, dass man sie nie zu Gesicht bekam, oder verwöhnte, oberflächliche Zicken waren. Sie selbst hatte immerhin Kunstgeschichte und Modedesign studiert und besaß sogar eine Galerie. Allerdings erfüllte die Arbeit sie nicht sonderlich und sie überließ sie meistens ihren Angestellten.

»Alles okay, Süße?« Stella legte Dana einen Arm um die Schultern. Sie war die Einzige in der Runde, die nicht völlig überdreht wirkte.

»Ich bin etwas müde«, redete Dana sich heraus. »Max zahnt gerade, da kriege ich nicht viel Schlaf.«

»Kümmert sich seine Nanny nicht um ihn?« Roos sah verwundert aus.

»Nachts nicht.« Dana war es zuwider, ihren Sohn wie eine Puppe abzuschieben. Sie hatte das selbst als Kind erlebt und es gehasst. Max sollte all ihre Liebe und Zuwendung spüren.

»Aber Schlaf ist wichtig.« Roos war deutlich anzumerken, dass sie Danas Engagement für völlig übertrieben hielt. »Sonst kriegst du hässliche Falten.«

»Ich finde es großartig, wie du dich um den süßen Spatz kümmerst.« Stella beugte sich zu Max, der in seinem Kinderwagen saß und vergnügt lachte, als Stella ein paar Grimassen schnitt.

Doch Dana spürte, dass er allmählich unruhig wurde. Sie schob den Kinderwagen ein Stückchen von den anderen Frauen fort. Stella folgte ihr.

»Wann bist du wieder in New York?« Sie hakte sich bei Dana unter. »Wir könnten mal gemütlich shoppen gehen.«

Dana nickte zerstreut und schob den Kinderwagen hin und her, während sie beruhigend auf Max einredete.

»Ich fliege Anfang Juli rüber«, sagte sie. »Eigentlich ist es mir in der Zeit dort viel zu heiß. Aber ich bin mit einem Künstler verabredet, der wunderbare Skulpturen macht. Sie erinnern mich ein bisschen an die Arbeiten von Giacometti.«

»Sehr schön. Ruf mich doch an, wenn du da bist.« Stella zupfte an ihrem schlichten cremefarbenen Shirt herum, von dem man auf den ersten Blick nicht sagen konnte, ob es zweihundert oder zweitausend Euro gekostet hatte. Sie winkte in die Runde. »Ihr Lieben, ich muss los, bin zum Austernessen verabredet.« Sie küsste Dana auf die Wange und verschwand.

Max wurde immer quengeliger und Dana war froh, dass sie ebenfalls einen Vorwand hatte, um sich von den Frauen loszueisen, die diesen armen Mops gerade herumreichten wie ein Stofftier. Sie hob Max aus dem Kinderwagen und trug ihn auf dem Steg, der zum Strand führte, auf und ab, bis auch Philipp begriff, dass es Zeit war, heimzukehren.

Allerdings war Max das ganze restliche Wochenende über sehr unruhig. Er weinte viel und wachte nachts immer wieder auf. Dana fühlte sich überfordert mit dem ständig weinenden Kind. Sie wusste nicht, was sie tun sollte, um es zu trösten. Gleichzeitig zerriss es ihr das Herz, wenn Max sich gar nicht beruhigte, obwohl er bereits völlig erschöpft vom Weinen war.

Philipp und sie trugen ihn abwechselnd die halbe Nacht umher. Schließlich setzte Philipp sich mit ihm vor den Fernseher im Wohnzimmer, wo sie beide irgendwann einschliefen, während Dana allein im Bett lag. So hatte sie sich ihre gemeinsamen Stunden auf Sylt nicht vorgestellt.

Aber so war das eben, wenn man ein Kind hatte. Da konnte man nichts mehr richtig planen. Und so kehrten sie auch bereits am Sonntagabend wieder zurück in ihr Haus an der Hamburger Elbchaussee und nicht, wie ursprünglich geplant, erst am Montag.

Philipp war den ganzen Montag in der Firma, Dana bekam ihn erst am späten Abend zu Gesicht. Sie verbrachte den Vormittag beim Friseur, quälte sich durch ein Mittagessen mit anderen Unternehmergattinnen, mühte sich ein bisschen mit dem immer noch quengeligen Max ab und überließ ihn schließlich entnervt von zwei schlaflosen Nächten seiner Nanny, während sie selbst sich eine Stunde bei ihrem Yogalehrer gönnte, um halbwegs zur Ruhe zu kommen.

Es war fast zehn, als Philipp endlich nach Hause kam. Er wirkte erschöpft und angespannt, offenbar gab es Probleme in der Firma. Aber wie üblich wollte er Dana damit nicht belasten. Sie mixte Drinks, die sie gemeinsam auf der Terrasse einnahmen. Max war endlich fest eingeschlafen und gönnte seinen Eltern einen ruhigen Abend.

Es war für Hamburger Verhältnisse ungewohnt mild, und lange saßen sie beide nur still da und genossen den wunderschönen Ausblick auf die Elbe. Gerade lief im rötlichen Glanz der untergehenden Sonne ein riesiges Containerschiff in den Hafen ein, und zum ersten Mal an diesem Tag spürte Dana so etwas wie Entspannung. Sie fragte sich manchmal, warum es ihr so schwerfiel, glücklich zu sein. Sie hatte doch alles. Einen wunderbaren Mann, ein süßes Kind, schöne Häuser, in denen sie in einem Luxus lebte, von dem die meisten Menschen nur träumen konnten. Sie musste sich um ihre Zukunft keine Gedanken machen. Finanziell war sie bis an ihr Lebensende abgesichert. Und doch fühlte Dana sich gelegentlich fehl am Platz, als sei sie noch gar nicht richtig angekommen.

»Ist alles in Ordnung, Süße?« Philipp sah sie aufmerksam an. An ihm lagen ihre unwohlen Gefühle jedenfalls nicht. Er war ein wunderbarer Ehemann, der genau wusste, dass sie gelegentlich ihre melancholischen Momente hatte, in denen er sie meistens einfach in Ruhe ließ. Ohne ihn wäre sie vermutlich restlos verloren. Sie wiederum wusste, dass er von einer Unruhe getrieben wurde, die er ebenfalls nur überstand, indem er sich zurückzog. Dass er Dana so unmittelbar ansprach, kam höchst selten vor. Überrascht hob sie den Kopf.

»Ja«, sagte sie und nickte nachdrücklich. »Der Tag war ein bisschen chaotisch. Aber jetzt ist alles gut.«

»Das ist schön.« Philipp nahm ihre Hand und umschloss sie fest. In seinen Augen lag ein Ausdruck, den Dana nicht zu deuten vermochte. Da war etwas, das sie an Philipp nicht kannte. Etwas Dunkles, Verzweifeltes. Offenbar war der Druck, unter dem er stand, zurzeit enorm.

Dana erhob sich und setzte sich rittlings auf Philipps Schoß. Zart umfasste sie sein Gesicht mit den Händen und küsste seine vollen, weichen Lippen. Er legte die Arme um sie und zog sie zu sich heran. Sie atmete seinen Duft ein, würzig-holzig von seinem Aftershave und warm und einladend von ihm selbst. Ihre Zungenspitze glitt über seine Lippen, die sich für sie teilten und sie in einem Kuss auffingen, der schnell sehr leidenschaftlich wurde. Sie trug ein luftiges Kleid mit einem tiefen Ausschnitt und keinen BH darunter. Philipp schob eine Hand in den Ausschnitt und streichelte Danas nackte Brust. Sie seufzte leise auf.

»Ich mag es, wenn du Kleidung trägst, bei der ich schnellen Zugriff auf dich habe«, murmelte er und kniff in ihre Brustwarzen.

»Ich weiß«, stöhnte sie. »Darum habe ich das hier ja auch angezogen.«

»Trägst du auch kein Höschen?«

»Finde es heraus.« Keck bewegte sie ihr Becken und rieb sich an ihm.

Er küsste sie erneut, wild und besitzergreifend, während seine Hand ihre Brust knetete. Die andere Hand ließ er nun ihren Rücken hinabgleiten bis zu ihrem Gesäß. Er schob den Rock des Kleides hoch und umfasste ihr nacktes Fleisch. Sanft ließ er einen Finger über ihre Backen und ihre Ritze gleiten.

»Nichts«, stellte er zufrieden fest. »Du trägst ja nicht mal einen String.«

»Ich wollte es dir so leicht wie möglich machen.« Erregung erfasste sie, als sein Finger erneut an ihrer Ritze entlangfuhr.

»Das gefällt mir sehr.« Der Finger übte nun mehr Druck aus, teilte ihre Pobacken und legte sich auf ihre Rosette. Mit leisem Druck massierte er sie. Dana stöhnte auf und drängte sich enger an Philipps Brust.

Philipp öffnete seine Hose und Dana umfasste seinen steifen Penis und rieb ihn, bis er noch standfester wurde.

»Setz dich auf ihn!« Philipps Stimme war heiser vor Erregung, seine Augen schimmerten in der Dämmerung dunkel. Dana umfasste ihn und führte die Spitze an ihren feuchten Spalt. Sie rieb sich kurz damit und glitt dann auf den harten Schaft. Mit einem leisen Seufzer ließ sie sich tief auf ihn sinken, bis sie ihn vollständig aufgenommen hatte. Es war jedes Mal aufs Neue ein wundervolles Gefühl, von ihrem Mann ausgefüllt zu werden. Philipp zog ihren Kopf zu sich herab und küsste sie sehr verlangend und besitzergreifend.

Seine Hand wanderte erneut zu ihren Pobacken und nun begnügte sein Finger sich nicht mehr damit, ihre Rosette zu streicheln. Er drang auch sanft in sie ein. Dana stöhnte auf. Sie liebte es, wenn er sie überall ausfüllte und ihre Lust an all ihren geheimen Plätzen weckte.

Er stieß mit seinem Penis tief in sie und dehnte gleichzeitig ihren Hintereingang. Sie kam ihm entgegen und ritt ihn immer schneller, vorne wie hinten, während er sie festhielt, bis sie spürte, wie Hitze sie ergriff und sie alles losließ. Dana vergrub ihr Gesicht an Philipps Hals und erstickte ihre lustvollen Schreie, als sie kam. Er brauchte nur wenige Augenblicke länger.

Schwer atmend umklammerten sie einander, bevor sie sich sanft voneinander lösten.

»Wir sollten ins Bett gehen«, raunte Philipp.

»Ja, das sollten wir.« Dana stieg lächelnd von ihm herab. Sie war sich sicher, dass er sie im Bett weiter verwöhnen würde.

Und so war es auch. Dana breitete sich nackt vor ihm aus und Philipp leckte sie ausgiebig. Immer wieder ließ er seine Zunge durch ihre Nässe gleiten, umspielte sanft ihre Perle, kitzelte sie mit seinem Atem, bis sie zitterte vor Lust. Der Orgasmus kam in kleinen Wellen, die sie schnell und leicht erfassten, wieder und wieder.

Hinterher lag sie in Philipps Armen. Er bedeckte ihren Kopf mit winzigen Küsschen. »Ich liebe dich«, raunte er. Seine Stimme war dunkel und klang ungewohnt ernst.

»Ich liebe dich auch.« Dana kuschelte sich noch fester in seine Armbeuge. Sie fühlte sich auf wunderbare Weise satt und geliebt. Das, was sie beide miteinander verband, würde Bestand haben. Philipp würde sie nicht verraten, so wie es Oliver getan hatte. Oder ihre Mutter.

Sie wusste später nicht mehr genau, was die letzten Worte waren, die sie gewechselt hatten. Vermutlich ein verschlafenes »Hab einen schönen Tag«, als Philipp am nächsten Morgen das Haus verließ. Dana schlief noch halb. Nachts hatte sie erneut mehrmals nach Max sehen müssen und war nun entsprechend müde. Sie hörte Philipp durchs Schlafzimmer gehen, ohne genau wahrzunehmen, was er tat.

»Hast du mein Handy gesehen?«, fragte er und sie brummte mechanisch: »Jacketttasche.«

»Da ist es nicht«, sagte Philipp, aber dann hörte sie nichts mehr von ihm und nahm an, dass er das Telefon gefunden hatte.

Nach einer Weile, als sie schon fast wieder eingeschlafen war, beugte Philipp sich über sie und drückte ihr einen Kuss auf die Stirn, dann war er fort. Dana drehte sich auf die Seite und schlief wieder ein.

Irgendwann hörte sie die Nanny, die gekommen war, um mit Max zum Babyschwimmen zu gehen. Dana tappte im Morgenmantel hinüber in sein Zimmer. Max krähte vergnügt und wollte unbedingt auf Danas Arm. Sie zog ihn zärtlich an sich, kuschelte ein wenig mit ihm und überließ ihn dann Jasmin, der Nanny. Sie war eine patente junge Frau, die genau wusste, was Kinder brauchten. Gelassen ignorierte sie Max' wütenden Protest, als sie ihm den Pullover über den Kopf streifte.

»Du kannst das viel besser als ich«, stellte Dana fest und verspürte einen Anflug von Neid.

»Das ist bloß eine Frage der Übung.« Jasmin lachte unbekümmert. »Und ich finde, du machst das auch schon richtig gut. Beim ersten Kind ist eben alles noch neu und fremd.«

»Ja, vermutlich.« Dana zwang sich zu einem Lächeln und verschwand im Bad. Manchmal hatte sie Angst, dass sie keine gute Mutter war. Irgendwie mangelte es ihr da wohl an Vorbildern. Ihre eigene Mutter war kaltherzig und karrieresüchtig gewesen. Dana fürchtete sich davor, genauso zu werden.

Aber darüber wollte sie nicht weiter nachdenken, das führte eh zu nichts. Sie trat unter die Dusche und gab sich der wohligen Entspannung des heißen Wassers hin.

Nach dem Frühstück beantwortete sie ein paar Mails und anschließend fuhr sie in die Hamburger City, schaute in ihrer Galerie vorbei und traf sich zum Mittagessen mit zwei anderen Galeristen. Den größten Teil des Nachmittags verbrachte sie mit Max und Jasmin im Garten. Max lernte gerade laufen, und Dana konnte sich gar nicht satt daran sehen, wie er unbeholfen auf seinen kurzen Speckbeinchen einen Fuß vor den nächsten setzte und dabei mit seinen dicken Ärmchen ruderte, bis er das Gleichgewicht verlor.

Sie machte Unmengen Fotos von ihm, und als sie ihn abends zu Bett brachte, fühlte sie sich auf angenehme Weise erfüllt. Allmählich kam Max in das Alter, in dem man tatsächlich etwas mit ihm anfangen konnte. An Liebe zu ihrem Kind mangelte es ihr wahrlich nicht. Es war wohl wirklich nur eine Art Hilflosigkeit im Umgang mit dem kleinen Geschöpf.

Den Abend verbrachte Dana wieder auf der Terrasse. Sie trank Wein und vertrieb sich die Zeit mit ihrem Handy. Es war noch milder als am Tag zuvor, die Luft war samtig, der Himmel nahezu wolkenlos. Geräusche aus dem Hafen auf der anderen Seite der Elbe hallten zu ihr herauf und vermischten sich mit dem schläfrigen Zwitschern eines Vogels, der irgendwo über ihr auf dem Dach sitzen musste.

Philipp hatte nicht gesagt, wann er heimkehren würde,

aber Dana hatte sich auch längst abgewöhnt, ihn danach zu fragen. Sie wusste, dass er grundsätzlich lange Arbeitstage hatte. Zwölf, vierzehn Stunden waren keine Seltenheit. Dafür nahm er sich allerdings auch die Freiheit heraus, sich mal mitten in der Woche freizunehmen, um mit Dana spontan zum Ausspannen nach Sylt zu fliegen oder zum Shoppen nach New York. Diese Stadt liebte Dana ganz besonders. Hier hatte sie die schönsten Jahre ihrer Kindheit verbracht.

Um zehn war Philipp immer noch nicht da. Dana wechselte ins Wohnzimmer und zappte sich durch die Fernsehprogramme. Um halb elf war ihre Weinflasche nahezu leer und Dana zu müde, um noch länger auf ihren Mann zu warten. Sie wusste nicht, ob sie Philipp bedauern sollte, der so viel Einsatz zeigen musste, um den Familienkonzern in Schwung zu halten, oder sich selbst, weil ihr Ehemann sie so sehr vernachlässigte.

Das Telefon klingelte genau in dem Moment, in dem sie von der Couch aufstand, um ins Bett zu gehen.

Es war eine männliche Stimme, die sehr sachlich klang. Aber was sie sagte, zog Dana buchstäblich den Boden unter den Füßen weg.

Sie wusste später nicht mehr, wie sie es geschafft hatte, in die Klinik zu gelangen. Irgendwie hatte sie es wohl bewältigt, ihren Fahrer zu verständigen, sich hinfahren zu lassen, auszusteigen und den Weg zur Notaufnahme zu finden. Sie hatte den Ausführungen der Ärzte gelauscht, ohne ohnmächtig zu werden. Sie war nicht mal in Tränen ausgebrochen. Sie hatte nur dagestanden und versucht zu verstehen, was nicht zu verstehen war.

Philipp war mit seinem Motorrad unterwegs gewesen und irgendwo auf einer kurvigen Landstraße im Landkreis Segeberg von der Fahrbahn abgekommen, auf die Gegenspur geraten und gegen einen Baum geschleudert worden. Es hatte ihm die halbe linke Seite weggerissen. Außerdem hatte er trotz Helm schwere Kopfverletzungen davongetragen.

Die Ärzte gingen davon aus, dass er die Nacht nicht überstehen würde. Doch zu aller Erstaunen lebte er noch ganze dreißig Tage. Allerdings im Koma und an lauter Maschinen angeschlossen. Er öffnete seine Augen kein einziges Mal mehr und sprach auch nicht mehr.

Das waren dreißig Tage, in denen Dana durch die Hölle ging. Sie wusste nicht, wovor sie sich mehr fürchtete. Davor, dass Philipp starb, oder davor, dass er schwerstverletzt überleben würde, mit amputierten und gelähmten Gliedmaßen und einem Gehirn, das wohl nie wieder richtig funktionieren würde.

Sie stellte einen Haufen Fragen, die niemand beantworten konnte. Warum hatte Philipp sie nicht darüber informiert, dass er gedachte, einen Trip mit dem Motorrad zu unternehmen? Zu einem geschäftlichen Termin wäre er garantiert mit dem Auto gefahren. Wo wollte er überhaupt hin? Nur ein bisschen durch die Gegend fahren? Oder hatte er ein Ziel gehabt? Warum war er wie ein Irrer gerast, als sei der Teufel hinter ihm her gewesen? Er neigte doch nicht zu verantwortungslosem Handeln. Schließlich hatte er einen kleinen Sohn.

Nach einer Weile hörte sie auf, weiterzufragen. Das führte ohnehin zu nichts und sie hatte im Moment drängendere Sorgen.

Alle waren an ihrer Seite – Peter und Evelyn Laurentius, ihre Schwiegereltern. Und Oliver Laurentius, ihr Exfreund. Nur ihre eigene Mutter tauchte nicht auf.

»Was für eine entsetzliche Tragödie«, sagte sie immer wieder in dramatischem Tonfall am Telefon. Aber sie reiste erst zu Philipps Beerdigung an.

Da war Dana bereits zu einem Roboter mutiert. Sie glaubte, stark sein zu müssen, das war sie den anderen schuldig. Ihrem Sohn Max, der zu klein war, um zu begreifen, dass sein Papa nicht mehr wiederkam. Philipps Vater Peter, der vor Kummer einen Herzanfall erlitt und selbst mehrere Tage in eine Klinik musste. Oliver, auf dessen Schultern nun alle Verantwortung für die Firma lastete. Und Evelyn Laurentius, der das Schlimmste widerfuhr, was eine Mutter erleben konnte, nämlich das eigene Kind zu beerdigen. Wenigstens einer musste stark bleiben in diesem Chaos.

Also riss Dana sich zusammen. Auf der Beerdigung und in all den Wochen und Monaten danach. Überall, wo sie auftauchte, bewunderte man sie für ihre Haltung, was ihr zeigte, dass sie alles richtig machte.

»Du bist so eine wunderschöne Witwe«, sagte Stella Willemsen einmal zu ihr. »Die schönste und stolzeste Witwe seit Jackie Kennedy.«

Dana lächelte ihr antrainiertes Lächeln und zwang sich, ihre Verzweiflung nur nachts in ihrem Bett zuzulassen. Sie dekorierte die Schlafzimmer in ihren Häusern und Apartments um, staffierte sie mit kitschigem Zeug aus, das überhaupt nicht zu ihr passte, und zu Philipp gleich gar nicht. Aber so vertrieb sie jegliche Erinnerung an ihn aus ihrem Schlafzimmer. Außerdem fiel es ihr unter rüschenbehangenen Baldachinen und Bergen von Decken und Kissen leichter, sich seltene Momente der Schwäche zu gestatten. Sie weinte nur im Verborgenen, in der Dunkelheit der Nacht, vergraben in ihrem Bett. So hoffte sie, die Trauer um ihren Mann zu bewältigen.

Bis sie Anna Kusmina begegnete.

8

Sie sprachen auf der langen Reise nur das Allernötigste miteinander und gingen sich so sehr aus dem Weg, wie das auf dem engen Raum einer Flugzeugkabine möglich war. Dana verkroch sich die meiste Zeit in einem separaten Schlafraum und immer, wenn sie Drago begegnete, setzte sie diesen hochmütigen Blick auf, den er nur allzu gut von ihr kannte. Er war so genervt von der Frau, dass er es kaum in Worte fassen konnte. Was hatte diese Hexe sich bloß dabei gedacht, ihn erst scharfzumachen und das Ganze dann einfach wieder abzublasen?

Oh … *blasen* war eindeutig die falsche Vokabel im Zusammenhang mit diesem Weib. Grimmig starrte Drago aus dem kleinen Flugzeugfenster auf dunkle Wolkenberge. Die Challenger geriet in Turbulenzen und sie wurden alle ordentlich durchgeschüttelt. Das hob Dragos Stimmung nicht gerade.

Herrje, er fühlte sich regelrecht vorgeführt. Als habe Dana beweisen wollen, dass er mitnichten gut auf sie aufpasste, sondern der kleinsten Versuchung erlag. Sie hatte ihm gezeigt, dass er bloß ein Mann war, der von seinen Trieben gesteuert wurde und dessen Verstand aussetzte, sobald er einen nackten Frauenhintern zu Gesicht bekam. Und so etwas konnte in seinem Job absolut tödlich sein. Das wusste sie nur zu gut.

Aber er war auch wütend auf sich selbst. Wieso hatte er es überhaupt so weit kommen lassen? Allein schon die Idee, sich in ihr Bett zu legen, war doch komplett hirnrissig gewesen. Nicht nur, dass er eine seiner obersten Regeln gebrochen und sich mit einer ihm anvertrauten Person eingelassen hatte. Er hatte sich obendrein auch noch eingebildet, zwischen ihm und Dana sei etwas. Eine erotische Anziehung, wie er sie lange nicht erlebt hatte. Darum hatte er sich zu diesem sehr verbotenen Spiel hinreißen lassen – nur um sich am Ende komplett verarscht vorzukommen.

Drago stand auf und stapfte wütend in der Kabine auf und ab, die wie ein luxuriöses Wohnzimmer ausgestattet war – mit holzvertäfelten Wänden, riesigen Ledersesseln und einer breiten Couch. Er schenkte sich an der Bar einen Scotch ein. Die emsige, aber sehr diskrete Service-Managerin eilte heran.

»Kann ich Ihnen noch etwas bringen, Herr Kaminski?«, fragte sie mit strahlendem Lächeln.

»Ein großes Steak wäre gut«, brummte Drago. Er hatte keine Ahnung, ob es so was an Bord gab – im Grunde hatte er nicht mal Hunger. Aber mit irgendwas musste er ja die Zeit totschlagen.

»Hätten Sie gern eine Ofenkartoffel dazu oder Pasta?«, fragte die Service-Managerin, als habe sie förmlich auf seine Bestellung gewartet.

»Kartoffel.« Seine knapp dahingeworfene Antwort tat ihm fast leid. Die arme Frau, die sich nichts anmerken ließ und tapfer lächelnd davon schwirrte, konnte nun wirklich nichts für seine Laune. »Und bringen Sie mir noch ein frischgezapftes Pils mit«, rief er ihr trotzdem hinterher. Er ging davon aus, dass es selbst in diesem Luxusflieger kein Fassbier an Bord gab. Das Steak ließ er gerade noch durchgehen, aber Bier entsprach definitiv nicht dem Geschmack der Eigentümerin des Jets. Doch wenn er schon das Ekel spielen musste, dann auch richtig.

»Oh, das wird schwierig.« Die emsige Biene machte prompt verlegen lächelnd kehrt. »Wir haben nur Flaschenbier an Bord.«

»Geht auch«, knurrte Drago ungnädig und nahm einen großen Schluck von seinem Whisky. Vor lauter Verachtung hätte er sich am liebsten selbst eine reingehauen. Verdammte Axt, seine Laune war wirklich unterirdisch.

Immerhin entspannte der Alkohol ihn so weit, dass er nicht anfing, das teure Mobiliar zu zertrümmern. Aber gerade, als er sich zurück zu seinem Sessel begeben wollte, tappte Dana in Jogginganzug und flauschigen Socken heran. Ihre Wangen waren rosig, die Haare hingen lang und nass über ihre Schultern. Offenbar hatte sie in dem winzigen, aber sehr edel ausgestatteten Badezimmer geduscht.

Dana würdigte Drago keines Blickes. Sie rauschte an ihm vorbei wie ein bösartiger kleiner Dämon, der alles um sich herum zu Eis erstarren ließ. Sie setzte sich in den Sessel, der am weitesten von Drago entfernt stand. Demonstrativ richtete sie den Blick aus dem Fenster. Drago kehrte sich von ihr ab und ließ sich mit dem Rücken zu ihr an einem Tisch nieder. Die Service-Managerin servierte ihm sein Bier und wandte sich dann an Dana: »Möchten Sie auch etwas essen, Frau Laurentius?«

Drago sah Dana nicht, er hörte nur ihre leise Stimme. Sie klang glockenhell und wunderbar melodisch. Eine außergewöhnlich schöne Stimme, die zu dem zarten, elfenhaften Körper passte. Noch außergewöhnlicher fand Drago ihre Bestellung. Denn die passte überhaupt nicht zu diesem zarten Persönchen.

»Am liebsten hätte ich ein großes Steak mit einer Ofenkartoffel.«

Danas Ärger auf Drago Kaminski schwoll zu echtem Zorn an. Dieser Kerl behandelte sie wie eine drogensüchtige Schlampe. Seine abfälligen Blicke machten Dana so wütend, dass sie den Mistkerl am liebsten aus dem Flugzeug geworfen hätte – in zehntausend Metern Höhe.

Schamesröte stieg ihr ins Gesicht, wenn sie daran dachte, wie er nackt vor ihr gestanden hatte, mit unübersehbarem Verlangen nach geilem Sex. Wie hatte sie sich auch nur eine Sekunde lang auf diesen Widerling einlassen können? Sie musste komplett den Verstand verloren haben. Wenn sie daran dachte, wie sie in diesen Armen mit den scheußlichen Tätowierungen gelegen hatte, musste sie sich fast übergeben. Herrje, tiefer konnte sie wahrlich nicht mehr sinken!

Dazu kam, dass sie den Flug nur mit Beruhigungs- und Magentabletten überstand. In den ersten Stunden hatte sie so sehr mit Schwindel und Übelkeit zu kämpfen gehabt, dass sie gar nicht anders konnte, als in dem komfortablen Bett zu liegen, mit dem die Challenger ausgestattet war. Dana erinnerte sich daran, wie sie mit Philipp in dem breiten Bett gelegen hatte, Max zwischen ihnen, während sie um die halbe Welt geflogen waren.

Dieses Familienglück war in so weite Ferne gerückt, als hätte es in einem anderen Leben stattgefunden.

Jetzt setzte sie sich Kopfhörer auf und starrte auf den Bildschirm vor sich, auf dem irgendeine Hollywoodkomödie lief. Aber Dana nahm kaum wahr, was da passierte. Stattdessen kreisten ihre Gedanken unablässig um diesen Scherbenhaufen, der einmal ihr Leben gewesen war. Und je mehr sie sich ihrem Zielort näherten, desto mulmiger wurde ihr. Sie hatte am Morgen mit Oliver telefoniert, der so lange auf sie eingeredet hatte, bis sie keine Kraft mehr fand, ihm zu widersprechen.

»Du musst gesund werden!«, hatte er gesagt. »Sonst kannst du dich nicht um dein Kind kümmern.« Und dann hatte er über ihren Kopf hinweg entschieden, Max zu sich in sein Haus im Tessin zu holen. Dana begriff zu spät, dass sie ihren Sohn gar nicht mehr zu Gesicht bekommen würde, bevor er mit seiner Nanny bereits Stunden vor ihr in einem anderen Flieger die Reise antrat. Oliver wollte nicht, dass das Kind seine Mutter in diesem aufgelösten Zustand erlebte. Was Dana wollte, schien niemanden zu interessieren.

Aber eine Mutter, die sich um ein Haar betrunken von einem Hochhaus gestürzt hätte, hatte wohl das Recht verwirkt, eigene Entscheidungen treffen zu dürfen.

»Geht es Ihnen gut, Frau Laurentius?«

Dana schrak zusammen, als die Service-Managerin urplötzlich vor ihr stand. Erst durch den besorgten Blick der Frau wurde ihr bewusst, dass ihr Tränen über die Wangen liefen. Hastig wischte sie sich mit den Händen übers Gesicht.

»Bitte entschuldigen Sie«, murmelte sie.

»Wenn ich etwas tun kann ...« Zögernd stellte die Frau ein Tablett mit Danas Essen auf einem Tischchen ab.

»Nein, nein!«, wehrte Dana erschrocken ab. »Ich bin nur ... es war in letzter Zeit alles ein bisschen viel.« Sie zwang sich zu einem Lächeln.

Die Frau berührte sie sanft an der Schulter. Sie hieß Ellen Jacobs und gehörte häufiger zu der Crew an Bord von Philipps Privatjet – der jetzt Danas Privatjet war, aber an diesen Gedanken hatte sie sich immer noch nicht richtig gewöhnt. Ihre dunkelbraunen Haare trug sie meistens in einem straffen Knoten, ihr Lächeln war stets freundlich und offen. »Hätten Sie vielleicht gern noch einen Tee?«

Die Wärme in ihrer Stimme tat Dana gut. Am liebsten hätte sie sich in Ellen Jacobs' Arme geworfen und noch mehr geweint. Stattdessen lächelte sie erneut. »Ein Tee wäre wundervoll.«

»Sehr gern.« Ellen Jacobs eilte davon.

Drago Kaminski stand von seinem Platz auf und schlenderte den schmalen Gang zwischen Sesseln und Couch auf und ab, als wolle er sich die Beine vertreten. Dana wandte entsetzt ihr verheultes Gesicht ab. Katastrophentouristen konnte sie jetzt wahrlich nicht gebrauchen. Energisch schnitt sie ein großes Stück von dem Fleisch auf ihrem Teller ab.

»Steak mit einer Ofenkartoffel«, sagte Drago spöttisch. »Das Schätzchen gedenkt tatsächlich, auch mal wieder feste Nahrung zu sich zu nehmen.«

Dana sagte kein Wort. Der Appetit war ihr längst vergangen, aber diesem Arschloch würde sie keinen Anlass zu weiteren Fiesheiten geben. Sie würgte den Bissen hinunter und schnitt sich das nächste Stück von ihrem argentinischen Rindersteak ab. Ob sie mit dem Kapitän verhandeln konnte, irgendwo einen außerplanmäßigen Zwischenstopp einzulegen, um Drago Kaminski aus der Maschine zu werfen? Vielleicht in Sibirien? Oder der Arktis?

Rindersteak und Ofenkartoffel. Drago konnte es kaum glauben. Er hätte gedacht, das verwöhnte Püppchen würde sich nur von Sushi und diesem molekularen Zeug ernähren, das sehr winzig und sehr bunt aussah. Stattdessen verschlang sie ihr Essen mit sichtlichem Appetit. Und jetzt bestellte sie sogar noch Schokopudding zum Nachtisch. Ernsthaft? Nun, sie hatte offenbar ziemlich lange nichts Ordentliches mehr zu sich genommen.

Während er so tat, als vertrete er sich die Beine, beobachtete er sie heimlich. Diese wilde Entschlossenheit, mit der sie den Pudding in sich hineinschaufelte, war irgendwie niedlich. Gleichzeitig umgab sie aber etwas so Einsames und Verzweifeltes, dass es kaum auszuhalten war. Aber sie bettelte nicht um Mitleid – im Gegenteil, ihre verheulten Augen musterten ihn kalt, als sich ihre Blicke kreuzten.

»Sie sehen hungrig aus«, sagte sie mit dieser wunderbar melodiösen Stimme, die vor Kälte klirrte. »Essen Sie doch auch einen Pudding.«

Drago fühlte sich seltsam ertappt. »Zu viel Zucker«, brummte er und wandte sich hastig ab.

»Ellen, sind Sie so nett und bringen mir noch einen Pudding?«, rief Dana hinter seinem Rücken.

Forderte sie ihn heraus? Drago strich sich verunsichert mit einer Hand über die Haare und verzog sich mit finsterem Blick auf die Toilette. Er spritzte sich kaltes Wasser ins Gesicht und über die Arme. Was war denn nur los mit ihm, dass er sich von dieser Person derart aus der Ruhe bringen ließ?

Als er zurück in den Salon kehrte, stopfte Dana gerade die zweite Puddingportion in sich hinein. Flüchtig hob sie den Kopf und ein beinah höhnisches Lächeln glitt über ihr hübsches Gesicht.

Drago setzte sich auf die Couch, zappte ein bisschen durch die Programme des Fernsehers neben sich und fragte sich, wo dieses neuerliche Spiel hinführte. Was hatte Dana Laurentius mit ihm vor? Wollte sie ihn genauso verschlingen wie ihr Essen? Das sollte sie nur versuchen!

Nachdem sie die zweite Puddingportion vertilgt hatte, lehnte sie sich in ihrem Sessel zurück.

Drago verbarg seine anhaltende Irritation hinter beißendem Spott. »Hat Fräulein Nimmersatt tatsächlich schon genug? Oder muss noch ein dritter Pudding dran glauben?«

»Nein.« Sie legte eine Hand auf ihren Bauch und schloss die Augen. Ein Weilchen saßen sie einander gegenüber – in sicherer Entfernung und feindseligem Schweigen. Dann sprang Dana plötzlich auf, hielt sich eine Hand vor den Mund und stürzte Richtung Toilettenraum.

Drago konnte sich ein breites Grinsen nicht verkneifen. Fräulein Nimmersatt hatte sich offenbar doch ein wenig übernommen mit all dem Fleisch und Süßkram. Er wusste selbst nicht, warum ihn das so freute.

9

Zwei Tage später saßen sie zu dritt im Wohnzimmer des Hauses, in dem Drago und sein neuer Kollege Matt Parker wohnten, wenn sie sich im Tessin um Oliver Laurentius' Familie kümmerten. Es war ein landestypisches Steinhaus mit Palmen und Bananenstauden im Garten und einem wunderschönen Blick auf den Lago Maggiore. Allerdings sah man davon im Moment nichts, die Fensterläden waren geschlossen, um die Sonne abzuhalten.

Matt Parker arbeitete erst seit ein paar Wochen für Oliver, und Drago tat sich bislang schwer mit ihm. Silvers Verlust schmerzte noch zu sehr.

»Bayern?« Er warf einen finsteren Blick auf Matts Basecap, auf dem das Logo des FC Bayern München prangte.

»Was denn?« Matt grinste unbekümmert. »Sie sind die Besten.«

Drago starrte ihn finster an. »Weißt du, wer die Besten sind?«

»Sag nicht der HSV.« Matt hob zweifelnd eine Augenbraue.

»Blödsinn!« Drago machte eine wegwerfende Handbewegung. Dieser Mann hatte echt keine Ahnung. Aber okay, das lag vielleicht daran, dass er gebürtiger Amerikaner war und nur einige Jahre in Deutschland gelebt hatte. »Die Schwarz-Gelben.« Drago war in Dortmund aufgewachsen, und obwohl er schon seit vielen Jahren nicht mehr dort lebte, hielt er seinem Verein die Treue. Selbstredend.

Matt lachte schallend. »Der ewige Zweite. An den Bayern kommen die nicht vorbei.«

Drago beugte sich vor. »Bauer!«, schnaubte er.

Matt hielt seinem abfälligen Blick stand. »Zecke!«, konterte er.

Die Luft schien zu knistern. Drago verspürte den unbändigen Drang, das unter Männern zu klären. Sofort.

»Schluss jetzt!«, fuhr Oliver ungehalten dazwischen. »Wir haben Wichtigeres zu tun.«

Dieser blöde Spielverderber! Aber er hatte ja recht. Sie hatten ein Problem zu bewältigen, das so verdammt heikel war, dass sie sich keine albernen Plänkeleien unter Kollegen erlauben konnten. Und doch ... fucking Scheiße aber auch, Drago vermisste Silver so sehr, dass es kaum auszuhalten war.

»Also«, herrschte Oliver ihn an. »Ich höre.«

Drago versuchte, Matt zu ignorieren, dessen Kiefer unübersehbar mahlten. Er dachte an das, was seine Recherchen ergeben hatten, aber dadurch besserte sich seine Laune kein bisschen. Im Gegenteil.

»Dieser Igor Kusmin saß unter anderem wegen illegalen Glücksspiels im Gefängnis«, sagte er. »Kann es sein, dass Philipp ein Spieler war? Das würde seine Schulden bei dem Kerl und die Konten mit den merkwürdigen Geldbewegungen erklären.«

Oliver Laurentius schwieg lange und starrte auf einen Punkt irgendwo in der Ferne. Schließlich holte er tief Luft. »Ganz ehrlich? Ich halte gar nichts mehr für ausgeschlossen. Offenbar kannte ich meinen Bruder überhaupt nicht. Ich weiß, er hat gern mal über die Stränge geschlagen. Und er war kein sonderlich geschickter Unternehmer. Aber Glücksspiel? Andererseits … Ja, warum nicht? Es wäre mir auf jeden Fall lieber, als wenn wir herausfänden, dass er mit Drogen gehandelt hat.«

»Wir haben jetzt zwei Möglichkeiten«, fuhr Drago fort. »Entweder halten wir still, zahlen das Geld, und die Sache ist erledigt.« Er machte eine kleine Pause. »Oder wir gehen zur Polizei und zeigen Igor Kusmin an. Dann musst du nicht zahlen und der Mann wird aus dem Verkehr gezogen.«

»Und für wie lange? Ein paar Monate? Ein, zwei Jahre? Und dann?« Oliver schüttelte den Kopf und sprach aus, was Drago auch befürchtete. »Dann steht der Kerl eines Tages mit seinem Schlägertrupp vor meiner Tür und holt sich sein Geld auf diese Weise.«

»Also zahlst du und wir halten still?«

»Ja.«

Drago hatte nichts anderes erwartet. »Gut. Trotzdem sollten wir auf der Hut sein. Du hast recht, deine ganze Familie braucht noch stärkeren Schutz als ohnehin schon. Keiner von euch darf mehr allein auf die Straße.« Er sah, wie sich eine steile Falte auf der Stirn seines Chefs bildete. »Ich weiß, du hasst diese totale Kontrolle. Und Josi erst recht. Aber es geht nicht anders. In eurem Haus in Ascona seid ihr sicher. Matt wird euch dort mit ein paar Kollegen rund um die Uhr bewachen.«

»Was ist mit Christina?« Olivers Schwester lebte mit ihrem Mann Dylan auf einer Pferderanch in den USA. Sie kam nur selten nach Deutschland.

»Sie gehört zu deiner Familie«, entgegnete Drago, als sei das Antwort genug.

Die Falte auf Olivers Stirn wurde noch steiler, aber Matt Parker nickte zustimmend. Immerhin war er kooperativ und neigte nicht dazu, aus der Reihe zu tanzen. So jemanden könnte Drago gleich gar nicht im Team gebrauchen.

»Danas Wohnung in New York macht auch einen sicheren Eindruck«, fuhr er fort. »Wie es mit ihrem Hamburger Haus und ihren anderen Wohnungen und Häusern aussieht, weiß ich noch nicht. Mir scheint, sie selbst macht sich überhaupt keine Gedanken darüber.« Drago hatte mit Andreas May, dem Chef der Securityfirma gesprochen, die für Dana arbeitete. Der Mann hatte ihm erklärt, dass Dana seine Dienste nur sehr selten in Anspruch nahm – hauptsächlich, wenn sie auf größere Veranstaltungen ging, um sich die Medienleute vom Hals zu halten. Wozu sollte sie auch vorsichtig sein, wenn sie ohnehin keine Lust zum Weiterleben hatte? »Auf jeden Fall brauchst du mehr Leute«, schloss Drago.

»Ich weiß. Vielleicht sollte ich May Security Service auch engagieren. Die haben eine Menge Mitarbeiter und sie arbeiten offenbar gut.«

»Ja«, sagte Drago langsam. »Vielleicht solltest du das.« Aber er hatte bereits ganz andere Pläne im Kopf. Doch es war nicht der richtige Zeitpunkt, darüber zu reden.

Jetzt meldete sich Matt Parker zu Wort. »Wurde eigentlich Philipps Tod damals genauer untersucht?«

Drago sah ihn scharf an. »Worauf willst du hinaus?«

»Nun …« Matt warf Oliver einen schnellen Blick zu, als wisse er nicht recht, ob er weiterreden dürfe. »Mit der Russenmafia ist nicht zu spaßen. Wenn denen jemand in die Quere kommt, können sie sehr ungemütlich werden.« Er zögerte leicht.

»Ja?« Oliver beugte sich ungeduldig vor. Drago spürte, wie angespannt er war.

Matt straffte unmerklich seine Schultern. »Könnte es sein, dass beim Tod deines Bruders etwas nachgeholfen wurde?«

Oliver Laurentius lehnte sich in seinem Sessel zurück und atmete tief aus. In der folgenden Stille musterte Drago Matt Parker eingehend. Er war ein wortkarger, kantiger Mann, einige Jahre jünger als Drago und extrem gut in Form. Drago wusste, dass er bei den Navy SEALs ausgebildet worden war, einer Spezialeinheit der U.S. Navy. Die Ausbildung war extrem hart. Im Vergleich dazu erschien Drago seine eigene Bundeswehrausbildung geradezu lächerlich. Der Kerl war ihm vermutlich nicht nur körperlich überlegen, er hatte obendrein einen wachen Verstand. Eigentlich war er der perfekte Mann für sein Team. Drago freute sich trotzdem nicht. Er wollte mit diesem Bauern nichts zu tun haben.

»Wäre das denkbar?« Olivers Stimme war heiser vor Anspannung.

Drago räusperte sich. »Denkbar ist alles.«

»Das heißt, es gab keine Untersuchung?«, hakte Matt nach. Seine Mutter war Deutsche und er beherrschte die Sprache erstaunlich gut.

»Jedenfalls keine, die über die üblichen Ermittlungen

nach einem Verkehrsunfall hinausging.« Oliver fuhr sich mit einer Hand durch die dunklen Haare. »Es bestand kein Anlass dazu. Philipp hat es aus der Kurve gehoben, weil er zu schnell gefahren war. Darin waren sich die Gutachter einig. Fremdverschulden schlossen sie aus. Es wurden keine weiteren Fahrzeuge in den Unfall verwickelt und das Motorrad wies auch keinen technischen Defekt auf. Es gab nicht mal Zeugen. Kein Mensch war außer Philipp auf dieser kleinen Straße unterwegs.«

Drago war klar, dass Oliver hinter den sachlichen Angaben seine Angst verbarg. Philipp Laurentius, der von Verbrechern gejagt wurde? Das hörte sich so unwahrscheinlich an, dass sie sich eigentlich gegenseitig verbieten müssten, auch nur einen Gedanken daran zu verschwenden.

Und gleichzeitig spürte Drago eine höchst ungute Ahnung aufsteigen.

Dana verließ die Klinik schneller, als den Ärzten lieb war. Sie sah keinen Sinn darin, sich länger als unbedingt nötig einsperren zu lassen. Eine Laurentius war stark. Und eine Eliot erst recht.

Danas russische Mutter Natasha war in jungen Jahren eine sehr erfolgreiche Tänzerin gewesen. Sie hatte im Staatlichen Russischen Ballett gearbeitet, später dann, nachdem sie Danas Vater kennengelernt hatte, wechselte sie zum New York City Ballet. Eiserner Drill und strenge Disziplin bestimmten bis heute ihr Leben. Obwohl sie inzwischen als Choreografin arbeitete und nur noch selten selbst auf der Bühne stand, machte sie nach wie vor täglich ein zweistündiges Workout und war auch mit vierundfünfzig noch besser in Form als die meisten Zwanzigjährigen.

Danas Vater, dem Dirigenten Francis Eliot, hatte alle Welt eine grandiose Karriere prophezeit. Doch dann kam er bei einem Flugzeugabsturz ums Leben. Sie erinnerte sich gut an die Zeit, als sie noch eine richtige Familie gewesen waren. Ihr Vater hatte viel gelacht. Er war mit ihr in den Zoo im Central Park gegangen und hatte sie zu Konzerten mitgenommen. Abends hatte er sich zu ihr ins Bett gelegt und ihr Geschichten erzählt – von Feen und Trollen, Drachen und Prinzen.

Natasha hatte das nie getan. Sie war abends meistens gar nicht da, weil sie auf der Bühne stand. Francis war damals noch nicht ganz so gefragt, aber heute wusste Dana, dass er vermutlich wenige Jahre später ähnlich oft von seiner Tochter getrennt gewesen wäre. Doch als Kind hatte sie sich gern der Illusion hingegeben, dass ihr Vater sie niemals freiwillig verlassen hätte.

Nicht so wie ihre Mutter, die Dana nach seinem Tod zunächst von einer Nanny betreuen ließ. Doch als sie eines Nachts heimkehrte, fand sie das Kindermädchen halbnackt mit einem ebenfalls halbnackten jungen Mann in wilder Verknotung auf dem Wohnzimmerteppich vor, während Dana nebenan schlief. Da gab sie ihre Tochter kurzerhand in ein von Nonnen geführtes Internat in der Schweiz. Als ob Dana schuld am Versagen der Nanny gewesen sei.

An dem Tag, an dem ihre Mutter sie in dem großen alten Haus um Luzerner See ablieferte, endete Danas Kindheit endgültig. Da war sie gerade acht Jahre alt.

Danas Augen brannten, als die Erinnerungen in einer Lebendigkeit auf sie herniederprasselten, als sei das alles nicht schon zwanzig Jahre her. Sie dachte an die Nonnen, die ihr Haus mit strengen Regeln und eiserner Disziplin geführt hatten. Sie dachte an heißen Kakao, den sie trinken musste, obwohl sich bereits eine Haut auf ihm gebildet hatte. An Haferbrei, den sie mit Tränen in den Augen hinunterwürgte, an eiskalte Schlafsäle und Gemeinschaftsduschen, in denen sie den neugierigen Blicken der anderen Mädchen ausgesetzt war. An die vielen einsamen Nächte, in denen sie sich unter der Bettdecke vergraben und still geweint hatte, bis sie vor Erschöpfung einschlief. Sie dachte an die Wochenenden, an denen andere Kinder von ihren Eltern abgeholt wurden, während sie immer zurückblieb. Und an das Heimweh, das sich so tief in sie hineinfraß, dass in ihrem kleinen Herzen kaum noch Platz für etwas anderes war.

Irgendwann hatte sie keine Tränen mehr gehabt und der Schmerz war so selbstverständlich geworden, dass Dana ihn nicht mehr spürte. Sie begriff, dass sie stark sein musste, um in dieser Welt zu überleben. Dass niemals jemand erfahren durfte, wie es in ihrem Inneren aussah. Es würde ihr ja ohnehin niemand helfen.

Die Tochter einer Natasha Wolkowa und eines Francis Eliot zeigte keine Gefühle. Selbst dann nicht, als ihr geliebter Mann starb. Sie hatte sich hübsche Kleider angezogen, die Schatten unter den Augen fortgeschminkt und sich ins Getümmel gestürzt. Erst die Beerdigung, dann Konzerte, Partys, Charity-Empfänge. Das Leben musste ja irgendwie weitergehen.

Bis diese widerliche Anna Kusmina alles ruinierte.

Die Frau hatte sie in der Hand, das dämmerte Dana erst allmählich. Wenn sie nicht tat, was diese raffgierige Russin verlangte, würde die mit der Story an die Öffentlichkeit gehen. Die Medien würden Philipp posthum in der Luft zerreißen und sein Ansehen und das der gesamten Familie so nachhaltig beschädigen, dass sie sich davon so schnell nicht wieder erholen würden – selbst wenn sich herausstellen sollte, dass die ganze Geschichte erstunken und erlogen war.

Sie hatte nicht gewusst, was sie tun sollte. Wem konnte sie sich anvertrauen? Stella oder einer anderen Freundin? Gewiss nicht. Das war viel zu heikel. Oliver? Auch nicht. Er sorgte sich zwar rührend um sie, seit Philipp tot war – und ging ihr damit oft genug auf die Nerven. Aber sein Verhältnis zu seinem Bruder war angespannt gewesen. Vermutlich würde er nur abfällige Worte über ihn finden.

Dana entschied, mit niemandem über Anna Kusmina zu reden. Je weniger Mitwisser sie hatte, umso besser. Die junge Frau rief immer wieder an – woher sie Danas Telefonnummer hatte, war ihr schleierhaft – und schrieb ihr Mails, die zunehmend drohender klangen. Am Ende machte sie klar, dass sie sofort an die Presse gehen würde, falls Dana ihr bis zu einem bestimmten Termin nicht fünfhunderttausend Euro zahlte – »*als Ausbildungsgeld für die süße Irina*«. Und um ihren Forderungen noch mehr Nachdruck zu verleihen, erhielt Dana einen weiteren Anruf. Eine männliche Stimme sprach zu ihr und versetzte sie in Panik.

Dana zahlte augenblicklich.

10

Die Frau war mittleren Alters, hatte eine kräftige Figur und kurze, schon leicht ergraute Haare. Sie trug Jeans und ein weites Shirt und war erst mal damit beschäftigt, einen kläffenden Rauhaardackel zu besänftigen.

»Binchen, jetzt ist es aber echt mal gut!« Energisch wies sie dem Hund seinen Platz in einem Körbchen im Flur zu. Aber sie brauchte drei Anläufe, bis das kleine Biest endlich gehorchte und Ruhe gab.

Drago sah sich in der Zwischenzeit in der unaufgeräumten Küche um, in der ein feiner Ledergeruch in der Luft hing. In der Spüle stapelte sich schmutziges Geschirr und auf dem Herd stand eine Pfanne mit Essensresten. Ein Plastikkasten neben dem Tisch war vollgestopft mit Bürsten und anderen Putzutensilien. Über einer Stuhllehne hing Lederzeug, ein Halfter mit Zügeln, soweit Drago das beurteilen konnte. Von Pferden hatte er keine Ahnung.

»Bitte verzeihen Sie die stürmische Begrüßung.« Die Frau lächelte verlegen. »Und noch mal Entschuldigung für die Unordnung. Ich war gerade dabei, Lederpflege zu betreiben.«

»Ich muss mich entschuldigen, weil ich hier so hereinplatze.« Drago folgte ihrer Einladung und setzte sich an den Küchentisch. »Und ich danke Ihnen sehr, dass Sie sich einen Moment Zeit nehmen. Sie werden sicher verstehen, dass Ihre Aussage für uns sehr wichtig ist.« Drago hatte behauptet, dass sein Chef die Informationen für seine Versicherung benötige.

»Selbstverständlich.« Die Frau schenkte Kaffee in zwei Becher, auf denen Herzchen in allen Farben aufgedruckt waren, und reichte Drago einen davon. »Nehmen Sie Milch oder Zucker?«

»Weder noch.«

Die Frau knetete verlegen ihre Hände. »Wissen Sie, ich hatte einfach keine Ahnung, dass meine Aussage wichtig sein könnte. Jetzt tut es mir richtig leid, dass ich damals nicht zur Polizei gegangen bin.«

»Sie müssen sich für nichts entschuldigen.«

Drago verkniff es sich, der Frau Vorwürfe zu machen. Er war froh, dass sie wenigstens jetzt redete. Nachdem Matt Parker den ungeheuerlichen Verdacht ausgesprochen hatte, dass an Philipp Laurentius' Unfall etwas nicht mit rechten Dingen zugegangen sein könnte, waren sie kaum noch zur Ruhe gekommen. Oliver hatte einen Privatdetektiv engagiert, der tatsächlich eine Zeugin ausgemacht hatte, die nie von der Polizei befragt worden war.

Drago vertraute niemandem so schnell. Darum überzeugte er sich lieber persönlich von den Angaben des Detektivs. Doch diese Marlies Becker machte einen glaubwürdigen Eindruck. Drago wusste bereits, dass sie mit ihrem Pferd in unmittelbarer Nähe zum Unfallort auf einem Weg unterwegs gewesen war, der zwischen den

Feldern entlangführte, die sich seitlich der Straße erstreckten.

»Wie kam es denn dazu, dass Sie nicht befragt wurden?« Er umfasste seinen Kaffeebecher mit einer Hand. »Ich weiß, Sie haben das schon einmal erzählt. Mögen Sie es mir auch noch mal erzählen?«

»Natürlich.« Marlies Becker nickte eifrig. »Meine Stute ist noch jung und sehr nervös. Als das Motorrad gegen den Baum krachte, knallte es fürchterlich. Da erschrak die Donata so sehr, dass sie durchging. Ich war erst mal eine ganze Weile damit beschäftigt, sie zu besänftigen. Sonst wäre sie womöglich auch noch auf die Straße gerannt.« Marlies Becker lächelte verlegen. Es schien ihr sichtlich peinlich zu sein, dass sie ihr Pferd nicht im Griff gehabt hatte. War das vielleicht sogar der Grund, warum sie sich nicht bei der Polizei gemeldet hatte?

»Ich sah dann aus einiger Entfernung, dass ein Auto anhielt«, fuhr sie fort. »Da wusste ich, dass der Mann versorgt würde. Bald darauf kam ja auch schon der Krankenwagen. Wissen Sie, wenn da niemand gehalten hätte, dann hätte ich natürlich die Polizei gerufen. Aber so …«

Drago zwang sich zu einem freundlichen Lächeln, obwohl ihm Marlies Beckers Verhalten unbegreiflich war. Wie konnte man nur so dämlich sein, nicht zur Polizei zu gehen, wenn man augenscheinlich der einzige Zeuge eines schweren Unfalls war? Das grenzte ja schon beinah an Fahrlässigkeit. Aber er brauchte Informationen, also durfte er die Frau nicht verschrecken.

»Verstehe«, sagte er, obwohl er gar nichts verstand. »Noch mal zum Unfall. Sie haben ein zweites Motorrad gesehen, richtig?«

»Ja, genau.« Jetzt redete die Frau schnell und eifrig, offenbar war sie erleichtert, dass sie den heikelsten Punkt des Gesprächs hinter sich lassen konnte. »Die waren beide ziemlich schnell unterwegs. Und dann hat der eine den anderen überholt.«

»Einfach nur überholt? Oder kam er zu dicht an ihn ran? Hat er ihn vielleicht sogar abgedrängt?«

Wieder knetete Marlies Becker verlegen ihre Hände. »Das kann ich nicht so genau sagen. Ich war ja doch ein ganzes Stückchen entfernt. Und dann musste ich auch noch die Donata beruhigen, die war ja völlig durcheinander.« Sie zog die Nase kraus. »Die waren schon ganz schön dicht beieinander. Aber ob der Überholer den anderen damit in Gefahr gebracht hat? Nun ja, offenbar schon, sonst wäre der Unfall ja nicht passiert.«

Drago stellte noch ein paar Fragen, aber er kam nicht richtig weiter. Die Antworten, die Marlies Becker gab, klangen ehrlich und ein wenig einfältig. Das Einzige, was er nun mit Sicherheit wusste: Es hatte einen zweiten Motorradfahrer gegeben, der in keinem Polizeibericht auftauchte. An jenem Sommerabend vor zwei Jahren war kaum jemand auf der einsamen Landstraße unterwegs gewesen. Außer dem Autofahrer, der den Rettungsdienst informierte, hatte niemand etwas bemerkt.

Drago hatte auch diesen Zeugen noch einmal befragt, aber nichts Neues herausgefunden. Es handelte sich um einen älteren Mann, der im übernächsten Dorf lebte. Er war erst Minuten nach dem Unfall an der Unfallstelle vorbeigekommen.

»Das ist eine sehr gefährliche Kurve«, hatte er Drago erklärt. »Da ist schon häufiger mal was passiert. Zuletzt hat es vor zwei Monaten fürchterlich gekracht. Die Leute unterschätzen die Gefahr immer und ignorieren die Schilder mit der Geschwindigkeitsbegrenzung. Schrecklich.«

Drago stand auf. »Sie haben mir sehr geholfen, Frau Becker.«

Die Frau erhob sich ebenfalls. Sie sah mit geröteten Wangen zu Drago auf. »Das freut mich«, sagte sie eifrig, und dann sprang auch schon der Dackel aus seinem Korb und das Gekläffe ging wieder los. Eine weitere Unterhaltung war kaum noch möglich.

Drago verabschiedete sich und stieg in den Opel, den er sich für diese Aktion geliehen hatte. Sein Porsche wäre zu auffällig gewesen. Aber Marlies Becker würde vermutlich nicht gleich zur Lokalzeitung rennen. Offenbar hatte sie bis heute nicht begriffen, wer der Mann eigentlich gewesen war, der da vor über zwei Jahren mit seinem Motorrad verunglückt war. Und das, obwohl die Medien damals groß über Philipps Tod berichtet hatten. Aber er war als Person nicht so prominent wie gewisse Schauspieler oder Musiker. Die Leute kannten in erster Linie die Produkte, die der Kosmetikkonzern Laurentius herstellte – Shampoos, Cremes, Lippenstifte –, weniger die Köpfe, die dahinter steckten. Vermutlich hatte Marlies Becker der Sache daher keine große Aufmerksamkeit geschenkt. Und Drago hatte im Gespräch mit ihr alles vermieden, um Philipps Identität preiszugeben.

Nachdenklich startete er den Wagen. Man konnte diesen zweiten Motorradfahrer mindestens wegen Fahrerflucht drankriegen. Möglicherweise sogar wegen Mordes. Es fiel Drago schwer, das zuzugeben, aber Matt Parker hatte sie da auf eine ungeheuerliche Geschichte gestoßen.

11

Das Wetter war typisch norddeutsch. Es regnete in Strömen und ein unangenehmer Wind fegte durch die Straßen. Und das mitten im August. Ein Butler eilte unentwegt mit einem riesigen Schirm zwischen der Villa und dem Parkplatz hin und her, auf dem eine Limousine nach der nächsten eintraf.

Dana duckte sich zusammen mit Max unter den Schirm des Mannes und zog ihre Stola fester um ihre nackten Schultern. Es war ein Fehler gewesen, dass sie sich für dieses ärmellose Cocktailkleid entschieden hatte. Sie fror jetzt schon fürchterlich und konnte nur hoffen, dass im Haus gut geheizt wurde.

Dana holte tief Luft, als sie die wunderschön restaurierte Halle der Elbvilla betraten, ein ehemaliges Herrenhaus, das mittlerweile als exklusive Eventvilla diente. Im Nu waren sie umringt von elegant gekleideten Leuten. Peter Laurentius, der Senior der Laurentius AG, feierte seinen siebzigsten Geburtstag und hatte außer seiner Familie zweihundert Gäste aus Politik, Wirtschaft und Showbiz eingeladen.

»Ihr Lieben, wie schön!« Evelyn Laurentius eilte ihnen

mit strahlendem Lächeln entgegen. Sie war eine elegante Erscheinung in ihrem mintgrünen Kleid von Dolce und Gabbana mit den dreiviertellangen Puffärmeln und dem geometrisch geschnittenen Kragen. Ihre perfekt frisierten kinnlangen Haare leuchteten in frischer Farbe – einer Mischung aus Honigblond und Perlmutt, die ihr sehr gut stand.

Ungeachtet ihres festlichen Äußeren warf Max sich in ihre Arme und küsste sie stürmisch. Gleich darauf erschien auch Evelyns Mann Peter, der von Max ebenfalls begeistert begrüßt wurde. Dana wurde das Herz weit, als sie sah, wie innig das Verhältnis ihres Sohnes zu seinen Großeltern war. Peter Laurentius hatte dasselbe verschmitzte Lachen und die warmen braunen Augen wie seine Söhne. Wenn sie früher den immer noch schlanken, hochgewachsenen Mann mit den silbergrauen Haaren angesehen hatte, konnte sie erahnen, wie Philipp als alter Mann aussehen würde. Doch so weit war es nie gekommen. Mit gerade mal fünfunddreißig Jahren war Philipp in den Tod gerast.

Dana straffte ihre Schultern und blickte mit dem freundlichsten Lächeln, zu dem sie imstande war, in die Runde. Es war ihr erster größerer Auftritt seit ihrem Zusammenbruch, und es kostete sie Kraft, nach außen so zu tun, als habe sie sich in den vergangenen Monaten nur deshalb so rar gemacht, weil sie wahnsinnig viel zu tun gehabt hatte. Niemand hier wusste, was sie tatsächlich getrieben hatte. Außer Oliver. Und damit vermutlich auch Josi. Jedenfalls ging sie davon aus, dass Oliver offen mit Josi gesprochen hatte. Die beiden waren sich sehr nah.

Es versetzte Dana einen leisen Stich, als sie die zwei prompt im Clubraum im Erdgeschoss der stilvoll eingerichteten Villa entdeckte. Sie standen eng beieinander vor einem Kamin und wirkten so glücklich miteinander, als hätten sie sich eben erst ineinander verliebt. Abrupt drehte Dana sich fort.

»Dana, Liebes, ich dachte schon, ich würde dich in diesem Leben nie mehr zu Gesicht bekommen.«

Stella Willemsen eilte auf sie zu und Dana drängte alle trüben Gedanken fort und setzte ein perfektes Lächeln auf.

»Stella, Süße!« Küsschen links, Küsschen rechts und lächeln, lächeln, lächeln. Stella trug ein traumhaftes Kleid von Valentino aus schwarzer Spitze mit großen, bunten Blütenapplikationen auf der rechten Seite. Sie hatte wirklich ein Händchen für geschmackvolle Kleider. Nur ihre Haare hingen ein wenig trostlos über ihre Schultern.

»Du siehst fabelhaft aus«, flötete Stella und hakte sich bei Dana unter. »Und jetzt erzähl mal, wie es dir geht. Ich habe ja seit Ewigkeiten nichts mehr von dir gehört.«

Dana lächelte so überzeugend wie möglich. »Ach, es war einfach so viel los. Du weißt doch, wie das ist. Die Zeit vergeht immer viel zu schnell.«

Stella zog Dana zu einem Fenster, aus dem man einen schönen Blick auf den Park hatte, der die Villa umgab. »Ein Jammer, dass das Wetter so schlecht ist«, sagte sie. »Sonst könnten wir jetzt schön draußen sitzen.«

»Ja, ein Jammer.« Dana sah hinaus zu den großen alten Bäumen. In diesem weitläufigen Park hätte sie sich wunderbar unauffällig zurückziehen können. Hier im Haus war sie wie eine Gefangene.

»Und jetzt mal raus mit der Sprache.« Stella legte einen Arm fest um Danas Taille. »Was ist los bei dir?«

»Ich weiß nicht, was du meinst.« Dana heftete ihren Blick auf den gewaltigen Stamm einer uralten Eiche.

»Ist es wegen Philipp?« Stellas Stimme wurde leise und sanft. »Komm schon, Dana. Vergiss mal den ganzen Zirkus hier.« Sie sah sich flüchtig um, als wolle sie sichergehen, dass sie ungestört reden konnten. »Du hast wochenlang nicht auf meine Anrufe reagiert. Das kenne ich gar nicht von dir.«

Dana schwieg betreten. Natürlich, Stella war ihre Freundin, auch wenn sie sich ihr nicht sehr verbunden fühlte. Aber Dana hätte wirklich hin und wieder mal ein Lebenszeichen schicken können. Allein schon, um den Schein zu wahren.

»Tut mir leid«, murmelte sie und wagte sich einen kleinen Schritt nach vorne. »Es stimmt, ich war nicht recht in Stimmung. Ich musste noch so viel wegen Philipps Nachlass regeln und … na ja, es fällt mir eben immer noch schwer, dass er nicht mehr da ist.«

Stella zog sie noch ein wenig enger an sich. »Du ahnst gar nicht, wie gut ich das verstehen kann. Aber Süße, du solltest dich nicht so einigeln. Lass uns mal was zusammen unternehmen, ja? Ich habe jetzt einen Hund. Der braucht viel Auslauf. Komm doch einfach öfter mal mit.«

»Einen Hund? Das ist ja großartig!« Dana heuchelte übertriebenes Interesse in der Hoffnung, damit von sich abzulenken. Und prompt fing Stella an zu schwärmen.

»Es ist ein Golden Retriever. Ich *weiß*, alle Leute haben so ein Vieh, aber Selma ist einfach entzückend. Gerade mal drei Monate alt und ich bin so verliebt in sie, das kannst du dir nicht vorstellen.«

Die nächsten Minuten war Stella damit beschäftigt, ausführlich von ihrer neuen Mitbewohnerin zu erzählen, und vergaß darüber vollkommen ihre Sorge um Dana. Gerade, als sie sich ausgiebig über Selmas Verdauung ausließ und Dana sich schon fragte, wie sie von diesem Thema wieder fortkämen, sah sie Evelyn Laurentius nahen, an jeder Hand ein Kind – links Max, rechts Clara, seine kleine Cousine.

Dana unterdrückte ein leises Stöhnen und fügte sich in das Unvermeidliche.

Natürlich saßen sie alle an einem Tisch – Peter und Evelyn Laurentius, ihre Tochter Christina und ihr Mann Dylan, ihr Sohn Oliver mit seiner Verlobten Josi und ihrer Tochter Clara, und Dana und Max. Schließlich waren sie eine Familie.

Für die Kinder hatte man einen separaten Tisch vorgesehen, den eine Nanny beaufsichtigte. Aber Josi erklärte, dafür sei Clara noch zu klein, und sie ließ kurzerhand einen Kinderstuhl an ihren Tisch herantragen. Dana musste widerstrebend zugeben, dass sie das sehr sympathisch fand. Josephine Kettelbach, kurz Josi genannt, war vielleicht gar nicht die dumme Pute, für die Dana sie hielt. Olivers Verlobte war Journalistin, und Dana hatte bislang angenommen, sie sei nur hinter Olivers Geld und ein paar heißen Storys her. Doch im Moment schien Josi dieser ganze High Society-Rummel herzlich egal zu sein. Vielmehr freute sie sich über das vergnügte Glucksen ihrer Tochter, die gerade einen Schnabelbecher aus Plastik durch die Gegend warf.

Prompt wollte Max auch lieber bei seiner Mutter sitzen und nicht bei den anderen Kindern am Kindertisch. Dana ließ ihn gewähren, obwohl das die Sitzordnung durcheinanderbrachte und Evelyn Laurentius leicht konsterniert wirkte.

Josi war eine unbekümmerte, temperamentvolle Frau. Ihre dicken braunen Haare trug sie in einer kunstvollen Hochsteckfrisur, die ihr schönes Gesicht so reizvoll zur Geltung brachte, dass es fast egal war, was sie trug. Aber ihr mitternachtsblaues Seidenkleid mit großflächigen floralen Mustern in Türkis und Schwarz, Dreiviertelärmeln und einem weit schwingenden Rock ließ sie zusätzlich erstrahlen. Dana vermutete, dass es eine exklusive Einzelanfertigung war, sie kannte Olivers Vorliebe für kleine, unbekannte Designer.

Nun, so ganz egal schien Josi Olivers Vermögen wohl doch nicht zu sein. Aber statt sich in Szene zu setzen und aller Welt zu zeigen, dass sie die zukünftige Frau des Laurentiuserben war, beschäftigte sie sich die meiste Zeit mit ihrem Kind. Und als etwas von Claras Suppe auf ihr teures Kleid spritzte, lachten sie und Oliver nur unbekümmert. Sie eilte zur Toilette, um sich zu säubern, und als sie zurückkehrte, küsste Oliver sie zärtlich und legte ihr besitzergreifend eine Hand in den Nacken.

Dana vertiefte sich in den Anblick der Tomaten-Consommé in dem Schälchen vor sich. Doch als sie den Kopf wieder hob, fing sie einen prüfenden Blick von Josi auf. Sie war froh, als in diesem Moment ein Kellner Getränke nachschenkte, und sie sich erneut abwenden konnte, ohne dass es auffiel.

Nach dem Essen wurde im Saal eine Tanzfläche freigeräumt. Die Gäste verteilten sich in der Zwischenzeit im Haus, saßen im Clubraum vor dem Kamin oder tranken Cocktails in einer der Bars. Einige Herren zogen sich in die Zigarrenlounge zurück. Dana trat zögernd ein paar Schritte vor die Tür auf die Terrasse. Der Regen hatte aufgehört, aber es war für August recht frisch.

»Das muss alles schwer für dich sein.« Josi stand auf einmal neben ihr. Sie war größer als Dana, mit ausgeprägten weiblichen Rundungen und langen, schlanken Beinen. Ihr Lachen war frisch und sehr natürlich und ihr Blick offen. Dana verstand gut, warum Oliver sich in sie verliebt hatte.

»Was meinst du?«, fragte sie misstrauisch. Sie fürchtete die nächste Ausfragerunde.

Josi drehte den schmalen Stil einer Champagnerflöte zwischen ihren Fingern. »Nun ja, du und Oliver … das war was sehr Besonderes, oder?«

Dana sah sie erstaunt an. Damit hatte sie jetzt überhaupt nicht gerechnet. »Das ist doch schon ewig her«, sagte sie. *Das mit Philipp war was Besonderes*, fügte sie in Gedanken hinzu. *Aber Oliver? Nein.*

»Ich dachte nur …«, hob Josi erneut an und wirkte jetzt beinah verlegen.

Und da begriff Dana. Josi fürchtete, ihren Prinzen wieder zu verlieren. Sie war eifersüchtig. Einen hässlichen Moment lang spielte Dana mit dem Gedanken, sie in dem Glauben zu lassen. Dann besann sie sich.

»Keine Sorge«, sagte sie leichthin. »Oliver betet dich an. Den wirst du so schnell nicht wieder los.«

Josis Wangen färbten sich rosig. Sie senkte verlegen den Blick. »Tut mir leid.« Hastig trank sie einen großen

Schluck aus ihrem Glas. »Ich nahm immer an, das zwischen euch sei was ganz Großes gewesen. Immerhin hat Oliver doch ewig gelitten nach eurer Trennung.«

Dana dachte daran, wie Oliver damals munter durch die Welt gereist war und sich selbst verwirklicht hatte – immer mit einer anderen Frau im Schlepptau. Falls er dabei sonderlich gelitten hatte, musste ihr das entgangen sein. »Wie kommst du darauf?«, fragte sie erstaunt.

»Seine Mutter hat mal so was angedeutet.«

Ach, du liebe Zeit! Evelyn Laurentius hatte Oliver seinem jüngeren Bruder immer vorgezogen. Da überraschte es nicht, dass sie sich einbildete, ihr armer Junge habe unter schrecklichem Herzweh gelitten.

»Warum fragst du nicht einfach deinen Liebsten, wie das war? Da kommt er ja gerade.« Dana grinste breit, als Oliver hinter ihnen auftauchte, lässig und höchst attraktiv in seinem Smoking, das musste Dana zugeben. Sie knuffte ihn in die Seite. »Du solltest deiner Frau mal erklären, wie das damals war zwischen dir und mir.«

Oliver sah sie fragend an, während Josi knallrot wurde. Ein bisschen leid tat sie Dana schon. Aber sie hasste es mittlerweile zutiefst, dass alle Welt sich einbildete, über sie und ihre Beziehungen urteilen zu dürfen. Oliver war dabei immer der Gute und Philipp immer der Böse. Als ob das so einfach wäre! Hastig wandte sie sich von den beiden ab und eilte zurück ins Haus an die Bar, um sich einen alkoholfreien Cocktail mixen zu lassen. Auf dem Weg schaute sie kurz bei Max vorbei, der mit anderen Kindern von einer Nanny beaufsichtigt wurde und mit großer Begeisterung Bilder mit Wasserfarben malte. Er sah kaum auf, als sie den Kopf zur Tür hereinsteckte.

Als sie erneut am großen Saal vorbeikam, führte Oliver Josi gerade auf die Tanzfläche. Die beiden waren wirklich ein schönes Paar. Und ja, es schmerzte, sie zu sehen. Aber nicht aus dem Grund, den Josi angenommen hatte.

Dana vermisste Philipp entsetzlich, wenn sie dieses glückliche Paar sah. Und sie dachte auch daran, wie das damals gewesen war mit ihr und Oliver. Sie hatten einander geliebt, das schon. Aber es war niemals diese verzehrende Liebe gewesen, die alles andere vergessen ließ. Oliver war ein wunderbarer Liebhaber und sie hatten fantastischen, außergewöhnlichen Sex gehabt. Aber er war auch ein unreifer Junge, der kaum etwas ernst nahm – weder die Verantwortung, die er als Firmenerbe hatte, noch seine Beziehung. Das änderte sich alles erst nach Philipps Tod.

Und dann war da diese unendlich traurige Geschichte mit ihrer Schwangerschaft gewesen. Dana spürte immer noch einen beißenden Schmerz, wenn sie daran dachte. Sie und Oliver hatten niemandem davon erzählt. Zunächst, weil es noch zu früh war, und dann … ja, dann war es zu spät und da fanden sie, dass es erst recht niemanden etwas anging. Dana hatte den Embryo in der zehnten Woche verloren. Manchmal wachte sie nachts auf und spürte das Blut zwischen ihren Beinen und die Krämpfe und ihr Entsetzen, als ihr klargeworden war, was da gerade mit ihr passierte. Und auch jetzt noch fühlte sie die Verlassenheit, die sie in den Tagen danach befallen hatte.

Sie zermarterte sich den Kopf darüber, warum sie das Kind verloren hatte, und gab sich selbst die Schuld. Vielleicht hätte sie mehr schlafen sollen. Vielleicht hätte sie nicht so viel Sport treiben sollen. Vielleicht hätte sie sich mehr auf das Kind freuen sollen. Ja, das war in der Tat der heikelste Punkt. Irgendwie hatten sie und Oliver sich zum Zeitpunkt der Fehlgeburt noch nicht recht daran gewöhnt, dass sie Eltern werden würden. Sie waren sich ja noch nicht mal sicher, ob sie es miteinander langfristig aushielten. Ein Kind erschien ihnen beiden da völlig unpassend.

Dennoch waren die Schuldgefühle gekommen. Ein winziges Wesen, das schon wie ein richtiger Mensch aussah, war nicht mehr, weil sie beide nicht gut genug darauf aufgepasst hatten.

Es hatte Jahre gedauert, bis Dana verstanden hatte, dass keiner von ihnen Schuld an der Fehlgeburt trug. So etwas passierte vielen Frauen einfach so. Und sie begriff auch, dass sie und Oliver sich damals innerlich nicht gegen dieses Kind, sondern gegen ihre Liebe entschieden hatten. Plötzlich waren sie gezwungen gewesen, sich mit ihren Gefühlen auseinanderzusetzen. Das schmerzte. Auf der Suche nach Halt wandte Dana sich ausgerechnet dem Mann zu, der ihr nach Oliver am nächsten war – seinem Bruder.

Drago drehte zum wiederholten Mal eine Kontrollrunde um den Park. Wenn es nach ihm gegangen wäre, hätte diese Party nicht stattgefunden. Aber Oliver hatte erklärt, sie könnten sich nicht ewig verstecken, das Leben müsse weitergehen.

Also hatte Drago eine Menge Sicherheitsvorkehrungen getroffen und diese mit dem brutalen Anschlag auf Oliver vor einigen Monaten begründet, bei dem Silver ums Leben gekommen war. Der Täter war zwar damals überführt worden, aber sie mussten trotzdem auf der Hut sein. Im Grunde war es egal, ob sie die Familie Laurentius vor militanten Tierschützern oder kriminellen Russen schützten. Das Prinzip war immer dasselbe. Nur musste man das mit den Russen nicht unbedingt an die große Glocke hängen. Solange es keine Beweise gab, so Olivers Meinung, machte es wenig Sinn, seine Eltern, seine Schwester oder Dana zu ängstigen. Das fand Drago auch.

Es wimmelte rund um die Villa von Wachleuten und das Personal vom Kellner bis zum Musiker war x-mal überprüft und kontrolliert worden. Das schlechte Wetter erleichterte ihnen die Arbeit insofern, als dass die Gäste anfangs ausschließlich im Haus gefeiert hatten. Doch im Laufe des Abends hatte der Regen aufgehört und nun schwärmten immer mehr Leute zum Luftschnappen auf die Terrasse und in den Park aus. Die Männer von May Security Service, kurz MSS, hatten alle Hände voll zu tun, in der Abenddämmerung den Überblick zu behalten.

Drago verließ den Weg und trat in den Schatten einiger großer Bäume. Da sah er sie.

Eine kleine, zarte Gestalt, die Haare zu einem Dutt zusammengebunden, wobei die Ponyhaare fransig ihr Gesicht umrahmten. Seitlich im Haar steckte so ein winziges rotes Gebilde aus Federn und etwas, das es kaum wert war, Hut genannt zu werden. Sie trug ein sehr kurzes schwarzes Kleid und High Heels mit extrem hohen Absätzen, die ihre langen, schlanken Beine betonten. Wow, sexy! Um nicht zu sagen: richtig heiß. Unauffällig schob er sich näher heran.

Dana stand an einem kleinen See, die Arme um ihre Brust geschlungen, als sei ihr kalt. Sie wirkte ein wenig verloren, während sie ins Wasser starrte, als fände sie darin die Antworten auf alle Fragen ihres Lebens.

Er sollte das nicht tun, das wusste er genau. Aber etwas zog ihn zu ihr und ließ ihn alle Vorsichtsmaßnahmen vergessen. Als er dicht hinter sie trat, fuhr sie herum und starrte ihn erschrocken an.

»Vorsicht vor dem bösen Wolf!« Er konnte sich ein Grinsen nicht verkneifen. »Rotkäppchen sollte doch nicht alleine in den Wald gehen.«

»Böser Wolf, aha.« Sie kniff die Augen leicht zusammen und legte den Kopf in den Nacken, um Drago besser sehen zu können. »Hat man dich etwa nicht ins Haus gelassen, dass du hier draußen herumschleichen musst? So ein Pech aber auch. Peter Laurentius legt eben Wert auf kultivierte Gäste.«

Er beugte sich vor, spreizte die Hände direkt vor ihrem Gesicht zu raubtierhaften Klauen und fauchte laut mit weit aufgerissenem Rachen. Dana erschrak tatsächlich, das war ja zum Totlachen. Sie wich zwei Schritte zurück, und dann rutschte sie auf dem glitschigen, leicht abschüssigen Untergrund mit ihren eleganten Schuhen weg und fiel um ein Haar in den See. In letzter Sekunde schaffte sie es, sich abzufangen, aber dafür kippte sie nun vornüber und landete mit Händen und Knien im feuchten Gras.

Drago lachte dröhnend. »Ich mag es ja, wenn Frauen vor mir in die Knie gehen. Aber so viel Einsatz hat dabei noch keine gezeigt. Na, komm schon.« Er beugte sich vor, um Dana aufzuhelfen. Sie schlug seine Hand fort und rappelte sich alleine wieder hoch. Feuchte, grünbraune Flecken prangten auf ihren Knien, die Hände waren ebenfalls vom Matsch verdreckt.

»Du bist so ein Arsch, Drago Kaminski. Wenn es nach mir ginge, wärst du längst arbeitslos.« Ihre Stimme zitterte vor Wut.

»Hast du tatsächlich gerade das überaus ordinäre Wort *Arsch* gesagt? Ich fasse es nicht.« Drago konnte sich gar nicht mehr beruhigen vor Lachen. »Wenn du es jetzt auch noch hinkriegst, *Scheiße* und *Pisse* zu sagen, könnten wir glatt Freunde werden.« Er wusste selbst nicht, was ihn da ritt, aber diese Zusammenkunft war der erste vergnügliche Moment des ganzen Abends.

Dana klopfte sich Dreck von den Händen und begutachtete ihre schmutzigen Knie. Selbst im Dämmerlicht sah sie ziemlich ramponiert aus. Die Party konnte sie in dem Aufzug wohl vergessen.

»Arschloch«, knurrte sie, bevor sie Richtung Haus davon stapfte.

»Das war schon ein ganz guter Versuch«, rief er ihr hinterher. »Üb schön fleißig, dann wird das noch was mit uns beiden.«

Täuschte er sich etwa oder zeigte sie ihm gerade einen Stinkefinger? Die Frau wurde ihm immer sympathischer.

Dana standen Tränen in den Augen. Tränen des Zorns und der Scham. Wie hatte sie sich nur in so eine unmögliche Situation bringen können? Ausgerechnet vor Drago Kaminski musste sie in den Matsch fliegen. So sehr hatte sie sich nicht mehr blamiert, seit sie mit dreizehn eines Sonntags nach dem Gottesdienst einen großen Blutfleck auf ihrem hellen Rock entdeckt hatte, weil sie überraschend ihre Tage bekommen hatte. Damals hatte sie sich in Grund und Boden geschämt, vor allem, da ausgerechnet die besonders strenge Schwester Walburga sie darauf aufmerksam gemacht hatte. Das hatte die Peinlichkeit noch erhöht.

Und jetzt dieses Arschloch. Drago Kaminski.

Dana schüttelte sich, während sie auf der Toilette die zerrissenen und verdreckten Strümpfe auszog und notdürftig ihre Knie säuberte. Ihr war den ganzen Tag über in ihrem viel zu dünnen Kleid kalt gewesen. Ohne Strümpfe würde sie erst recht frieren. Zeit, heimzukehren. Max musste ohnehin ins Bett, es war schon viel zu spät für ihn.

Während sie ihren Lippenstift nachzog und ihre Frisur richtete, erinnerte sie sich daran, wie er plötzlich vor ihr gestanden hatte, dieser riesenhafte Kerl. Sie hatte Schritte hinter sich gehört und als sie sich umdrehte, war ihr, als würde sie gegen eine Wand prallen. Ihr Nervenkostüm lag ohnehin blank und so erschreckte sie sich fürchterlich. Dabei stand nur dieser Kerl vor ihr.

Er hatte sie mit diesen ausdrucksstarken Augen fixiert, die im Dämmerlicht warm leuchteten. Ihr Herz raste wie verrückt – erst vor Schreck und dann, weil Drago so nah vor ihr stand, dass sie seinen Duft wahrnahm, eine aufregende Mischung aus Holz, Tabak und frischer Erde. Sie verspürte das beängstigende Verlangen, ihre Hand unter seine Anzugjacke und sein Hemd zu schieben und auf seine nackte Brust zu legen. Es nahm ihr die Luft. So etwas hatte sie noch nie erlebt und es verunsicherte sie.

Doch das Gefühl prickelnder Anziehung verschwand

schlagartig, als Dana vor Drago im Matsch kniete. Sie wurde jetzt noch rot, wenn sie daran dachte, wie er sie ausgelacht hatte. Einen winzigen Augenblick lang hatte sie gedacht, da sei etwas zwischen ihnen. Bis alles verpuffte und nur Wut über ihre eigene Naivität zurückblieb.

Eins stand fest: Dieser Mann war gefährlich. Vor ihm musste sie sich noch viel mehr in Acht nehmen als vor irgendwelchen russischen Erpressern.

12

Dana war mit Max zurück in ihr Hamburger Haus gekehrt. Es war ein moderner Bau mit großen Glasfronten, die alles hell und luftig erscheinen ließen und einen fantastischen Blick vom Elbhang auf den Hamburger Hafen boten. Philipp hatte das Haus gekauft, als Max zur Welt gekommen war, und Dana hatte es von Anfang an geliebt. Max hatte die meiste Zeit seines Lebens hier verbracht, alles war ihm vertraut. Er sollte in einen Kindergarten gehen, um Freunde zu finden. Das ewige Herumreisen musste aufhören.

Äußerlich machte sie so weiter wie vor ihrem Zusammenbruch, diszipliniert und souverän – wenn man mal von der peinlichen Geschichte bei Peter Laurentius' Party absah. Doch innerlich nagten Ängste und Zweifel an ihr. Es war nicht nur diese Erpressung. Es war auch die Erkenntnis, dass sie Max auf unverzeihliche Weise im Stich gelassen hatte. Sie war im Begriff, dieselben Fehler wie ihre Mutter zu begehen. Das musste sie dringend ändern. Es war schlimm genug, dass das Kind ohne Vater aufwuchs – und Dana wusste sehr genau, was das bedeutete! –, es musste nicht auch noch die Mutter verlieren.

Was Dana mit ihrem eigenen Leben anfangen wollte, wusste sie noch nicht genau. Zunächst hielt sie sich an äußeren Strukturen fest. Das hatte sie schon immer so gemacht. Sie war nicht nur geradezu pedantisch in ihrer Ordnungsliebe, sie brauchte auch streng durchgeplante Tagesabläufe. Die hatte sie im Laufe dieses Jahres zunehmend verloren. Und mit der Ordnung war auch alles andere zusammengebrochen.

Nun schuf sie sich erneut ein Gerüst – von der Yogastunde am Morgen bis zum gemeinsamen Abendessen mit Max blieb keine Minute unausgefüllt. Und sie war dankbar, dass ihre Schwiegermutter, Evelyn Laurentius, viel Zeit mit ihr und Max verbrachte. Im Grunde hatte sie es gut getroffen mit der Familie Laurentius. Ihre Schwiegereltern waren kluge, feinsinnige Menschen, die ihren Kindern und Enkelkindern viel Liebe entgegenbrachten und auch Dana sehr wohlwollend aufgenommen hatten. Als Philipp starb, rückte die ganze Familie vor lauter Verzweiflung noch enger zusammen. Allerdings schlug Dana aus falschem Stolz sämtliche Hilfsangebote aus. Sie bildete sich ein, es auch so zu schaffen.

Was für ein fataler Irrtum das war, merkte sie schon bald. Wenige Tage, nachdem sie wieder daheim war, kam der erste Anruf. Sie wusste sofort, dass es sich nicht um jemanden handelte, der sich bloß verwählt hatte. Und tatsächlich war sie bald einem regelrechten Telefonterror ausgesetzt. Immer wieder gingen Anrufe mit unbekannter Nummer auf ihrem Handy ein – und irgendwann auch auf dem Festnetz. Sie hatte keine Ahnung, wie der Anrufer an diese Nummer gekommen war, sie war nur wenigen Vertrauten bekannt.

Nach drei schlimmen Tagen schaltete Dana beide Telefone ab. Das Handy vergrub sie zusätzlich tief in einer Schublade zwischen Handschuhen und Schals, als könne sie sich dadurch noch besser schützen.

Alle Gelassenheit, die sie mühsam in der Klinik wiedererlangt hatte, war dahin. Sie wurde nervös, ja geradezu panisch, und schlief nachts vor lauter Albträumen kaum. Jedes noch so kleine Geräusch ließ sie hochschrecken und sie achtete sehr darauf, nicht alleine im Haus zu sein. Ihre Haushälterin, das Kindermädchen, die Köchin – irgendwer musste immer da sein, möglichst auch nachts.

Es war ein sonniger Tag im August, nur eine knappe Woche nach Peter Laurentius' Geburtstagsfeier. Nachdem es morgens noch etwas regnerisch gewesen war, schien nun die Sonne durch die Fenster und vertrieb ein wenig die Gespenster der Nacht. Jasmin, die Nanny, brachte Max zum Kindergarten. Die Haushälterin würde erst nachmittags kommen, weil sie ihre kranke Mutter versorgen musste. Ungeplant war Dana für ein paar Stunden ganz allein. Sie tat so, als mache es ihr nichts aus, und versuchte, ihre nächtlichen Albträume zu verdrängen, aber es fiel ihr schwer. Daher befolgte sie nun endlich Olivers Rat und rief ihre Sicherheitsfirma an.

Man versprach ihr, noch im Laufe des Vormittags jemanden vorbeizuschicken, der Haus und Grundstück inspizierte und dann auf Abruf in der Nähe blieb, solange Dana es wünschte. »Der Mann wird Sie kurz vorher noch einmal anrufen und sich außerdem ausweisen«, erklärte ihr der Firmenchef am Telefon. Er gab ihr die

Nummer des Wachmanns, damit sie sofort erkannte, dass er es war, wenn ihr Handy klingelte.

Bereits das Wissen, nicht mehr allein mit ihren Sorgen zu sein, erleichterte Dana unendlich. Sie setzte sich mit einem Becher Kaffee in ihr sonniges Arbeitszimmer im Obergeschoss und widmete sich einer Anfrage an ihre Galerie.

Nach zehn Minuten klingelte ihr Handy. Hui, der Wachmann war ja schnell! Doch als sie auf das Display schaute, erschrak sie.

Unbekannte Nummer.

Der anonyme Anrufer.

Ein Zittern erfasste sie und alles in ihr krampfte sich zusammen. Mit wem hatte Philipp sich da nur eingelassen? Verdammt noch mal, was hatte er sich bloß dabei gedacht? Jetzt musste sie das ausbaden. Aber sie war nicht stark genug, in der Hinsicht hatte sie sich total überschätzt. Sie hätte sich jemandem anvertrauen sollen, damit sie mit ihrer Angst nicht so alleine war. Doch nun erfasste die Panik sie mit solcher Macht, dass sie nicht mehr klar denken konnte.

Und dann war er urplötzlich da – der Drang, sich einen Drink zu mixen. Dana dachte an alles, was man ihr in der Klinik gesagt hatte. Aber es half nichts.

Die Angst war stärker als jede Vernunft.

Dana ging in den kleinen Salon im Erdgeschoss, in dem sich eine Bar befand. Mit zitternden Fingern öffnete sie den Schrank und holte eine Flasche Scotch hervor. Nur ein kleiner Schluck, und sie würde sich entspannter fühlen, könnte die Angst aushalten. Der Whisky brannte in ihrer Kehle und Wärme breitete sich in ihrem Bauch aus.

Sie schloss die Augen, seufzte erleichtert auf – und goss sich ein zweites Glas ein.

Drago nahm Anlauf, um eine kleine Steigung zu bewältigen. Er rannte so schnell, dass seine Lungen brannten. Das sommerliche Wetter war fast zu anstrengend zum Laufen. Er mochte es lieber, wenn es kühl und regnerisch war. Da bekam er den Kopf besser frei.

Mickey erlag kurz der Versuchung, einem Reh hinterherzujagen, aber Drago schaffte es, ihn zurückzupfeifen, bevor er zwischen den Bäumen verschwand. Er musste mit dem Hund wieder mehr trainieren, damit er sich nicht solche Unarten angewöhnte. Überhaupt musste er mehr Zeit mit ihm verbringen. In diesem Jahr hatte er seinen Schäferhund viel zu oft bei den Nachbarn abgegeben, während er selbst um die Welt gereist war. Mickey hatte es zwar gut dort, die Leute besaßen selbst zwei Hunde, um die sie sich liebevoll kümmerten. Aber Drago spürte deutlich, wie sehr sich der Hund entspannte, wenn sein Herr heimkehrte.

Auch diese Überlegungen passten gut zu den Plänen, die in ihm heranreiften. Er war jetzt fünfunddreißig. Zeit, mal über seine Zukunft nachzudenken. Da war zum Beispiel dieses Haus. Es war im Grunde für eine Person viel zu groß. Aber Drago liebte es, so nah am Wald zu leben. Hier kam er zur Ruhe.

Seite an Seite trottete er mit Mickey heimwärts. Sie fühlten sich beide auf angenehme Weise erschöpft. Doch als Drago in der Dusche stand und sich einseifte, packte ihn plötzlich das Verlangen.

Er hatte am Abend zuvor ein Mädchen in einer Bar kennengelernt. Sie nannte sich Bella, aber er war sicher, dass das nicht ihr richtiger Name war. Sie hatte sehr süß ausgesehen und ihm zum Abschied ihre Nummer gegeben. Bei dem Gedanken an sie wurde er augenblicklich hart. Er legte eine Hand um seinen Schwanz und rieb ihn sachte.

Doch dann zögerte er. Warum sollte er sich mit Wichsen begnügen, wenn er es viel besser haben könnte? Er trat aus der Dusche, trocknete sich ab und schickte Bella eine Nachricht. Sie antwortete augenblicklich. Das war ein gutes Zeichen und Drago verschwendete keine weitere Zeit mehr.

»Ich sitze gerade nackt auf meinem Bett und frage mich, ob du mir nicht ein bisschen Gesellschaft leisten möchtest.«

»Welche Art von Gesellschaft suchst du denn?«, schrieb sie zurück. Das gefiel ihm. Es schwang etwas Verführerisches darin mit.

»Die Art von Gesellschaft, bei der du auch nackt bist.«

»Oho! Kommst du immer so schnell zur Sache?«

»Nur, wenn es um einen Notfall geht.«

»Und das ist einer?«

»Absolut.«

»Nun, wenn du mir versprechen kannst, dass du dir nachher mehr Zeit lässt als jetzt, bin ich dabei.«

»Das garantierte ich dir. Ich kann mir seeehr viel Zeit nehmen, wenn es drauf ankommt.«

Er war so scharf, dass er es kaum noch aushielt. Wenn die Kleine nicht in ein paar Minuten hier war, würde er für nichts mehr garantieren. Doch dann stellte sich heraus, dass sie am anderen Ende der Stadt wohnte und kein Auto hatte. Sie würde Stunden brauchen, um mit Bus und Bahn hier heraus zu kommen.

Also sprang Drago in seinen schwarzen Porsche und brauste zu ihr.

Als es an der Haustür klingelte, war Dana bereits zu betrunken, um noch klar denken zu können. Sie lief in die Halle und schaute auf den Bildschirm der Gegensprechanlage. Die Überwachungskamera vor dem Tor zeigte einen Mann, mittelgroß, mit hellen Haaren und einem dunklen Mantel. Offenbar hatte sich der Chef persönlich ihrer Sache angenommen. Hinter ihm standen zwei Männer, die ihn deutlich überragten und beide recht unangenehme Gesichter hatten. Dass diese Securityleute aber auch immer wie die schlimmsten Ganoven aussehen mussten!

»Kommen Sie vom May Security Service?«, fragte Dana durch die Gegensprechanlage.

Der Mann mit den hellen Haaren reckte sein Gesicht der Kamera entgegen. »Ja, genau. Wären Sie so nett, mich mal hereinzulassen? Ich würde gern ein paar Details mit Ihnen besprechen.« Er hatte einen harten Akzent, irgendwas Osteuropäisches.

Dana drückte auf die Taste, mit der sich das große, schmiedeeiserne Gartentor öffnen ließ. Die Männer kamen die Einfahrt herauf und Dana öffnete die Haustür, bevor sie ein zweites Mal klingelten.

»Dana Laurentius.« Sie streckte dem Mann im dunklen Wollmantel nervös die Hand entgegen. »Ich bin sehr froh, dass Sie da sind.«

»Ganz meinerseits.« Er hatte einen kräftigen Händedruck und eine leise Stimme. »Ich habe meine Mitarbeiter mitgebracht. Sie werden verstehen, dass ich nicht allein arbeite.«

»Ja, natürlich.« Verschwommen nahm Dana wahr, wie er mit dem Kopf hinter sich auf seine Begleiter wies, die in einigem Abstand zum Haus stehen blieben und Dana mit undurchdringlichen Gesichtern anstarrten.

Kampfmaschinen, schoss es ihr durch den Kopf, und zwar von einem weitaus schlimmeren Kaliber als Drago Kaminski. Sie hätte nicht für möglich gehalten, dass es so was gab.

»Frau Laurentius, ich möchte offen mit Ihnen sprechen.« Erst jetzt ging Dana auf, dass der Mann immer noch ihre Hand hielt. Bevor sie begriff, was geschah, drängte er sie blitzschnell in die Eingangshalle und zog rasch die Tür hinter sich zu.

Dana blinzelte irritiert. Der Mann hatte eng zusammenstehende graue Augen, die sie auf eine Weise musterten, die ihr unangenehm war.

»Denken Sie, ich bin hier im Haus nicht sicher?«, fragte sie mit einer Stimme, die träge vom Alkohol war. »Dann ziehe ich sofort woanders hin. Ich möchte nur, dass dieser Spuk aufhört. Ich möchte …

»Sie zittern ja.« Der Mann ließ ihre Hand immer noch nicht los, sondern trat nun sogar noch näher an sie heran. Er war gut einen Kopf größer als sie. »So viel Angst?«

»Ja.« Sie fühlte sich hilflos bei diesem Eingeständnis. Und nackt.

»Nun, dagegen können wir ganz schnell etwas tun.« Er tätschelte ihre Hand. Als sie sich ihm entziehen wollte, hielt er sie noch fester.

Unbehagen beschlich Dana und der Nebel in ihrem Kopf lichtete sich ein wenig. Dieser Mann benahm sich nicht sehr professionell. War das wirklich der Chef von

MSS oder nur ein kleiner Mitarbeiter, der keine Ahnung hatte, wie man mit Kunden umging? Erneut versuchte sie, sich seiner Hand zu entziehen, aber er umklammerte ihre Finger wie ein Schraubstock.

»Wie war noch gleich Ihr Name?«, fragte Dana. Sie konnte sich nicht mehr erinnern, was der Mann bei der Begrüßung gesagt hatte.

»Bitte entschuldigen Sie.« Der Händedruck wurde nun schmerzhaft. »Ich hatte mich noch gar nicht vorgestellt. Mein Name ist Igor Kusmin.«

Kusmin? Eine Erinnerung sickerte durch den Alkoholnebel.

»Meine Tochter Anna hat Sie vor einigen Monaten aufgesucht. Erinnern Sie sich?«

Anna Kusmina! Die Erpresserin.

Das hier war ihr Vater?

Oh, du lieber Gott! Dana war augenblicklich wieder nüchtern. Was hatte der Chef von MSS noch gleich gesagt? *Der Mann wird sich bei Ihnen ausweisen und Sie kurz vorher noch einmal anrufen.*

Wie hatte sie nur so dämlich sein und das vergessen können? In ihrem Kopf ertönte auf einmal ein grässliches Summen und ihr wurde schwindelig vor Entsetzen. Gewaltsam entriss sie dem Mann ihre Hand und wich zwei Schritte zurück.

»Verlassen Sie mein Haus! Sofort!« Sie überlegte fieberhaft, wo ihr Handy lag und wie schnell sie es erreichen konnte.

»Erst hören Sie mir zu!« Aus Igor Kusmins Stimme war alle Freundlichkeit gewichen. Er packte Dana grob am Arm und schob sie durch die kleine Halle Richtung

Wohnzimmer. Der aufdringliche Geruch seines Aftershaves stieg ihr in die Nase.

»Setzen Sie sich!« Er schubste Dana zur Couch. Sie stolperte und fing sich gerade noch rechtzeitig an der Polsterlehne ab.

»Verlassen Sie mein Haus!«, wiederholte sie. Doch sie hörte selbst, wie lächerlich sie klang – eine kleine, schwache Frau, die obendrein betrunken war. Sie hatte keine Chance gegen diesen Mann. Und gegen seine beiden Kampfhunde vor der Tür erst recht nicht.

Sie konnte nur beten, dass der echte Mitarbeiter des Sicherheitsdienstes schnell da war.

»Keine Sorge, Sie sind mich gleich wieder los, Frau Laurentius.« Igor Kusmin klang nun wieder höflich und sehr kultiviert. Seine grauen Augen blickten jedoch kalt und berechnend. »Aber nehmen Sie doch bitte Platz.« Er wies auf die cremefarbene Couch, als gehöre sie ihm.

Dana gehorchte nur, weil sie so sehr zitterte, dass sie fürchtete, ihre Beine würden jeden Augenblick nachgeben. Igor Kusmin öffnete seinen Mantel, unter dem ein eleganter Anzug sichtbar wurde, und setzte sich neben sie. Er kam ohne Umschweife zur Sache. »Meine Tochter war sechzehn, als sie sich auf Ihren Mann einließ.«

Dana hatte das Gefühl, dass jemand eine Messerklinge in ihrem Magen hin und her bewegte.

»Wobei *einlassen* kaum das richtige Wort ist.« Igor Kusmin schnippte einen unsichtbaren Staubfussel von seiner Seidenkrawatte. »Aber das hat sie Ihnen ja bereits selbst erzählt.«

»Mein Mann hat sich mit keiner Minderjährigen eingelassen.« Dana wusste nicht, woher sie die Kraft nahm, überhaupt noch zu sprechen. Der Kerl war ja vollkommen verrückt.

Igor Kusmin lächelte auf eine geradezu widerwärtige Weise. »Selbstverständlich glauben Sie das nicht. Alle Ehefrauen sind davon überzeugt, dass ihre Männer kleine, süße Lämmchen sind. Aber in Wahrheit sind sie alle Wölfe.« Er beugte sich vor und umfasste erneut Danas Hand. »Und wir beide wissen genau, dass sie es lieben, einen Wolf zum Gatten zu haben. Mit einem Lämmchen wäre es doch im Bett viel zu langweilig, nicht wahr?«

Dana wurde übel. Erneut wollte sie dem Mann ihre Hand entreißen, aber er hielt sie so eisern fest, dass es schmerzte. Jetzt zog er sie auch noch an seinen Mund und hauchte ihr einen Kuss auf den Handrücken. Sie spürte seine schmalen feuchten Lippen noch auf ihrer Haut, als er sich längst wieder von ihr gelöst hatte.

»Eine Frau wie Sie braucht es wild, nicht wahr? Wild und schmutzig. Ich kann mir denken, wie unersättlich Sie sind.« Lüstern glitten seine Augen über ihren Körper und verweilten auf ihrem Dekolleté. Sie verfluchte die tief ausgeschnittene Bluse, die sie trug.

Wieder zog Igor Kusmin ihre Hand an seine Lippen. Langsam öffnete er seinen Mund, ließ seine Zunge auf obszöne Weise über Danas Mittelfinger gleiten und schloss seine Lippen um ihren Finger. Er saugte fest an ihm und als er endlich von ihr abließ, zog sich ein Speichelfaden von seiner Unterlippe zu ihrer Fingerkuppe.

Dana war wie gelähmt vor Angst und Ekel. Igor Kusmins Lächeln war so widerlich, dass sie große Mühe hatte, ihr Frühstück und den ganzen Alkohol bei sich zu behalten.

»Aber Ihrem Mann hat nicht genügt, was Sie zu bieten

haben.« Er griff in die Innentasche seines Jacketts und zog einen Umschlag hervor. »Schauen Sie doch bitte mal hier hinein.«

Dana nahm mit zitternden Fingern den Umschlag auf. Sie wusste nicht, was sie erwarten würde, aber sie wusste, dass es schrecklich sein würde.

Und das war es auch.

In dem Umschlag befand sich ein Foto. Es zeigte Philipp – umgeben von drei halbnackten Frauen. Er bemerkte nicht, dass er fotografiert wurde. Sein Blick war gesenkt. Wo er hinschaute, war nicht zu erkennen. Vielleicht zu einer vierten Frau, die gerade vor ihm kniete. In Danas Magen bildete sich ein Eisklumpen.

»Wie gesagt – Ihrem Mann genügte eindeutig nicht, was Sie ihm zu bieten hatten.« Igor Kusmins leise, scharfe Stimme zerschnitt die Luft. »Und ihm genügte noch nicht einmal der Besuch in einem Bordell. Also landete er bei meiner unschuldigen Tochter.« Er verzog bedauernd das Gesicht. »Wie unfassbar demütigend. Und zwar nicht nur für Sie, sondern auch für mich und mein Kind.« Das Lächeln verschwand. »Was meinen Sie, geht wohl in einer Sechzehnjährigen vor, die von einem Mann bedrängt wird, der ihr Vater sein könnte? Und der sie obendrein auch noch schwängert? Sie werden verstehen, dass ich es unter diesen Umständen höchst bedauerlich finde, dass Ihr Mann nicht mehr lebt. Ich hätte ihn gern persönlich zur Rechenschaft gezogen.« In seiner Stimme schwang ein drohender Unterton mit und sein Blick war so eisig, dass Dana ein Schauer über den Rücken rann. Sie mochte sich nicht ausmalen, was ein Mann wie dieser Igor Kusmin mit Philipp angestellt hätte.

»Was wollen Sie von mir?«, fragte sie heiser und vermied es, weiter auf das Bild zu schauen.

Er zerquetschte ihr fast die Hand, so kräftig drückte er zu. »Fünfhunderttausend Euro sind ein bisschen mager als Wiedergutmachung für eine Vergewaltigung mit höchst fatalen Folgen, finden Sie nicht? Mein Töchterchen war da ein wenig bescheiden mit seinen Forderungen. Aber sie ist ja selber noch ein Kind und weiß nichts vom Leben.«

Dana sah auf einmal diese Anna Kusmina so klar vor sich, als liege ihre Begegnung erst wenige Stunden zurück. Rückblickend erschien ihr das Mädchen alles andere als unschuldig und naiv. Vielmehr war es sehr raffiniert vorgegangen.

»Wir müssen nun irgendwie diesen Bastard großziehen«, fuhr Igor Kusmin fort. »Das dauert. Und es ist kostspielig. Sehr, sehr kostspielig.«

Dana hockte reglos auf der Sofakante, ihre Hand fest in der Gewalt dieses Mannes. Die Angst schnürte ihr die Kehle zu.

»Zehn Millionen Euro. In bar.« Mit harter Stimme meißelte Igor Kusmin ihr jedes Wort in den Schädel. »Zahlbar in fünf Tagen. Oder in den größten Medienkonzernen der Welt geht ein Hinweis ein, dass Ihr Mann eine Minderjährige vergewaltigt hat.«

Dana glaubte, jeden Moment ohnmächtig zu werden. Dieser Kerl war nicht einfach nur verrückt, er war vollkommen wahnsinnig.

»Wie stellen Sie sich das vor?« Ihre Stimme war nur noch ein heiseres Krächzen. »Wo soll ich so schnell so viel Geld hernehmen?« Als ob sie tonnenweise Bargeld im Küchenschrank aufbewahrte. Der größte Teil ihres Vermögens steckte in Immobilien und Firmenbeteiligungen.

»Das ist Ihr Problem.« Igor Kusmin stand auf und da er immer noch ihre Hand umklammerte, erhob Dana sich zwangsläufig ebenfalls. »Aber ich bin zuversichtlich, dass Sie es lösen werden. Ich halte Sie für weitaus klüger als Ihren Mann.« Er zog sie mit einer schnellen Bewegung eng an seine Brust und legte einen Arm fest um sie. Sie erstickte beinah an seinem Duft nach Sandelholz, als ihre Nase in den Stoff seines Hemdes stieß. Angeekelt wandte sie den Kopf zur Seite und versuchte, sich aus der Umklammerung zu lösen.

»Und mir scheint auch, dass es Ihnen dringend mal jemand richtig besorgen muss«, raunte er in ihr Ohr. »Die Zeiten der trauernden Witwe sind doch längst vorbei.« Er presste seine Lenden gegen ihren Bauch und sie spürte, dass er hart unter dem Hosenstoff wurde.

Panik erfasste Dana. Sie wehrte sich mit aller Kraft gegen den Mann, doch bevor sie sich befreien konnte, packte er blitzschnell ihren Kopf und küsste sie auf den Mund, wobei seine Zunge über ihre Lippen glitt. Er lachte schallend, als sie angewidert aufschrie und es endlich schaffte, sich loszureißen.

Auf dem Weg in den Flur hielt er kurz inne und betrachtete ein großrahmiges Foto von Max, das über einer Kommode hing. »Einen entzückenden kleinen Sohn haben Sie da. Passen Sie gut auf ihn auf!«

Die Warnung in seiner Stimme war unüberhörbar.

13

Bella hatte ein süßes Lächeln und große, runde Augen, mit denen sie Drago jetzt anschaute. Ihre kurzen Haare waren schwarz gefärbt mit pinkfarbenen Strähnen dazwischen. Sie trug einen Nasenring und hatte bunte Tattoos auf ihren Armen und ihrem Dekolleté.

»Ist das gut so?«, fragte sie.

»Sehr gut.« Drago sah zu ihr herab. Bella kniete vor ihm, bekleidet nur mit einem rüschenbesetzten String. Sie lächelte immer noch, als ihre Lippen sich um seinen Schwanz legten und sie genüsslich an ihm saugte.

Drago schloss die Augen und legte den Kopf in den Nacken. Oh ja, diese Kleine machte das wirklich gut. Sie nahm ihn tief in den Mund und streichelte mit einer Hand seine Eier.

»Sehr schön, Baby«, seufzte er, als ihre Zungenspitze sein Vorhautbändchen umspielte und über seine Eichel glitt. Er liebte es, wenn eine Frau ihn mit so viel Hingabe verwöhnte. Sein Schwanz stand senkrecht und Drago hätte am liebsten sofort abgespritzt. Aber er nahm sich zurück. Die Kleine sollte auch auf ihre Kosten kommen, als Belohnung dafür, dass sie ihn so schön verwöhnte.

»Setz dich auf mich!«, verlangte er.

Sie stand augenblicklich auf und Drago angelte nach einem Kondomtütchen, das auf dem Nachttisch lag. Als er sich das Gummi übergestreift hatte, hockte Bella sich über ihn. Auf einmal fand er ihr Lächeln gar nicht mehr süß, sondern ein wenig ordinär. Er schaute nicht länger hin und umschloss eine ihrer Brüste mit seinem Mund. Immerhin hatte sie schöne Brüste, voll und weich, mit großen Höfen um die Nippel herum. Langsam ließ sie sich auf seinen Schwanz gleiten. Sie war herrlich eng und er zog sie noch tiefer auf sich, um sie ganz auszufüllen. Sie stöhnte vor Lust, Drago stöhnte ebenfalls vor Lust – und da klingelte sein Telefon.

Jetzt mischte sich leiser Unwillen in sein Stöhnen. Oliver Laurentius. Sein Chef. Er besaß wirklich Talent, immer im ungünstigsten Moment anzurufen.

»Nur noch fünf Minuten«, murmelte Drago an der Brust des Mädchens. Er biss sie leicht in eine Brustwarze, sie seufzte verlangend und er biss noch etwas fester zu.

Das Telefon klingelte erneut. Drago dachte über Kündigung nach, während die Kleine ihn träge ritt.

Erst in der dritten Klingelrunde kapitulierte er.

»Tut mir leid.« Er umfasste Bellas schmale Taille und bremste ihre Bewegungen. »Ich muss da rangehen. Ich bin im Dienst.«

»Wie – im Dienst?« Sie verzog erstaunt ihr hübsches Gesicht. »Du schwänzt die Arbeit, um zu ficken?«

»Nein. Ich habe Bereitschaftsdienst.«

»Ach so.« Sie stieg zögernd von ihm herab. »Dann war's das jetzt?« Alles an ihr drückte Unwillen aus.

»Das weiß ich erst, wenn ich meinen Chef zurückgerufen habe.« Drago stand auf, nahm das Telefon und ging hinaus in einen kleinen Flur, der vollgestopft war mit einer überquellenden Garerobe und Schränken, auf denen sich jede Menge Krempel türmte. Er hatte sich so auf diesen Mittagsfick gefreut. Und es passte ihm gar nicht, dass er dabei nun unterbrochen wurde.

»Es gibt ein riesengroßes Problem«, sagte Oliver ohne Umschweife. »Dana hat mir auf die Mailbox gesprochen. Sie klang ziemlich durch den Wind.«

Drago lehnte sich seufzend gegen den Türrahmen. Nicht schon wieder. »Auf der Geburtstagsfeier deines Vaters machte sie doch noch einen ganz fröhlichen Eindruck.« Jedenfalls, bevor sie vor ihm im Dreck gekniet hatte. Er konnte sich ein Grinsen nicht verkneifen. Aber er hatte echt keine Lust, sich weiter mit dieser Frau zu befassen. Warum Oliver sich ständig um sie sorgte, war ihm ohnehin ein Rätsel.

»Das war sie auch. Aber es scheint da etwas vorgefallen zu sein.«

Drago lauschte mit wachsendem Unwillen. Bella trat aus dem Schlafzimmer zu ihm. Er legte einen Arm um ihre Schulter, sie schmiegte sich an ihn und ließ ihre Hand spielerisch abwärts gleiten. Er war augenblicklich erneut bereit für sie.

»Hör zu«, knurrte er in sein Telefon. »Ich bin grade in Wandsbek unterwegs, ein paar wichtige Dinge erledigen. Es wird ein Weilchen dauern, bis ich bei Dana bin. Aber ich kümmere mich drum.« Genervt legte er sein Handy auf eine Kommode zwischen eine Ansammlung hässlicher Nippesfiguren. Allmählich hatte er das Gefühl, zum Babysitter von Dana Laurentius zu werden. Das war der reinste Albtraum. Er sollte mit Oliver über eine Gehaltserhöhung verhandeln. Oder doch die Kündigung in Erwägung ziehen. Er hatte ohnehin seit geraumer Zeit Pläne, sich zu verändern.

Aber erst musste er das hier noch zu Ende bringen. Diese fünf Minuten mussten sein, sonst würde er Amok laufen. Bellas schmale Hand glitt inzwischen emsig an seinem Schaft auf und ab, der schon wieder steinhart war.

»Dreh dich um«, herrschte er sie an. Er konnte nur hoffen, dass sie es gern hart mochte. Alles andere war jetzt undenkbar.

Sie drehte sich mit dem Rücken zu ihm und stützte sich mit den Händen an der Kommode ab. Er spreizte ihre Beine und drang sehr schnell in sie ein. Sie hob ihm ihr Becken entgegen und musste auf den Zehenspitzen balancieren, weil sie viel kleiner war als er. Aber es war ihm egal, ob die Position unbequem für sie war. Er stieß mit schnellen, heftigen Stößen in sie und zog ihren Kopf an ihren Haaren zurück.

Sie keuchte überrascht auf, beschwerte sich aber nicht. »Das gefällt dir, du kleines Luder, hm?« Er stieß noch tiefer zu und sie wimmerte leise – ob vor Schmerz oder Lust, vermochte er nicht auszumachen. Er schob ihr eine Hand zwischen die Beine. Sie war klatschnass und jetzt klang das Wimmern eindeutig lustvoll. Er strich mit seinem Daumen über ihren Kitzler und da lief ein Zittern durch ihren Körper. Er rieb sie weiter, bis er spürte, wie sie sich um seinen Schwanz zusammenzog. Himmel, war das gut! Ein paar letzte, schnelle Stöße und er kam fast gleichzeitig mit ihr. Sie keuchten beide vor Erschöpfung, er hielt sie kurz im Arm, drückte ihr ein paar zarte Küsschen auf den Scheitel und hoffte, dass sie das Gefühl hatte, es sei ihm tatsächlich um sie gegangen.

»Ich muss leider los«, sagte er. »Es gibt einen Notfall.«

Sie sah enttäuscht aus. Aber er rechnete ihr hoch an, dass sie kein Theater machte.

»Was machst du denn beruflich?«, fragte sie.

»Ich kümmere mich um andere Leute.«

»Bist du Sozialarbeiter?«

Drago verzog verdrießlich das Gesicht. »Könnte man so sagen.«

14

»Sie reagiert weder auf meine Anrufe noch auf die Türklingel.« Mesut Özdemir, der Mitarbeiter von MSS, sah Drago ratlos an. »Mein Chef hat es auch noch mal bei ihr probiert. Kein Durchdringen.«

Das war nicht gut, verdammt noch mal, gar nicht gut. Drago hatte auf die denkbar beschissenste Weise ein Déjà-vu. Schon einmal hatte er vor Danas Tür gestanden und vergeblich um Einlass gebeten.

»Sie hat mir irgendwas Unverständliches auf die Mailbox gesprochen«, hatte Oliver zu ihm am Telefon gesagt. »Ich habe gleich zurückgerufen, konnte sie aber nicht erreichen. Sie klang total panisch. Da muss was passiert sein.«

Drago fluchte innerlich. Dana Laurentius war wirklich die geborene Dramaqueen. »Wie lange bist du schon hier?«, fragte er den Kollegen.

»Knapp fünfzehn Minuten. Ich denke, wir sollten die Polizei rufen.«

Im Prinzip eine gute Idee. Vor allem, weil Drago dann alle Verantwortung los war. Andererseits wollte er die Polizei mit dem Namen Laurentius nicht in Verbindung bringen, solange die Sache mit diesem russischen Mafioso nicht geklärt war.

»Ich würde gern selbst reingehen«, sagte er. »Dana Laurentius ist in einer sehr labilen Verfassung. Da möchte ich ihr die Aufregung mit der Polizei ersparen.«

Mesut Özdemir zögerte. »Das muss ich mit meinem Chef besprechen.«

»Selbstverständlich.« Drago lehnte sich gegen das schmiedeeiserne Tor, während Mesut sein Telefon aus der Tasche zog. Er kannte Andreas May, den Inhaber von May Security Service, gut. Der ehemalige Polizist hatte sich schon länger aus dem operativen Geschäft zurückgezogen und hielt nur noch im Hintergrund die Fäden in der Hand. Er war ein unkomplizierter, weitsichtiger Mann, der Drago erst kürzlich ein paar Tipps zur Gründung einer eigenen Firma gegeben hatte. Denn diese Idee war es, die ihm seit geraumer Zeit durch den Kopf geisterte.

»Er will dich sprechen.« Mesut Özdemir reichte ihm sein Telefon.

»Andreas?« Drago presste sich das Smartphone ans Ohr.

»Drago, grüß dich. Hör zu, kannst du einschätzen, was da drin los ist? Ich will nicht, dass wir in Schwierigkeiten geraten, weil wir die Staatsdiener nicht rechtzeitig hinzugezogen haben.«

»Verstehe ich.« Drago suchte nach möglichst harmlos klingenden Worten. »Dana Laurentius hatte gerade eine kleine Krise. Sie war in einer Klinik. Ich fürchte, sie hatte einen erneuten Zusammenbruch und ich will ihr so wenig Stress wie möglich zumuten.«

Es entstand eine kurze Pause, in der Andreas May offenbar die Risiken abwog. »Okay. Probier es, sofern du da ohne großes Aufsehen reinkommst. Mesut bleibt bei dir. Aber sobald es zu heikel wird, übergebt ihr die Sache sofort. Ist das klar?«

»Klar.« Drago gab Mesut das Telefon zurück. »Also dann. Wie gut kannst du klettern?«

Sie suchten sich eine versteckte Stelle im hinteren Teil des Grundstücks. Hier bemerkte niemand, wie sie über den hohen Zaun kletterten. Mesut nickte ernst in eine Überwachungskamera, die sie aufnahm. Vermutlich saß sein Chef gerade an einem Monitor und nickte genauso ernst zurück.

Drago ging um das ganze Haus herum und blickte durch jedes Fenster im Erdgeschoss. Keine Spur von Dana. Er trommelte gegen die bodentiefen Scheiben im Wohnzimmer und rief ihren Namen. Keine Reaktion.

Schließlich nahmen sie sich eine Kellertür vor, die zwar aus Stahl war, aber kein Sicherheitsschloss aufwies. Was für eine Nachlässigkeit! Drago verfluchte sich selbst, dass er dieses Haus nicht genauer kontrolliert hatte, bevor Dana nach ihrem Klinikaufenthalt eingezogen war. Aber sie hatte jegliche Einmischung abgelehnt. Nun denn, sie konnte von Glück sagen, dass noch nichts passiert war.

Sie öffneten die Tür mithilfe eines Dietrichs innerhalb von Sekunden. Am Ende einer Treppe, die ins Erdgeschoss führte, mussten sie eine weitere abgeschlossene Tür öffnen, aber das ging noch leichter als bei der Außentür.

Drago atmete tief durch und sah sich langsam in der kleinen Halle um, die in das offene Wohnzimmer und die Küche überging. Auf der Spüle standen eine leere Whiskyflasche und ein Glas, aber das musste noch gar nichts heißen. Drago zwang sich zur Ruhe.

»Ich glaube, da ist was.« Mesut Özdemir wies nach oben. »Hört sich nach einer Dusche an.« Er schüttelte ungläubig den Kopf. »Sag bloß, sie hat uns nicht gehört, weil sie seit Stunden duscht.«

»Alles denkbar.« Aber Drago glaubte nicht recht daran. Vielmehr befiel ihn auf einmal Angst. Er stürmte die Treppe hinauf, immer dem leisen Geräusch von rauschendem Wasser hinterher. Hinter der ersten Tür, die er aufriss, verbarg sich das Kinderzimmer, hinter der zweiten ein Arbeitszimmer. Bei der dritten hatte er Glück.

Doch was er sah, ließ ihn nicht jubeln.

Wasserdampf stand wie Nebel in dem geräumigen Badezimmer und hatte Fenster und Spiegel beschlagen. In der Duschkabine, die eine gesamte Längsseite des Raums einnahm und mit einer Glaswand abgetrennt war, hockte Dana vollständig bekleidet auf dem Boden. Aus der Brause, die an der Wand montiert war, strömte heißes Wasser.

»Ach, du Scheiße!« Mesut steckte hinter Drago den Kopf durch die Tür.

Als Dana die beiden Männer sah, schrie sie auf und kroch in eine Ecke der Duschkabine. Wie ein verängstigtes Tier hockte sie da, durchnässt und mit weit aufgerissenen Augen.

Drago war bestürzt. Hier war etwas passiert. Etwas, das nichts mit Alkohol und Tabletten zu tun hatte. Mit einer Kopfbewegung deutete er Mesut an, ihn mit Dana alleine zu lassen. Der Kollege begriff sofort und zog die Tür hinter sich zu.

»Keine Angst«, sagte Drago sanft zu Dana. »Ich bin jetzt da.« Als ob sie das beruhigen würde, dachte er bitter. Doch sie sah ihn an und nickte schwach.

Das machte ihm Mut.

Er streifte im Gehen seine Jacke und die Schuhe ab, öffnete die Glastür zur Dusche und trat vorsichtig ein. Seine Socken waren augenblicklich klatschnass. Er ging neben Dana in die Hocke und nun spritzte ihn auch das Wasser aus der Brause nass.

»Was ist passiert?«, fragte er behutsam.

»Er war so eklig«, sagte sie mit tonloser Stimme. Aber sie sprach mit ihm. Das war gut.

»Wer?« Er sah einen widerwärtigen Kerl vor Augen, der dieser kleinen, zarten Frau Gewalt angetan hatte. Eine unbändige Wut erfasste ihn auf einmal.

»Ich glaube, er ist Russe.«

»Russe?« Jetzt wurde er erst recht hellhörig.

»Er hatte so einen Akzent.«

Sie rieb immer wieder mit einem Schwamm über ihre rechte Hand, die schon ganz gerötet war. Dabei wirkte sie so hilflos und verloren, dass er sie am liebsten in die Arme genommen hätte. Sie rührte auf einmal etwas in Drago, das er lange nicht gespürt hatte.

»Er hat die ganze Zeit meine Hand festgehalten. Ich dachte zwischendrin, er würde sie mir abreißen.«

Drago konnte sich noch keinen Reim auf das machen, was sie sagte. Aber er begriff, dass jemand im Haus gewesen war, der ihr Gewalt angetan hatte – in welcher Form auch immer. Doch bevor sie Details klärten, musste er sichergehen, dass es allen gut ging.

»Wo ist Max?«, fragte er.

»Im Kindergarten.« Tränen traten in ihre Augen und mischten sich mit dem Wasser, das immer noch unablässig aus dem großen Brausekopf über ihnen strömte. »Ich kann ihn nicht beschützen. Ich bin eine schlechte Mutter.«

»Das bist du ganz sicher nicht. Max ist gut aufgehoben im Kindergarten.« Drago richtete sich auf. »Ich bin sofort wieder da.« So schnell er konnte, tappte er auf nassen Socken in den Flur und rief Mesut Özdemir zu sich. Mit knappen Worten schilderte er ihm die Lage. »Ich komme hier zurecht. Aber der Kleine muss in Sicherheit gebracht werden.«

»Ich kümmere mich um alles.« Mesut verschwand und Drago atmete auf. Ein Problem weniger.

Rasch kehrte er zu Dana unter die Brause zurück. »Denkst du, wir können das Wasser mal abstellen?«, fragte er.

»Er hat meinen Finger in den Mund genommen«, sagte sie mit dieser schrecklich tonlosen Stimme. »Und er hat mich geküsst.«

Okay, das Wasser musste weiter laufen. Es durchnässte sein T-Shirt und seine Jeans, aber das war ihm egal.

»Ist noch mehr passiert?«, fragte er leise, obwohl er nicht wusste, ob er ihre Antwort ertragen konnte.

Danas helle Bluse war vom Wasser durchsichtig geworden. Unter dem Stoff schimmerte ihr BH durch und ihre Brustwarzen zeichneten sich ab. Obwohl Drago schon weitaus mehr von ihr gesehen hatte, fand er es nicht richtig, sie so entblößt zu sehen. Er konzentrierte sich auf ihr Gesicht, das nass von Wasser und Tränen war. Die Haare klebten ihr am Kopf und während sie sprach, rubbelte sie weiterhin unablässig mit dem Schwamm über ihre Hand.

»Er will Geld. Sehr viel Geld. Weil Philipp seine Tochter geschwängert hat.«

Was war das schon wieder für eine wahnwitzige Geschichte? Falls Dana nicht den Verstand verloren hatte – und davon ging er aus, obwohl ihr Auftritt nicht gerade für sie sprach –, war sie von einem Fremden nicht nur bedroht und belästigt worden. Der Mann erpresste sie offenbar auch.

Dragos Blick fiel auf ihre rechte Hand, die sie schon fast wund geschrubbt hatte. »Meinst du nicht, dass du dich gründlich genug gewaschen hast?«

Sie hielt inne und schaute nach unten, als hätte sie gar nicht bemerkt, was sie da tat. Doch dann verzog sie angeekelt ihr Gesicht. »Er hat mich auch auf den Mund geküsst!«

Und ehe er sie daran hindern konnte, wischte sie sich mit dem Schwamm energisch über das ganze Gesicht.

Wieder und wieder.

Seife rann aus den Poren des Schwamms über ihr Kinn und vermutlich auch in ihren Mund.

Behutsam fasste Drago nach ihrem Arm und bremste ihre Bewegungen aus. Sie gab schneller auf, als er dachte, ließ den Schwamm sinken und spuckte würgend Seifenreste aus. Blinzelnd rieb sie sich die Augen, in die offenbar auch Seife geronnen war.

Drago wagte nicht, sie erneut anzufassen. Sie war ein so zartes, zerbrechliches Wesen, das sich ihm vollkommen auslieferte, das wurde ihm schlagartig klar, als sie nun mit hängenden Schultern und schwer atmend vor ihm saß.

Das hier war ganz anders als damals in New York. Vielleicht, weil sie nicht tablettenumnebelt, sondern vollkommen klar war. Und trotzdem zeigte sie sich Drago so offen in ihrem Schmerz.

Sie vertraute ihm.

Das war das größte Geschenk, das sie ihm machen konnte.

Dana wusste nicht, warum Dragos Gegenwart sie so ungemein beruhigte. Aber dass er hier neben ihr saß, genauso durchnässt wie sie, gab ihr ein Gefühl von Sicherheit. In dieser Duschkabine, eingehüllt in heißes Wasser, mit diesem starken Mann an ihrer Seite, würde ihr nichts passieren.

Er streckte eine Hand aus und berührte leicht den Schwamm, mit dem sie sich den Mund ausgewaschen hatte. »Darf ich mal?«

Wortlos überließ sie ihm den kleinen gelben Badeschwamm. Er wrang ihn unter dem Wasserstrahl mehrfach aus, bis keine Seife mehr aus den Poren lief. Dann fuhr er damit sehr sacht über ihr Gesicht und wischte die letzten Seifenreste fort. Mit den Fingern strich er eine Haarsträhne aus ihrer Stirn.

»Erinnerst du dich noch daran, was ich in New York zu dir gesagt habe?« Seine Stimme klang leise und dunkel.

Fragend sah sie ihn an. Er hatte damals viel gesagt. Und das meiste war ziemlich hässlich gewesen. Seine Augen ruhten auf ihr und sie entdeckte einen Ausdruck darin, der sie überraschte.

»Ich habe gesagt, dass ich auf dich aufpassen werde. Das gilt immer noch. Solange ich da bin, musst du keine Angst haben.«

Sie konnte sich nicht daran erinnern, wann das letzte Mal jemand so etwas Schönes zu ihr gesagt hatte. Ja, vermutlich war es derselbe Mann gewesen, damals in ihrem Bett, als er sie in seinen Armen gehalten und mit einer Zärtlichkeit bedacht hatte, die sie ihm nie zugetraut hätte. Nur hatte sie das in jener Nacht gar nicht so recht würdigen können.

Etwas in ihr löste sich und bahnte sich seinen Weg in einem wahren Sturzbach aus Tränen. Da nahm er sie erneut in die Arme und hielt sie behutsam fest. Sie lehnte sich gegen seine breite, harte Brust. Die Tränen schwemmten all ihre Scham über ihr Versagen ebenso fort wie ihre Angst und Verzweiflung.

Sie saßen gemeinsam unter der Dusche, durchnässt bis auf die Haut, und für einen wundervollen, kleinen Moment gab es nur sie beide. Als Drago ihre rechte Hand nahm, ließ sie es zu. Sehr zart strich er mit seinem Daumen über die gerötete Haut. Dann zog er ihre Hand an seine Brust und legte seine eigene, viel größere Hand über ihre.

Sicher, dachte sie erneut, hier war sie sicher. Sie lehnte ihren Kopf an seine Schulter.

»Er hat nur deine Haut beschmutzt«, sagte er rau. »An dein Inneres ist er nicht herangekommen. Das schafft niemand.«

Dana war sich da nicht so sicher. »Aber ich fühle mich so erniedrigt. Und so hilflos. Ich habe alles falsch gemacht.«

Seine Umarmung wurde eine Spur fester. »Er wird nicht ungestraft davonkommen, das verspreche ich dir. Und was den Rest angeht … nun ja, es scheint, dass du in eine ausgesprochen schwierige Situation geraten bist. Da ist es nicht leicht, die richtige Entscheidung zu treffen.«

Keine sarkastischen Bemerkungen? Keine Bestätigung, dass sie eine dumme Kuh war? Dana konnte es kaum glauben.

»Ich war betrunken«, sagte sie leise. Sie hätte es nicht sagen müssen, vielleicht hätte er es dann nie erfahren. Aber sie wollte sich nicht länger verstecken. »Darum habe ich nicht kapiert, dass er nicht vom Sicherheitsdienst war. Ich war so umnebelt, dass ich ihn und seine Bulldoggen einfach reingelassen habe.«

»Bulldoggen?«

»Zwei so Kampfmaschinen. So Kerle wie du.« Sie erschrak über ihre eigenen Worte. Was redete sie denn da für einen Mist?

Er lachte heiser. »So siehst du mich? Als Bulldogge? Ich bin nicht sicher, ob das ein Kompliment ist.«

»Ich auch nicht.«

Er lachte noch mehr. Doch dann wurde er rasch wieder ernst. »Der Kerl war also nicht allein hier?«

»Nein.« Sie erzählte von diesen brutal aussehenden Männern, die vor dem Haus gewartet hatten.

»Das heißt, das war nicht nur so ein dahergelaufener Spinner, sondern jemand, der es nötig hat, mit ... Bulldoggen unterwegs zu sein.«

»Entschuldige, ich wollte dich nicht kränken.« Ihre Hand lag immer noch an seiner Brust, bedeckt von seiner, zart und fest zugleich. Unbewusst bewegte sie ihre Finger und strich ihm über das nasse Shirt.

»Ist schon okay.« Er nahm die Bewegung auf und

streichelte nun seinerseits ihren Handrücken. »Dass du mich als Bulldogge beschimpfst, macht mir im Moment ehrlich gesagt am wenigsten Kopfzerbrechen.« Er hörte nicht auf, ihre Hand zu streicheln. »Hast du irgendwelche Anhaltspunkte, woher dieser Mann kam? Hat er zufällig einen Namen genannt?«

»Oh ja, natürlich.« Schaudernd zog Dana die Schultern hoch. »Er heißt Igor Kusmin. Und seine Tochter Anna.«

Auf einmal wurde es eiskalt in der Dusche.

Igor Kusmin.

Er war hier gewesen, in Danas Haus. Mit ihr allein. Drago zwang sich, Dana seinen Schreck nicht zu zeigen. Er war nur unendlich dankbar, dass sie so unversehrt neben ihm hockte. Nun ja, sofern man ihren seelischen Zustand mal außer Acht ließ. Aber er mochte sich gar nicht ausmalen, wozu dieser Mann fähig war, was er alles mit ihr hätte anstellen können.

Ein Mafioso.

Möglicherweise ein Mörder.

Automatisch zog Drago Dana noch ein Stückchen näher zu sich heran. Noch hatte er nicht ganz durchschaut, was hier passiert war, aber er wusste jetzt schon, dass Dana fürchterlich in der Klemme steckte. Und das vermutlich nicht erst seit heute.

»Es ist ganz schön nass hier, nicht?«, sagte sie und er registrierte erleichtert, dass wieder Leben in ihre Stimme zurückkehrte.

»Allerdings. Aber das haben Duschen so an sich.« Er lächelte. »Darum betreten die meisten Leute sie auch nackt. Ist irgendwie praktischer.«

»Das merke ich auch gerade.« Sie blinzelte, als ihr Wasser in die Augen rann.

»Soll ich es mal abstellen?« Drago war froh, als sie nickte. Er schloss den Wasserhahn und wandte sich Dana zu, die so winzig neben ihm aussah. Winzig und verloren. »Es gibt doch in diesem Haus bestimmt Handtücher und was Trockenes zum Anziehen, oder?«

»Gibt es.« Ein Lächeln huschte über ihr Gesicht, zaghaft und flüchtig nur. Aber es war ihm, als würde es eine Spur heller im Badezimmer werden.

Er stand auf, reichte ihr die Hand und half ihr auf die Beine.

15

Sie standen einander verlegen gegenüber, tropfnass und verwirrt von der Nähe, die zwischen ihnen entstanden war. Dana vermochte Drago kaum in die Augen zu sehen. Sie war direkt dankbar dafür, dass er so riesig war. So konnte sie seinem Blick leicht ausweichen.

Drago legte ihr ein großes Badehandtuch um die Schultern und rubbelte sich selbst die Haare und das Gesicht mit einem kleinen Handtuch trocken.

»Es tut mir leid, dass du so nass geworden bist«, sagte Dana. »Und ich fürchte, ich habe eben Unsinn geredet. Es gibt hier im Haus nichts Passendes, was du anziehen kannst. Philipps Sachen habe ich alle schon lange entsorgt.«

»Ist schon okay.« Drago streifte seine Socken ab und wrang sie über dem Waschbecken aus. »Mir würden seine Klamotten sowieso nicht passen.«

Dana musste lächeln bei der Vorstellung, wie dieser große Mann sich in eine viel zu enge Hose zwängte. Er grinste ebenfalls und sah dabei erstaunlich sympathisch aus.

»Ich kann deine Sachen in den Trockner packen«, sagte sie. »Dann sind sie in einer Stunde trocken.« Nun hob sie doch den Kopf und sah ihn an. Er sah unschlüssig an sich herab.

»Okay«, sagte er schließlich und zog sich das Shirt über den Kopf.

Sie stand da und starrte auf seine breite Brust mit den bunten Tätowierungen. Drago Kaminski war so sehr Mann, dass es ihr den Atem nahm.

Er hielt plötzlich inne, als falle ihm jetzt erst auf, was er da tat. »Entschuldige«, sagte er mit einem verlegenen Lächeln. »Es gibt doch hier sicher ein Gästebad.«

Sie stand weiterhin nur da und starrte auf diese gewaltige, muskelbepackte Brust.

»Dana? Alles okay?« Er beugte sich zu ihr herab.

»Ja«, flüsterte sie. »Hilfst du mir beim Ausziehen?«

Drago zögerte. Eben noch hatte Dana vollkommen verängstigt in der Dusche gehockt, weil dieser russische Gangster sie total verstört hatte. Und jetzt wollte sie, dass Drago ihr beim Ausziehen half? Er fand das keine gute Idee. Aber offenbar war sie im Moment völlig überfordert mit allem. Und er ...

Herrje, er war schließlich auch nur ein Mann.

Ergeben knöpfte er ihre Bluse auf und streifte sie ihr über die Schultern. Sie ließ es geschehen wie ein kleines Kind. Als er ihr aus dem Rock und den hauchzarten Strümpfen half, stützte sie sich an ihm ab. Sie hatte wunderschöne kleine Füße mit schmalen, wohlgeformten Zehen. Alles an ihr war winzig und vollkommen.

Verwirrt richtete Drago sich wieder auf und zog sich die Jeans aus. Jetzt trugen sie beide nur noch Unterwäsche.

Ziemlich nasse Unterwäsche.

Dana zog prompt fröstelnd die Schultern hoch. Drago beeilte sich, ihren BH-Verschluss zu öffnen. Himmel, hatte sie entzückende, kleine Brüste. Fest und rund, mit sehr harten Nippeln. Das war ihm beim letzten Mal noch gar nicht aufgefallen. Er wagte nicht, sich an ihrem Höschen zu schaffen zu machen, sondern zog sich stattdessen selber aus.

»Also dann«, sagte er rau und blickte auf seine nassen Klamotten auf dem Boden. »Wo ist der Trockner?«

»Im Keller.«

Na, großartig! Er schlang sich ein Handtuch um die Hüften und nahm die nassen Sachen an sich. Dana stand da und sah ihn mit großen Kinderaugen an. Ein warmes, weiches Gefühl erfasste ihn auf einmal und er beugte sich vor und drückte ihr einen Kuss auf die Stirn. »Bin gleich wieder da.«

Als er zurückkehrte, war Dana aus dem Bad verschwunden. Ihre nasse Kleidung hing an einem Haken. Suchend blickte er sich um. Er fand sie in einem Schlafzimmer, das ähnlich kitschig ausstaffiert war wie das in New York. Rüschen in Rosa und Pastell, wohin sein Auge blickte. Himmel aber auch, wie konnte eine so stilsichere Frau nur an derartigen Geschmacksverirrungen leiden?

Dana lag in einem breiten Himmelbett, begraben unter einer riesigen, rüschenbehangenen Daunendecke in allen Kitschfarben dieser Welt. Drago blieb zögernd in der offenen Tür stehen. Er musste dringend ein paar Dinge mit Dana klären, aber sie brauchte offenbar noch etwas Ruhe.

»Geht es dir gut?«, fragte er leise.

Sie hob den Kopf und lächelte. Das ermutigte ihn, näher zu treten.

»Mir war so kalt«, sagte sie beinah entschuldigend.

»Ist es jetzt besser?« Was für eine Frage angesichts dieses Ungetüms von einer Bettdecke.

Doch sie machte eine unbestimmte Bewegung mit dem Kopf. Der Schock steckte ihr offenbar doch noch ganz schön in den Knochen. Drago setzte sich zu ihr auf die Bettkante und nahm ihre Hand. Sie war eiskalt.

Da hob er kurzerhand die Decke an und legte sich zu ihr. Seine Hand glitt über ihren nackten Arm und ertastete ihre ebenfalls nackte Brust. Erschrocken zog er sie zurück. »Du hast ja gar nichts an.«

»Nein.« Sie hatte die Augen geschlossen und rührte sich nicht.

»Entschuldige, das wusste ich nicht. Ich hätte sonst nie ... Kein Wunder, dass dir noch kalt ist.« Er war total durcheinander. Verdammt noch mal, warum brachte diese Frau ihn nur plötzlich so aus der Fassung? Er trug doch selber auch nicht mehr als ein Handtuch. Hätte er darüber nicht nachdenken können, bevor er sich zu Dana Laurentius ins Bett legte?

»Nackter als vorhin kann ich doch gar nicht mehr sein.« Ihre Stimme war leise, fast nur ein Wispern. Aber er verstand sie genau. Ja, dachte er, das stimmte wohl. Die seelische Nacktheit wog vermutlich erheblich schwerer als die körperliche.

Sanft legte er die Arme um sie und rieb ihre kalten Hände. Sie mussten dringend miteinander reden. Aber vielleicht hatte das noch ein klein wenig Zeit.

Es war so ähnlich wie vorhin in der Dusche. Kaum spürte sie Dragos Nähe, entspannte Dana sich. Sein Körper war wie ein Backofen und strahlte eine Hitze ab, die bis in Danas Innerstes vordrang. Ihre Angst schmolz dahin und ließ eine träge Erschöpfung zurück.

Wie war das möglich? Wieso fühlte sie sich ausgerechnet bei Drago Kaminski auf einmal so wohl? Bei dem Mann, der sie immer nur mit Verachtung gestraft hatte, seit sie ihm das erste Mal begegnet war? Der so viel körperlicher war als Philipp. Groß. Muskulös. Derb. Mit all diesen Tattoos und dem grimmigen Blick. Furchteinflößend geradezu.

Doch jetzt lag dieser Mann in ihrem Bett und hielt sie so behutsam im Arm, als sei sie zerbrechlich wie Porzellan.

Sie versuchte, sich daran zu erinnern, wann sie ihm das erste Mal begegnet war. Das musste ewig her sein. Er war irgendwann einfach da gewesen, der finster dreinblickende Bodyguard ihres damaligen Freundes Oliver. Sie hatte sich in seiner Nähe von Anfang an unwohl gefühlt. So viel geballte Männlichkeit war ihr einfach zu viel. Der Mann schien ja regelrecht in Testosteron zu baden. Und er gab ihr deutlich zu verstehen, dass er sie für ein Dummchen hielt, das zu blöd war, eins und eins zusammenzuzählen. Das verstärkte ihre Unsicherheit nur noch.

Es war ihr ein Rätsel, wieso Oliver diesen primitiven Menschen eingestellt hatte. Immerhin würden die beiden sich recht nahe kommen. Zu ihrem großen Erstaunen mochte Oliver seinen neuen Mitarbeiter jedoch sehr. Schlimmer noch: Zwischen ihnen entstand eine höchst eigenartige Männerfreundschaft, die Dana komplett ausschloss. Sie fühlte sich zunehmend überflüssig, wenn die beiden zusammenhockten und über irgendeinen Blödsinn lachten, den nur Männer kapierten.

Dann hatten Oliver und sie sich getrennt. Sie sah Drago nur noch selten. Der zeigte ihr seine Verachtung inzwischen sehr offen. Er hielt es wohl nicht mehr für nötig, seine Abneigung gegen sie zu verbergen, seit sie nicht mehr die Freundin seines Chefs war. Selbst zu Philipps Tod hatte er keine freundlichen Worte für sie gefunden. Ja, genau genommen hatte er überhaupt nicht mit ihr gesprochen, obwohl es dafür damals genug Gelegenheiten gegeben hatte.

Aber nun stand ihr ausgerechnet dieser Mann schon zum zweiten Mal in höchster Not bei. Er war gewissermaßen zu ihrem Retter geworden. Anfangs hatte sie angenommen, er tue das, weil Oliver es von ihm verlangte. Aber sie konnte sich kaum vorstellen, dass sein Pflichtbewusstsein so weit reichte, sich vollbekleidet unter eine Dusche zu stellen.

Und in ihrem Bett lag er sicher auch nicht aus Pflichtgefühl, sondern ... ja, warum eigentlich?

Sie drehte den Kopf zu ihm. Seine blauen Augen fingen ihren Blick ein. Wie konnte man nur so intensiv leuchtende Augen haben, fragte sie sich zum wiederholten Mal. Drago hatte die blausten Augen, die sie je gesehen hatte. Sie waren so lebendig. Und so schön.

Er hielt ihrem forschenden Blick stand.

»Du konntest mich nie leiden«, stellte sie fest.

»Du mich auch nicht.« Seine Stimme war leise und rau.

»Warum?« Sie sah ihn unverwandt an.

»Weil du die Prinzessin auf der Erbse warst. Nichts war dir fein genug.«

Wenigstens war er ehrlich. »Du kanntest mich doch gar nicht.« Erstaunlicherweise kränkte es sie, dass er so von ihr dachte.

»Das stimmt.« Er fuhr ihr mit einer Hand durch die Haare. »Ich kenne dich immer noch nicht.«

Sie grinste schief. »Na ja, immerhin weißt du inzwischen, wie ich mich benehme, wenn ich total hysterisch bin. Das ist doch schon mal ein Anfang.«

»Und du? Warum konntest du mich nicht leiden?« Sein Blick war forschend.

Ihr Grinsen wurde breiter.

Er legte den Kopf schief. »Lass mich raten. Bulldogge?«

»Kampfmaschine.«

»Ich wusste doch, eins von beiden war es.«

Das vergnügte Funkeln in seinen Augen gefiel ihr. Und dann wandelte es sich schlagartig in etwas anderes. Ihr Herz machte einen überraschten Hüpfer. In der nächsten Sekunde senkten sich Dragos weiche Lippen auf ihre. Aber statt sich, wie noch wenige Stunden zuvor bei Igor Kusmin, zu ekeln, fühlte sie diesmal pures Glück.

Sie küsste wundervoll. Nicht scheu und zaghaft, wie viele Frauen, sondern neugierig. Ihre Zunge eroberte seinen Mund im Sturm und umwarb seine eigene Zunge in einem wilden Tanz. Allein mit ihren Küssen erzählte sie ihm, wie leidenschaftlich und wild sie war. Und wie hungrig.

Er zog sie eng an sich und wäre am liebsten in diesen feurigen, gierigen Küssen ertrunken. Wo war nur die verstörte Frau aus der Dusche geblieben? Oder die lebensmüde von der Dachterrasse? Das Püppchen, das stets perfekt gekleidet war und ewig diesen herablassenden Blick zur Schau trug, an dem alles abprallte?

Diese Frau hier war ihm vollkommen fremd. Aber er

liebte es, wie sie ihn mit ihrer Lust überraschte. Und er ließ sich davon anstecken. Alle Bedenken, dass er im Dienst war und sie weitaus wichtigere Dinge zu regeln hatten, schob er beiseite. Jetzt zählte nur dieser eine Moment hier zwischen ihnen, dieses kurze, kleine Glück.

Genau wie er brauchte Dana offenbar auch Sex, um sich von extremem Stress zu befreien.

Seine Hände erkundeten ihren zierlichen Körper mit dieser unfassbar weichen, samtigen Haut. Als seine Finger ihren Schoß ertasteten, öffnete sie bereitwillig ihre Beine für ihn. Wie wunderbar warm und feucht sie war! Er fuhr mit dem Daumen über ihre Perle und genoss es, wie sie in seinen Armen vor Lust zitterte.

Er legte ein Bein über sie und rieb seinen harten Schwanz an ihrem Spalt. Sie drängte sich ihm entgegen und unversehens glitt er in sie. *Kondome*, dachte er, *wir brauchen Kondome*. Aber sie legte die Arme um ihn und zog ihn mit einer Kraft, die er dieser zierlichen Frau gar nicht zugetraut hätte, zu sich herab. Ganz von selbst drang er tiefer in sie ein.

Sie sah zu ihm auf. Wie schön sie war in ihrer Erregung mit den geröteten Wangen und diesen umwerfenden jadegrünen Katzenaugen. Er konnte kaum glauben, mit wie viel Verlangen sie ihn ansah. Sie umklammerte seinen Nacken, küsste ihn gierig und glitt dabei mit ihrer flachen Zunge immer wieder über seine Lippen. Sein Schwanz füllte sie ganz aus und nahm sie mit leichten Stößen, die immer schneller wurden. Wie eng sie war. Eng und heiß. Und wie tief sie ihn in sich aufnahm. Unglaublich!

Da war plötzlich eine Energie zwischen ihnen, die er

ewig nicht mehr beim Sex verspürt hatte. Das hier war weit mehr als das stumpfe Geficke, das er zuletzt noch vor wenigen Stunden erlebt hatte. Es war intensiv und leidenschaftlich.

Ein unbändiges Verlangen erfasste ihn. Er packte Dana bei den Haaren und stieß ihr hart seine Zunge in den Mund. Er liebkoste sie nicht länger, er eroberte ihren Mund und zwang sie, sich ihm zu unterwerfen.

Sie wimmerte vor Lust und gab sich ihm ganz hin, ließ sich erobern und besitzen. Es war wie ein Rausch, in dem sie beide vollkommen entfesselt übereinander herfielen und in einem wunderbaren Spiel abwechselnd nahmen und gaben.

Dana hatte so etwas noch nie erlebt. Mit einer geradezu animalischen Wildheit fiel sie über diesen Mann her, den sie kaum kannte und den sie bis vor Kurzem nicht ausstehen konnte. Aber ihre Körper sprachen eine ganz eigene Sprache miteinander und passten auf überraschende Weise perfekt zueinander. Groß und derb einerseits, klein und zart andererseits. Wer hätte gedacht, dass daraus pure Harmonie entstehen konnte?

Dragos Küsse waren leidenschaftlich und besitzergreifend. Sie waren eine Offenbarung. Dana hatte immer gedacht, dass die Laurentiusmänner gute Liebhaber seien – jeder auf seine Weise –, doch das hier war etwas vollkommen anderes. Es war eine Klasse für sich.

Drago entfesselte in ihr eine Gier, die sie nie zuvor verspürt hatte. Als sich sein harter Penis gegen ihre Schamlippen drängte, war sie so bereit für ihn, dass sie ihn ganz selbstverständlich in sich aufnahm. Er war riesig und dehnte sie stark, was nach der jahrelangen Pause zunächst etwas ungewohnt war. Aber es tat nicht weh, sondern fühlte sich sehr schnell einfach nur wundervoll an.

Seine blauen Augen sahen sie erstaunt an, als könne er nicht glauben, was er da soeben erlebte. Sie begriff es ja auch nicht. Aber dieser gewaltige Körper schien sie sogar beim Sex zu beschützen. Hier, in diesen muskulösen Armen konnte ihr nichts passieren. Während sie sich von einem Mann richtig hart nehmen ließ, den sie kaum kannte, fühlte sie sich sicher und aufgehoben. Es war zum Verrücktwerden.

»Wir brauchen ein Kondom«, hörte sie Drago sagen. Er hatte sich auf die Arme gestützt und sah auf sie herab – mit einer unbeschreiblichen Mischung aus Verlangen und Zärtlichkeit in den Augen.

»Hab keine«, keuchte sie und zog ihn erneut an sich. Das hatte sie ihm doch schon einmal erklärt, damals in New York. Würde er nun auch wieder aus dem Bett springen und sagen, er habe ja immer was dabei?

Er tat es nicht. Stattdessen stieß er immer schneller in sie. Alles in ihr zog sich um seinen harten Penis zusammen. Hitze erfasste sie und sie bäumte sich auf unter der pulsierenden Lust, die sie in schnellen Wellen erfasste.

»Oh, Scheiße!« Drago stöhnte auf, stieß noch einmal sehr tief in sie, zog sich dann rasch aus ihr zurück und ergoss sich auf ihren Bauch.

Schwer atmend klammerte sie sich an ihn, noch nicht bereit, ihn loszulassen. Er tauchte mit dem Finger in das Sperma auf ihrem Bauch ein und strich ihr anschließend damit über die Lippen. Wie von selbst öffnete sie den Mund und leckte Dragos Finger sauber.

»Das solltest du nicht tun«, sagte er nach einer Weile und bedeckte ihr Gesicht mit kleinen feuchten Küssen.

»Was?«, fragte sie verwirrt. »Sperma kosten?«

»Sex ohne Gummi haben. Das ist riskant.«

Sie küsste ihn auch. »Woher sollte ich denn wissen, dass wir Sex haben würden? Damit konnte nun wirklich niemand rechnen.«

»Nein, das konnte tatsächlich niemand wissen.« Er lachte leise. »Aber ich meinte das auch mehr so allgemein.«

Dana schloss die Augen und vergrub ihr Gesicht an seiner Schulter. Er dachte allen Ernstes, sie würde ständig in der Gegend rumvögeln. »Ich bin nicht du«, murmelte sie. »Ich habe nicht ständig Sex.«

»Woher willst du wissen, dass ich ständig Sex habe?«

»Das hast du mir selbst erzählt.« Als sie den Kopf hob, fing sie seinen verwunderten Blick auf. »Damals in New York. Da hast du ein Kondom aus der Tasche gezogen und gesagt, du hättest immer was dabei.« Und außerdem war sie auch vorher schon davon ausgegangen, dass ein Mann wie Drago Kaminski alle paar Tage eine andere Frau im Bett hatte. Aber das behielt sie für sich.

Er rollte sich stöhnend auf den Rücken. »Das stimmt. Das habe ich gesagt.« Er warf ihr einen schnellen, beinah entschuldigenden Blick zu. »Und es war nicht gelogen.«

Sie wusste nicht, warum ihr das einen Stich versetzte. »Ich weiß«, sagte sie leise.

»Trotzdem«, beharrte er. »Auch wenn du nicht so viel Sex hast, solltest du dich schützen. Einmal ist keinmal gilt da nicht.«

Sie bedauerte, dass er die innige Stimmung zwischen ihnen auf einmal so zerredete. Ihr wäre es lieber, sie würden da weitermachen, wo sie eben aufgehört hatten. Andererseits hatte er aber auch recht. Es wäre riskant gewesen, wenn er ungeschützt in ihr gekommen wäre. Obwohl es sich erheblich besser angefühlt hätte. Vollendeter.

»Tut mir leid«, sagte sie leise und berührte ihn leicht an der Schulter. »Ich bin da nicht so erfahren. Ehrlich gesagt hatte ich noch nie Sex mit Kondomen.« Er sah so überrascht aus, dass sie sich beeilte, eine Erklärung nachzulegen, um nicht wieder als das totale Dummchen dazustehen. »Ich habe ewig in festen Beziehungen gelebt und da immer die Pille genommen.«

»Aber jetzt hast du keinen Partner mehr.«

»Nein.« Sie sah ihn fest an. »Darum habe ich auch keinen Sex.«

Er drehte sich langsam zu ihr. Ein eigenartiger Ausdruck lag in seinen Augen. »Was willst du damit sagen?«

Sie kam sich auf einmal total blöd vor. »Es ist das erste Mal, seit Philipp …«

»Das ist nicht dein Ernst.« Er starrte sie fassungslos an und richtete sich dann auf. »Ach, du Scheiße! Das habe ich nicht gewusst. Das … es tut mir leid!«

Drago kam sich wie der übelste Vergewaltiger vor. Er war schlimmer als dieser abartige Igor Kusmin. Da war er hemmungslos über Dana hergefallen, in dem Glauben, sie habe ständig so heißen Sex – und dann so was!

Er dachte daran, wie er sie genommen hatte, wild und gierig, ohne auch nur eine Sekunde nachzudenken. Aber sie hatte ihn ja auch förmlich eingeladen mit ihren heißen Küssen und den weit gespreizten Beinen.

Kein Sex seit Philipps Tod. Und ausgerechnet Drago war der Erste, dem sie sich hingab. Was für eine unfassbare Ironie!

Er brauchte einen Moment, um sich wieder zu sammeln. Wie jetzt weitermachen? Er konnte ja schlecht einfach ihr Bett verlassen und so tun, als habe dieser kleine Zwischenfall nie stattgefunden. Zumal er spürte, wie ihre wunderschönen Katzenaugen auf ihm ruhten.

Verdammte Scheiße aber auch! Warum war sie nur so heiß?

»Es tut mir leid«, stammelte er. »Ich wusste das nicht.« Sie legte eine Hand auf seinen Arm, federleicht und doch voller Gewicht.

»Was spielt das denn für eine Rolle?« Ihre glockenhelle Stimme umgarnte ihn wie eine Sirene. »Es war jetzt einfach der richtige Moment. So was kann man doch nicht planen.«

Nein, das konnte man nicht. Aber es lag doch auf der Hand, dass Dana nur Sex mit Männern hatte, mit denen sie eine feste Beziehung führte. Was erwartete sie jetzt von ihm? Dass er den ganzen Tag Händchen haltend mit ihr durch die Stadt flanierte? Das konnte sie sich abschminken. Er hatte sich bereits vor langer Zeit geschworen, sich niemals eng an eine Frau zu binden. Und das würde auch so bleiben.

»Du hast recht«, sagte er eine Spur zu ruppig. »Ich war einfach nur überrascht. Ich dachte, eine so schöne Frau wie du hätte ständig … na ja, sorry.« Himmel, was redete er da für einen Scheiß?

Dana setzte sich nun ebenfalls auf und zog sich die Bettdecke bis zum Hals hoch. Als wolle sie nicht, dass

Drago ihre nackten Brüste sah. Na großartig, da ging es ja schon los.

»Ich weiß, das hat niemand so recht geglaubt, aber ich habe Philipp sehr geliebt.« Ihre Stimme war auf einmal kühl. »Ich war lange Zeit nicht mal in der Lage, auch nur an einen anderen Mann zu denken. So was kannst du natürlich nicht nachvollziehen.« Ihre letzten Worte schoss sie ab wie giftige Pfeile. Jede Silbe war ein Treffer.

Drago spürte den Schmerz so heftig, dass er nur mit Mühe ein gequältes Stöhnen unterdrücken konnte. Dana hatte ja keine Ahnung. Aber woher auch? Sie wusste über ihn so wenig wie er über sie.

»Das war wirklich eine große Sache zwischen euch, hm?« Er schaffte es ebenfalls nicht mehr, freundlich zu klingen.

»Ja.« Aus ihrem Blick war alle Wärme gewichen. Sie sah ihn so abweisend an, dass er sich jede weitere Bemerkung verkniff.

»Okay«, sagte er und schwang seine Beine aus dem Bett. »Wir müssen jetzt ein paar Dinge besprechen, das ist dir klar, oder?«

Sie setzten sich an den großen Esstisch im Speisezimmer, Drago am einen Ende, Dana am anderen. Mehr Abstand konnten sie zwischen sich nicht herstellen. Es war eigenartig. Eben waren sie einander noch sehr nah gewesen, und nun benahmen sie sich wieder so, als hätte diese heiße Runde in Danas Bett nie stattgefunden.

»Erzähl mir bitte alles über diesen Igor Kusmin«, sagte Drago mit sachlicher Stimme. »Jedes Detail ist wichtig.«

Dana nickte. Sie bemühte sich, alles zu ignorieren, was er bei ihr hinterlassen hatte. Die geschwollenen Lippen.

Ihren brennenden, pulsierenden Schoß. Seinen Geruch auf ihrer Haut. Dieses satte, wundervolle Gefühl, das sich nach intensivem, erfüllendem Sex einstellte. Aber auch die Geborgenheit. Die Sicherheit. Das Vertrauen.

Okay, vertrauen musste sie ihm immer noch. Aber nicht *so*.

Sie straffte die Schultern. Es würde gehen. Wie es immer gegangen war.

Mit leiser, aber klarer Stimme erzählte sie Drago von ihrer Begegnung mit Anna Kusmina und ihren ungeheuerlichen Anschuldigungen. Sie erzählte von Annas Erpressung und davon, dass sich eines Tages auch ein Mann zu Wort gemeldet hatte, um ihren Forderungen mehr Nachdruck zu verleihen.

»Zahlen Sie das Geld oder es wird etwas Schreckliches geschehen.«

Die Stimme hatte sie nachts in ihren Träumen verfolgt und sich zu den nagenden Zweifeln gesellt, ob an der Geschichte etwas dran war. Hatte Philipp tatsächlich ein sechzehnjähriges Mädchen vergewaltigt?

Sie hatte seit dem Tod ihres Vaters nie mehr einem Menschen bedingungslos vertraut. Aber Philipp ein Vergewaltiger? Dass er fremdgegangen war, wollte sie nicht ausschließen. Doch so etwas? Er war ihr und Max gegenüber immer freundlich und liebevoll gewesen. Ganz anders als Oliver, der zu Jähzorn neigte und gelegentlich scheußliche Wutanfälle hatte. Philipp war nie wütend gewesen. Auf niemanden. Nur mit Oliver hatte er sich gelegentlich schrecklich gestritten. Aber das war etwas nur zwischen den beiden gewesen.

»Die Anrufe haben bis heute nicht aufgehört. Zuletzt

gingen sie sogar auf dem Festnetz in unserem Hamburger Haus ein«, fuhr sie nachdenklich fort. Ihr schauderte, wenn sie daran dachte, dass dieser Mann sie unablässig verfolgte. »Diese Nummer kennt nur eine Handvoll Leute. Ich habe keine Ahnung, woher er die hat.«

»Hat Philipp sein Handy mal verloren? Vielleicht ist es in die Hände des Erpressers geraten.«

Dana wollte schon verneinen, als plötzlich eine Erinnerung durch ihren Kopf schoss. Ihr letzter Morgen mit Philipp.

»Hast du mein Handy gesehen?«
»Jacketttasche.«
»Da ist es nicht.«

»Er hat sein Handy vermisst. An dem Morgen, bevor er den Unfall hatte.«

Drago sah sie aufmerksam an. »Hat er es wiedergefunden?«

Dana zuckte mit den Schultern. »Zunächst nahm ich das an. Aber ich kann mich nicht erinnern, ob es bei seinen Sachen war, als ich alles aussortiert habe. Er besaß mehrere Telefone. Keine Ahnung, ob eins fehlte.« Sie kam sich ein bisschen blöd vor, weil sie so schlecht informiert war. Aber sie hatte damals wahrlich andere Sorgen gehabt als ein verlorengegangenes Handy.

Doch Drago schien ihren Hinweis ernst zu nehmen. Er wirkte alarmiert und war hellwach, als sie erzählte, wie sie Igor Kusmins Forderungen erfüllt und gezahlt hatte. Allerdings war danach keineswegs Ruhe eingekehrt. Im Gegenteil.

»Wann war das?« Dragos Augen schimmerten dunkel. Sie spürte, dass er beunruhigt war.

»Im April bin ich Anna Kusmina begegnet. Vier Wochen später habe ich ihr per Kurier fünfhunderttausend Euro geschickt.«

»Aber warum?« Drago runzelte die Stirn.

Dana konnte es kaum aushalten, in seine wunderschönen Augen zu schauen. »Weil ich Angst hatte, dass sie an die Presse gehen und irgendwelchen Unsinn in die Welt hinaus posaunen würde.«

»Das meine ich nicht. Warum hast du niemanden eingeweiht? Oliver. Jemanden aus der Firma. Die Polizei?«

Dana räusperte sich und wich Dragos bohrendem Blick aus. »Ich war nicht sicher, ob was dran ist an der Sache. Und ich wollte nicht, dass mich alle verurteilten. Das hätte ich nicht ertragen.«

»Wofür hätten sie dich denn verurteilen sollen?«

Sie starrte die Tischplatte. »Dafür, dass ich den falschen Mann geheiratet habe.«

16

Drago sah das Foto an, das Dana über den Tisch geschoben hatte, und atmete tief durch. Es zeigte Philipp Laurentius, umgeben von drei Frauen in glitzernden BHs. Philipp sah keine der Frauen an, sondern starrte konzentriert nach unten. Vermutlich auf einen Spieltisch. Roulette? Karten? Schwer zu sagen, denn die Aufnahme endete auf Höhe seiner Brust. Aber Drago konnte sich gut denken, was Dana angesichts dieser halbnackten Damen angenommen hatte. Und wer weiß, vielleicht irrte Drago sich auch und das Bild war tatsächlich in einem Bordell entstanden.

Je mehr Dana erzählte, umso mehr begriff er, in was für einem entsetzlichen Dilemma sie sich befand. Sie hatte sehr einsame Entscheidungen getroffen – in dem Glauben, damit nicht nur sich selbst, sondern vor allem ihren Mann und seine Familie zu schützen. Und das, obwohl Philipp sie augenscheinlich hintergangen hatte.

Was für eine gewaltige Last hatte sie da auf sich genommen! Und was für Ängste musste sie ausgestanden haben. Kein Wunder, dass sie daran zerbrochen war. Er hatte Dana für schwach und verwöhnt gehalten. Dabei war sie in Wahrheit eine starke Frau. Aber jetzt war es an der Zeit, dass ihr jemand ihre Bürde abnahm.

War Philipp tatsächlich nicht nur ein Spieler gewesen, der sich mit Kriminellen eingelassen hatte, sondern auch ein Vergewaltiger? Drago hatte den Mann nicht sonderlich gut leiden können, aber so etwas traute er ihm eigentlich nicht zu. Philipp war aufgeblasen und selbstherrlich gewesen. Aber das war nicht verboten und hatte vielleicht auch mit seiner Rolle in seiner Familie zu tun. Alle hatten ihm deutlich weniger als Oliver zugetraut, obwohl er sich Mühe gab, brav und angepasst zu sein, während sein Bruder ständig über die Stränge schlug und der Rebell der Familie war. Drago fand Oliver trotzdem weitaus sympathischer. Er war ehrlicher und direkter und vor allem trug er das Herz am rechten Fleck. Philipp hingegen hatte er nie über den Weg getraut. Und das nicht erst, seit er seinem Bruder die Frau ausgespannt hatte.

Doch nun war Philipp tot und Dragos ganze Aufmerksamkeit galt den Lebenden der Familie Laurentius. Sie alle mussten vor diesem russischen Ganoven geschützt werden.

»Wir machen jetzt Folgendes«, sagte er und bemühte sich, seine Gefühle hinter einer sachlich klingenden Stimme zu verstecken. »Du und Max, ihr müsst erst mal untertauchen. Ihr seid nicht nur hier im Haus nicht sicher. Ich denke, es wäre gut, wenn ihr auch aus der Stadt verschwinden würdet.« Er glaubte zwar nicht, dass Igor Kusmin so schnell zurückkehren würde, aber der Mann schien unberechenbar zu sein. Offenbar hatte er mit Philipp eine sehr viel größere Rechnung offen, als Drago und Oliver bislang angenommen hatten. Falls an der Geschichte mit der Vergewaltigung etwas dran war, würde dieser Mann so schnell keine Ruhe geben. »Pack ein paar Sachen für dich und Max zusammen. Ich kläre kurz einige Dinge, dann fahren wir los.«

»In Ordnung.« Dana stand auf und ging an ihm vorbei zur Tür. Sie sah ihn kein einziges Mal dabei an und verließ ohne ein weiteres Wort den Raum.

Drago blieb einen Moment reglos sitzen. Sein Gesicht brannte, als hätte Dana ihn geohrfeigt. Er schloss die Augen, um sich zu sammeln. Prompt sah er sie vor sich, wie sie unter ihm im Bett lag, die feuchten Haare ausgebreitet auf dem Laken, die Wangen rosig, die jadegrünen Augen glühend vor Verlangen. Er spürte ihre Enge, ihre Hitze, ihre Lust. Und seine eigene Gier.

Er stöhnte auf, rieb sich mit den Händen über das Gesicht und schüttelte sich wie ein nasser Hund. Dann griff er zu seinem Telefon.

»Drago, mein Lieber, wie schön.« Die warme Stimme am anderen Ende der Leitung tat ihm so gut, dass er hätte weinen mögen.

»Liv, ich habe hier ein riesengroßes Problem.« Sie hörte ihm zu und stellte nur die allernötigsten Fragen. Dafür liebte er diese Frau.

Sie nahmen nicht Dragos Porsche, sondern einen schwarzen Audi, eine große, schwere Limousine. Am Steuer saß Mesut Özdemir. Verwundert starrte Dana ihn an. »Ich dachte, Drago würde mich begleiten.«

»Wir fahren gemeinsam zum Flughafen«, erklärte Mesut Özdemir. »Das ist sicherer.«

»Sicherer?« Dana setzte sich in den Fond. »Halten Sie

diesen Igor Kusmin für so gefährlich?« Ängstlich sah sie sich um, als werde der Kerl gleich hinter dem nächsten Gebüsch hervorspringen. Himmel aber auch, sie litt allmählich echt an Paranoia.

Drago setzte sich ohne ein weiteres Wort auf den Beifahrersitz. Alles an ihm drückte Kraft und Entschlossenheit aus. Dana hätte zu gern die zarte Haut in seinem Nacken berührt, aber sie wagte nicht mal, ihn länger anzusehen. Aus den Lautsprechern ertönte leise Soulmusik, das einzig Beruhigende in diesem Moment.

Nach einigen hundert Metern sah Dana irritiert auf die Straße. »Wo fahren wir denn hin? Ich dachte, wir holen Max ab.«

»Tun wir auch.« Drago heftete den Blick fest auf die Straße.

»Aber das ist nicht der Weg zum Kindergarten.«

»Wir haben ihn an einen sicheren Ort gebracht«, sagte Mesut Özdemir und Drago warf ihm einen Blick zu, als sei ihm nicht recht, was sein Kollege da sagte.

Dana war augenblicklich alarmiert. »An einen *sicheren Ort*? Ist er etwa in Gefahr?«

Drago drehte den Kopf leicht zu ihr. »Du hast selbst gesagt, dass Igor Kusmin dir gedroht hat, indem er dir riet, gut auf dein Kind aufzupassen.« Er gab sich alle Mühe, gleichgültig zu klingen, aber Dana nahm ihm das nicht ab. Sie bekam eine Gänsehaut.

»Du meinst, das war keine leere Drohung?«

»Das weiß man bei solchen Leuten nie.«

»Ach, und darum schleppt ihr meinen Sohn einfach fort, ohne mir zu sagen, wohin?« Nun zitterte ihre Stimme nicht nur vor Angst, sondern auch vor Zorn.

»Du warst vorhin nicht in der Verfassung, um Entscheidungen treffen zu können. Wir mussten aber schnell handeln.«

Schnell handeln? Und da hatte dieser Kerl nichts Besseres zu tun gehabt, als sich zu ihr ins Bett zu legen und erst mal in aller Ruhe eine Runde zu vögeln? Das war ja nicht auszuhalten! Wenn Mesut Özdemir nicht mit im Wagen gesessen hätte, wäre sie explodiert. So aber starrte sie nur voller Zorn aus dem Seitenfenster des Audi.

Auf einmal dachte sie an das Attentat, das vor einigen Monaten auf Oliver verübt worden war. Es war pures Glück gewesen, dass er unversehrt geblieben war. Aber sein Bodyguard war dabei ums Leben gekommen. Es schien da draußen eine Menge Leute zu geben, die der Familie Laurentius nicht sehr wohlgesonnen waren.

Dana presste ihre Handtasche fest an sich und atmete tief durch, um sowohl ihre Angst als auch ihre Wut zu bezähmen. Sie musste Max als starke, souveräne Mutter gegenübertreten, das war ihre Pflicht.

Sie sammelten ihn auf dem Hinterhof der Zentrale von MSS ein. Er wurde von zwei Männern aus dem Haus geleitet, während Dana im Auto sitzenbleiben musste. In dem Moment, in dem Max sie erblickte, setzte sie ihr fröhlichstes Lachen auf.

»Hey, mein Großer!« Sie drückte ihn kurz an sich und half ihm dann in den Kindersitz. »Wie ich sehe, hast du einen kleinen Ausflug gemacht.«

Max' große braune Augen strahlten. »Wir haben Filme geguckt«, erzählte er.

»So? Was denn für Filme?« Dana konzentrierte sich

ganz auf sein kindliches Geplapper, um sich von ihren scheußlichen Gefühlen abzulenken.

»Mit einer bösen Katze und einer kleinen Maus.«

»Das waren bestimmt Tom und Jerry«, rief Mesut Özdemir. »Da stehen meine Kollegen total drauf.«

»Tom und Jerry. So, so.« Dragos Miene war undurchdringlich.

Dana lachte übertrieben laut und verstrubbelte Max die Haare. »Tom und Jerry sind super. Du kannst im Flugzeug noch mehr Filme von ihnen sehen. Wir fliegen nach New York, mein Schatz.«

»New York?« Max verzog das Gesicht. »Sind wir morgen wieder da? Linus hat Geburtstag und feiert eine große Party.«

Es zerriss Dana das Herz, weil ihr Kind ständig zu kurz kam. »Tut mir leid, Schätzchen, aber man kann nicht in einem Tag hin- und zurückfliegen. Das dauert zu lange.«

Max fing an zu weinen. »Ich will aber zu Linus' Geburtstag gehen.«

»Das geht nicht.« Dana hob hilflos eine Hand und strich ihm ein paar Tränen von der Wange. Da gingen sie dahin, ihre guten Vorsätze, dass sie Max ein sicheres, beständiges Zuhause bieten würde. Schon wieder riss sie ihn aus allem heraus.

»He, Kumpel«, wandte Drago sich auf einmal an ihn. »Deine Mama irrt sich. Wir fliegen nicht nach New York. Wir fliegen an einen richtig coolen Ort, an dem es dir bestimmt gefällt. Dort gibt es ganz viele Tiere. Hunde und Ponys und …«

Dana glaubte, sich zu verhören. Sie war ganz selbstverständlich davon ausgegangen, dass ihre Reise nach New

York gehen würde, weil ihr Apartment dort viel sicherer war als das Hamburger Haus. Von einem anderen Reiseziel war nie die Rede gewesen.

»Moment mal!«, unterbrach sie Drago aufgebracht. »Was heißt das, wir fliegen nicht nach New York? Dort sind wir doch …« Sie wollte schon *sicher* sagen, hielt sich aber mit einem Blick auf Max zurück. »… gut aufgehoben.«

»An dem anderen Ort seid ihr noch besser aufgehoben.« Drago wandte sich wieder an Max. »Wie sieht's aus, Kumpel, magst du Hunde?«

Max zog die Nase hoch. »Ja«, sagte er mit weinerlicher Stimme. »Aber keine großen.«

»Nein? Warum denn? Ich habe einen großen Hund, der ist toll.«

»Aber große Hunde beißen.«

»Nicht, wenn sie gut erzogen sind. Meiner ist total lieb.«

»Fahren wir da jetzt hin?«

»Nein, aber vielleicht ein andermal.«

Mit eisiger Miene beobachtete Dana, wie Drago sich an ihren Sohn ranmachte. Er hatte einen Hund? Das hatte er sich doch jetzt bestimmt bloß ausgedacht. Oder war das auch so eine Kampfmaschine? Eine Bulldogge gar? Misstrauisch schielte sie zu Drago, während sie so tat, als konzentriere sie sich ganz auf Max. Ja, eine Bulldogge traute sie ihm zu. So ein bösartiges Vieh, das jeden in Stücke riss, der sich seinem Herrn auch nur auf zehn Meter näherte.

»Also gut, nicht New York.« Sie lehnte sich erschöpft zurück. »Wo sind wir deiner Meinung nach gut aufgehoben?«

»In Småland.«

»Schweden?«, kreischte Dana entsetzt. Sie hatte kaum etwas eingepackt, da ihr New Yorker Apartment voll ausgestattet war. Aber keins der wenigen Dinge, die sich in ihrem Gepäck befanden, konnte sie in der schwedischen Provinz gebrauchen. Großartig, wirklich richtig großartig, was dieser Idiot von einem Bodyguard ihr da einbrockte.

Es hatte sich kaum etwas verändert. Das war ungemein beruhigend. Drago stieg aus dem Wagen, drückte den Rücken durch und atmete die klare, frische Luft ein. Bereits auf dem Weg von Växjö hier herauf hatte ihn ein Gefühl freudiger Erwartung befallen. Und eine leise Melancholie. Das ließ sich gar nicht vermeiden.

Sie waren bis Växjö geflogen und von dort mit einem Auto weitergefahren, hinauf nach Norden, quer durch Småland. Die Straßen waren immer kleiner geworden und Dana hatte ein paarmal entsetzte Laute von sich gegeben.

»Wo bringst du uns hin? Das ist tiefste Wildnis.«

»Tiefste Wildnis ist was anderes, Schätzchen, dann würde ich mit euch bis nach Lappland hochfahren. Hier in Småland ist Schweden noch sehr zivilisiert.«

»Und was machen dann die ganzen Bäume da? Hier ist doch nichts. Wann sind wir das letzte Mal an einem Haus vorbeigekommen? Wenn wir hier jetzt eine Reifenpanne haben, dann sind wir geliefert.«

Bis zu einem gewissen Punkt genoss er ihr Gezeter. Sie war wirklich ein verwöhntes Gör. Sich das immer wieder vor Augen zu führen, machte es leichter, sich von ihr fernzuhalten. Irgendwann war sie jedoch still geworden und hatte nur noch nach draußen gestarrt. Sie waren kilometerweit durch Wälder gefahren, an Feldern und Wiesen vorbei, durch verschlafene Orte und Dörfer, die nur aus wenigen Häusern bestanden.

»Hör zu«, sagte Drago, als sie seinem Navi zufolge nicht mehr weit von ihrem Ziel entfernt waren. »Es ist besser, wenn niemand hier weiß, wer ihr seid. Den Namen Laurentius solltest du möglichst nicht ins Spiel bringen.«

Er sah ihr an, dass sie nervös war und zudem tausend Fragen hatte. Aber er war nicht gewillt, auch nur eine einzige zu beantworten. Vielleicht spürte sie das. Jedenfalls nickte sie und sagte nach einigem Überlegen: »Ich nenne mich Dana Eliot, nach meinem Vater.«

Im Rückspiegel fing er ihren Blick auf, der ebenfalls weitere Fragen verbot. Sie waren wirklich ein großartiges Team, dachte er. »Ist gut«, sagte er und richtete den Blick wieder auf die Straße.

Am Ende, als auch Drago schon dachte, sie würden nie mehr ankommen, lag der Hof auf einmal vor ihnen. Ein langgestrecktes rotgestrichenes Stallgebäude und zwei Schuppen auf der einen Seite des Schotterwegs, zwei rote Holzhäuser inmitten einer gepflegten Rasenfläche auf der anderen Seite. Das war alles.

»Unser ganz privates Bullerbü«, wie Britt immer gesagt hatte.

Drago schluckte hart. Verdammt, es tat tatsächlich noch weh. Aber was hatte er denn auch erwartet?

»Sieht ja aus wie in Bullerbü« hörte er Danas Stimme hinter sich. Er starrte sie fassungslos an. Mit jedem ihrer Worte schien sie ihm ein Messer ins Herz zu rammen.

Machte sie das mit Absicht? Nein, ermahnte er sich selbst, sie hatte ja keine Ahnung. Ohne etwas zu erwidern, stapfte er den Kiesweg zu den Häusern entlang.

Er war heilfroh, dass in diesem Moment ein alter Mann um die Ecke kam, mit schlohweißen Haaren und leicht gebeugter Haltung. Drago ging strahlend auf ihn zu.

»Pettersson! Hur mår du?« Er hatte schon befürchtet, der alte Mann sei vielleicht nicht mehr am Leben. Doch der lachte immer noch so verschmitzt wie damals und drückte Dragos Hand mit knorrigen Fingern.

»Es geht mir hervorragend, mein Junge. Und dass ihr hier seid, ist wirklich ein großes Glück. Liv ist hinten im Garten. Sie freut sich wie verrückt auf euch.«

Dragos Schwedisch war ziemlich eingerostet, er musste sich anstrengen, um alles zu verstehen. Pettersson winkte Dana heran, die mit Max auf dem Arm beim Auto stehengeblieben war. In einer Mischung aus Schwedisch und Englisch begrüßte er sie.

Gemeinsam traten sie hinter das Haus. Sie gerieten offenbar in eine kleine Feier. Das war nicht gerade das, was Drago sich erhofft hatte. Aber er hätte es wissen müssen. Liv hatte schon immer gern Menschen um sich versammelt.

Auf der Terrasse saß gut ein Dutzend Leute um zwei Feuerkörbe, in denen Holz lodernd brannte. Aus einem Kugelgrill stieg der Geruch von gebratenem Fleisch auf. Ein paar Kinder tobten mit zwei Hunden über den Rasen. Einer der Hunde, ein braun-weißer Jack Russel Terrier, der auf einem Auge blind war, stürmte laut kläffend heran, als er die Neuankömmlinge wahrnahm. Der andere, ein unförmiges Lockengebilde, bei dem man nicht genau wusste, wo vorne und hinten war, hatte sich in einen plattgedrückten Ball verbissen und schüttelte ihn böse knurrend wie eine Beute. Max verkroch sich ängstlich hinter Dana, die Drago einen empörten Blick zuwarf. *So viel also zum Thema niedliche Hunde*, schien ihre stumme Anklage zu lauten. Drago ignorierte sie, so gut es ging, und beugte sich zu dem Terrier herab, der fröhlich an ihm hochsprang. Drago sah Dana triumphierend an. *So viel zum Thema bedrohliche Hunde.* Doch er erntete bloß einen weiteren empörten Blick.

Pettersson sagte ein paar Worte über den *verlorenen Sohn* und Drago hoffte inständig, dass Dana kein Schwedisch verstand und nicht mitbekam, was der Alte da brabbelte. Livs Gäste nickten ihm und Dana freundlich zu und rückten zusammen, um Platz für sie zu schaffen.

Und dann kam sie auch schon aus der Küchentür, seine Liv. Sie trug eine große Schüssel mit Kartoffelsalat und als sie Drago erblickte, strahlte sie über das ganze Gesicht. Sie stellte die Schüssel auf den Tisch und eilte ihm mit weit ausgestreckten Armen entgegen.

»Nein, ist das schön!«, rief sie immer wieder. »Ach, nein, ist das schön!« Sie warf sich in seine Arme. Und nachdem sie sehr lange eng umschlungen dagestanden hatten, zog sie seinen Kopf zu sich herab und küsste ihn.

Dana wusste nicht recht, was sie von der Sache halten sollte. Sie waren mitten in der Wildnis gelandet. Weit und breit nur Wiesen, Wälder und Seen. Dazwischen vereinzelte Höfe und Ortschaften, die wie ausgestorben wirkten. Viele Häuser waren leer und verfallen, die Schweden hatten offenbar auch ein massives Problem mit der Landflucht.

Das Anwesen, zu dem Drago sie gebracht hatte, war allerdings sehr gepflegt und sah wunderschön aus – wie im Bilderbuch. Die roten Holzhäuser mit den weißen Giebeln und Fensterrahmen lagen idyllisch eingebettet inmitten von Obstbäumen und üppig blühenden Wiesen, auf denen Pferde grasten. Hier konnte man sicher wunderbar zur Ruhe kommen.

Aber wie wollte Drago sie schützen? Sie waren kilometerweit vom nächstgrößeren Ort entfernt. Bis sich hier heraus mal ein Polizist verirrte, konnten Stunden vergehen.

Andererseits – woher sollten diese Gangster wissen, wo sie war? Es gab keine Verbindung von der Familie Laurentius zu diesem Ort. Vielleicht sollte sie sich einfach mal entspannen. Doch das war nicht so leicht. Es war mittlerweile offenkundig, dass Drago diesen Igor Kusmin für eine weitaus größere Bedrohung hielt, als Dana bislang vermutet hatte. Er hatte sich auf der ganzen Reise dazu ausgeschwiegen, warum auch immer. Aber er war Dana eine Erklärung schuldig, so viel stand fest.

Widerstrebend folgte sie ihm und dem alten Mann in den Garten, in dem offenbar eine Grillparty stattfand. Sie erschrak. So viele Fremde? Sie hatte angenommen, dass hier niemand wäre außer den Besitzern des Hofes. Jetzt verstand sie auch, warum Drago ihr geraten hatte, einen anderen Namen zu nennen, falls jemand sie danach fragte. Glaubte er ernsthaft, hier sei sie sicher?

Eine Frau trat soeben mit einer Schüssel Kartoffelsalat aus dem Haus. Sie trug Jeans und bequeme Schuhe, ein einfaches Shirt und darüber eine dicke wollene Weste, ihre blonden Haare hatte sie nachlässig aufgesteckt. Als sie Drago erblickte, stürmte sie auf ihn zu, warf sich in seine Arme und drückte ihm schließlich einen dicken Kuss auf den Mund.

Dana blieb verwundert stehen. Was war das denn? Drago drehte sich zu ihr und sie entdeckte ein Leuchten in seinen Augen, das sie noch nie an ihm bemerkt hatte.

»Liv, meine Liebe«, sagte er mit einer Wärme in der Stimme, die Dana ebenfalls in Erstaunen versetzte. »Das sind Dana und Max, deine neuen Gäste.«

»Wie schön, ich freue mich!« Die Frau eilte auf Dana zu und begrüßte sie und Max. »Herzlich willkommen in Maditas Hus, unserem kleinen Paradies.« Sie sprach Deutsch mit einem entzückenden Akzent. Ihre blauen Augen waren beim Lachen von vielen Fältchen umringt. Sie war deutlich älter, als Dana zunächst vermutet hatte, sicher bereits Ende fünfzig, aber sie hatte eine so wunderbar fröhliche Ausstrahlung, dass sie viel jünger wirkte.

»Hej.« Dana nickte höflich.

»Setzt euch«, sagte Liv und schob sie zum Tisch. »Ihr kommt gerade rechtzeitig zum Essen.«

Dana blieb vor dem Tisch stehen. Es war ihr peinlich, sich der Einladung zu widersetzen, aber sie hatte einen der schrecklichsten Tage ihres Lebens hinter sich und wollte nur noch ihre Ruhe haben. Und auch Max sah hundemüde aus. Er war auf der Autofahrt bereits eingeschlafen und stand jetzt etwas verloren neben ihr. Dana hob ihn auf den Arm. »Es tut mir leid, aber wir hatten eine anstrengende Reise und sind sehr erschöpft. Wir würden gern sofort ins Bett gehen.«

»Aber ihr müsst noch etwas essen«, sagte Liv energisch.

»Nein«, entgegnete Dana ebenso energisch. »Wir haben unterwegs gegessen und sind satt.«

Leider hatte sie nicht mit Max gerechnet, der in diesem Moment die Bratwurst auf dem Teller eines anderen Kindes entdeckte.

»Mama, kann ich auch eine Wurst haben?«, piepste er.

»Natürlich kannst du das!«, rief Liv, und ehe Dana erneut protestieren konnte, saß Max schon am Tisch und jemand reichte ihm einen Teller mit Würstchen und Kartoffelsalat. Na prima, dachte Dana entnervt, das ging hier ja genauso weiter wie daheim. Alles wurde über ihren Kopf hinweg entschieden. Sie hockte sich neben Max auf einen Klappstuhl, schnitt das Fleisch für ihn klein und bemühte sich dabei, es nicht mit dem Kartoffelsalat in Berührung zu bringen, weil sie wusste, dass er den nicht mochte.

»Und du, Dana?« Liv sah sie fragend an. »Würstchen oder Fisch? Wir haben sehr leckeren Lachs auf dem Grill.«

»Weder noch.« Dana widerstand der Versuchung, aus purer Höflichkeit den Lachs zu kosten. Sie war so erschöpft, dass sie kurz davor war, zu weinen. An Essen konnte sie nicht mal mehr denken. Außerdem fror sie. Aus den Wiesen und dem nahen Wald kroch eine kühle, feuchte Luft herauf. Ihre elegante Bluse bot dagegen nur wenig Schutz.

Livs Gäste unterhielten sich munter und gaben sich nun sogar Mühe, Englisch zu sprechen, da Dana kein Schwedisch verstand. Sie antwortete höflich, aber einsilbig. Die beiden Hunde sprangen um sie herum und Max bekam erneut Angst, obwohl sich herausstellte, dass beide Tiere tatsächlich friedlich und sehr kinderlieb waren.

Drago hatte sich am anderen Ende des Tisches niedergelassen und schien sich prächtig zu amüsieren. Er sprach mit dem alten Mann, den er Pettersson genannt hatte, lachte, trank Bier und stopfte jede Menge Essen in sich hinein. Er sah Dana nicht mal an. Jetzt hätte sie am liebsten auch noch vor Wut geweint.

Max hatte kaum den letzten Bissen hinuntergeschluckt, als Dana schon aufstand. »Zeigst du uns bitte, wo wir schlafen können?«, sagte sie kühl zu Liv.

Liv sprang auf und führte sie ins Haus. »Bitte entschuldige, dass es hier heute ein wenig drunter und drüber zugeht«, sagte sie, während sie eine Küche durchquerten, in der das reinste Chaos herrschte. Überall standen halbleere Verpackungen herum, benutzte Küchenbretter und Messer lagen kreuz und quer auf einem Tisch, in der Spüle stapelte sich schmutziges Geschirr und der Boden war alles andere als sauber. »Wir laden im Sommer immer Kinder aus Familien ein, die es nicht so schön haben«, erklärte Liv. »Heute sind ihre Eltern gekommen und wir feiern gemeinsam Abschied.«

Sie führte Dana und Max eine schmale Holztreppe hinauf zu einer winzigen Dachkammer. »Heute Nacht ist das hier euer Zimmer. Ab morgen haben wir wieder mehr Platz, da könnt ihr ein größeres Zimmer beziehen.«

Die Kammer war hübsch eingerichtet, aber eben auch sehr klein. Ein Bett mit rotkarierten Bezügen nahm fast die ganze Breite ein, obwohl es mit einer Seite an der Wand stand. Immerhin war es groß genug, dass Max und sie beide bequem darin liegen konnten. Auf einem weißen Tisch am Fenster stand ein Strauß Wiesenblumen. Einen Schrank gab es nicht, nur eine schmale Kommode und ein paar Kleiderhaken daneben.

»Das Badezimmer ist unten im ersten Stock«, sagte Liv. »Wenn ihr euch beeilt, habt ihr noch eure Ruhe, bevor der große Ansturm kommt.«

Dana straffte ihre Schultern. Nun denn. Sie hatte bei den Schweizer Nonnen weitaus unkomfortabler gelebt.

Das Badezimmer war holzgetäfelt und die Möbel waren ebenfalls alle aus Holz, sogar die Klobrille. An Haken hingen bunte Handtücher, die Dusche war mit einem Plastikvorhang abgetrennt, auf der Spiegelkonsole reihten sich Zahnputzbecher aneinander. Max schlief beim Zähneputzen halb ein und Dana beeilte sich, ihn ins Bett zu bringen.

Sie legte ihn auf die Seite des Bettes, die an der Wand stand, damit er im Schlaf nicht hinausfallen konnte. Dann kroch sie zu ihm unter die Decke. Jetzt erst spürte sie mit aller Wucht, wie viel Kraft dieser Tag sie gekostet hatte. Sie vergrub ihr Gesicht im weichen Haar ihres Sohnes und atmete seinen vertrauten Kleinkinderduft ein. Er schlief beinah augenblicklich ein.

Doch Dana war zu aufgewühlt. Trotz ihrer Erschöpfung brauchte sie lange, um zur Ruhe zu kommen. Von draußen hallten fröhliche Stimmen zu ihr herauf. All diese Menschen hatten keine Sorgen. Obwohl – was hatte Liv da gesagt? Die Kinder stammten aus benachteiligten Familien? Nun, ganz so sorgenfrei waren sie dann vielleicht doch nicht.

Ein Geräusch an der Tür ließ sie hochschrecken. Sie brauchte einen Moment, um sich zu orientieren. Offenbar war sie doch schneller eingeschlafen, als sie zunächst gedacht hatte. Das fröhliche Lachen im Garten war jedenfalls verstummt und auch im Haus war es ruhig.

Der Raum lag im Dunkeln, sie sah nicht genau, wer da hereingekommen war.

»Hallo?« Ängstlich schielte sie in die Dunkelheit.

»Alles okay«, hörte sie Dragos leise Stimme. »Ich bin's nur.«

Das war allerdings nur teilweise beruhigend. Was machte dieser Kerl hier? »Du hast dich in der Tür geirrt«, sagte Dana. »Hier schlafen Max und ich.«

»Ich weiß«, raunte Drago und trat zum Bett. »Ihr beide und ich.«

»Was?« Dana umklammerte die Bettdecke. »Unmöglich«, erklärte sie energisch. »In diesem Bett ist für keine weitere Person Platz.« *Ganz besonders nicht für dich.*

»Willst du etwa, dass ein hart arbeitender Mann auf dem Fußboden schlafen muss?«, knurrte Drago. »Das ganze Haus ist voll. Im Wohnzimmer haben die Kinder ein Matratzenlager errichtet. Und das kleine Haus nebenan ist an Feriengäste vermietet, da kann Liv niemanden von uns einquartieren.«

»Du kommst nicht in dieses Bett.« Dana richtete sich kerzengerade auf.

»Dann gib mir wenigstens eine eurer Decken.«

»Wir haben nur diese eine«, zischte Dana und umklammerte ihren kostbaren Besitz eisern. »Leg dich auf den Fußboden oder hau ab!« Sie würde sich von niemandem mehr etwas gefallen lassen, schon gar nicht von Drago Kaminski. So viel stand fest.

17

Drago musste sich zusammenreißen, um nicht laut zu werden. Aber er wollte den kleinen Max nicht wecken und auch sonst niemanden im Haus auf sie aufmerksam machen. Da riss er sich den Arsch auf für diese Frau, und sie zickte hier herum, als sei Maditas Hus ein Luxusresort, in dem eine Dana Laurentius Anspruch auf die Präsidentensuite hatte.

Verdammt noch mal, der Tag war lang gewesen. Sehr, sehr lang. Für ihn war das hier kein Sonntagsausflug. Es war harte Arbeit.

Und außerdem ein emotionaler Höllentrip.

Aber das musste Dana nicht wissen.

Sie saß da in diesem Bett wie eine Prinzessin. Drago konnte im Dunkeln ihr Gesicht nicht erkennen, aber er hätte seinen Arsch dafür verwettet, dass sie diesen sturen Blick aufgesetzt hatte, der einen in den Wahnsinn treiben konnte. Er hatte jetzt zwei Möglichkeiten. Er konnte klein beigeben und sich einen Schlafplatz im Stall suchen. Oder er ignorierte das Prinzessinnengezicke und blieb einfach hier.

Kurz entschlossen beugte er sich vor, umfasste Danas

Gesicht mit den Händen und verschloss ihren Mund mit einem innigen Kuss. Sie war völlig überrumpelt und reagierte ganz automatisch – leidenschaftlich und verlangend.

Er ließ sie abrupt los und bevor sie auch nur auf die Idee kam, sich zu wehren, lag er bereits neben ihr unter der Decke.

»Das ist nicht fair«, murmelte sie und er hörte ihrer Stimme an, wie verwirrt sie war.

»Ich weiß.« Er kehrte ihr den Rücken zu. »Du hast mir leider keine andere Wahl gelassen.«

Sie sagte kein Wort mehr, aber er spürte ihre Wut förmlich. Das entspannte ihn nicht gerade. Genauso wenig wie das Gefühl, das ihre Nähe in ihm auslöste. Ihr warmer, weicher Körper lag nur Zentimeter von ihm entfernt. Und obwohl sie sich voneinander abgekehrt hatten, schien die Luft zwischen ihnen zu brennen. Drago schloss die Augen und versuchte, an etwas anderes zu denken. Wurzelgleichungen zum Beispiel waren doch wunderbar entspannend.

Aber es wollte ihm nicht recht gelingen, im Kopf komplizierte Rechenaufgaben zu lösen. Vielleicht, weil er ohnehin keine Ahnung davon hatte. Ergeben schloss er die Augen und dachte an gar nichts mehr.

Bis ein zarter Frauenfuß seine nackte Wade berührte.

Da fragte er sich auf einmal, warum er sich freiwillig dieser Folter aussetzte. Draußen im Stall war es garantiert erheblich gemütlicher. Der Fuß verschwand rasch wieder, aber Drago spürte die Berührung immer noch, als habe sie sich in seine Haut eingebrannt. Der Schmerz mischte sich mit einem anderen, den er schon so lange mit sich herumtrug. Leise stöhnend rollte er sich zusammen – und traute seinen Ohren kaum.

Hatte er da etwa ein noch leiseres, aber unüberhörbar schadenfrohes Kichern neben sich vernommen?

Er würde dieses Weib fertigmachen, sobald er die Gelegenheit dazu hatte. Doch die Erschöpfung war größer als sein Zorn, langsam dämmerte er weg. Im Halbschlaf rollte er zurück auf den Rücken und sein Kopf fiel leicht nach links.

Zuerst nahm er den blumigen Duft ihrer Haare wahr. Dann spürte er die zarte Haut ihrer Wange an seiner Nase.

Schlagartig war Drago wieder hellwach.

Das machte sie doch mit Absicht!

So schmal war das Bett nicht, dass sie einander ständig berühren mussten. Wenn der Kleine nicht neben ihr liegen würde, hätte sie keine Chance. Drago würde über sie herfallen und sie so schlimm durchficken, dass ihr Hören und Sehen verging.

Aber ihm blieb nichts anderes übrig, als sich erneut auf die Seite zu rollen, mit dem Rücken zu ihr, und sich noch einmal diese mathematischen Gleichungen vorzunehmen. Im Grunde war das doch alles gar nicht so kompliziert. Er musste nur die Wurzel potenzieren und …

Da war er schon wieder, dieser Fuß! Himmelarschnochmal, er würde diese Hexe nicht bloß einfach durchficken, er würde sie fesseln und dann richtig schön leiden lassen. Erst würde er ihr den entzückenden kleinen Arsch versohlen. Dann würde er ihre süßen Titten lecken und anschließend diese heiße, feuchte Muschi. Und wenn sie richtig schön in Fahrt war, würde er aufhören und sie zappeln lassen. Er würde sich an der Schönheit ihres

Körpers weiden, während sie gefesselt in seinem Bett lag und vor Verlangen winselte. Er würde warten, bis sie sich erniedrigte und ihn anflehte, es ihr zu besorgen. Und dann würde er erneut ihre feuchte …

»Holst du dir etwa einen runter?« Ihre Stimme war dicht an seinem Ohr, sehr leise und sehr scharf.

Drago fuhr erschrocken zusammen. »Was?«, stammelte er entsetzt. Hatte er womöglich im Halbschlaf …? Nein, ausgeschlossen. Obwohl er eine beachtliche Latte hatte, das ließ sich nicht leugnen. Und seine Hand lag auch etwas ungünstig. Aber er hatte garantiert nicht gewichst.

Ihre Stimme wurde noch eine Spur schärfer, sofern das überhaupt möglich war. »Du verlässt augenblicklich dieses Bett. Hier liegt ein Kind neben uns.«

»Was?« Er merkte selber, wie dämlich er klang.

»Raus hier!«

»Reg dich ab!« Endlich arbeitete sein Verstand wieder halbwegs normal. Er würde sich garantiert nicht rausschmeißen lassen, noch dazu wegen so eines unglaublichen Vorwurfs. Davonkriechen wie ein geprügelter Hund? Den Spaß gönnte er ihr nicht. »Hier ist überhaupt nichts passiert. Du hast geträumt.«

»Ich nicht. Aber du.«

Zu seinem Entsetzen schnellte auf einmal eine Hand vor, griff ihm zwischen die Beine und ertastete prompt seinen zum Glück nicht mehr ganz so harten Ständer. Nun ja, bis zu dieser Sekunde jedenfalls. Jetzt stand zu seinem Leidwesen alles wieder stramm.

»Wusste ich es doch!« Es überraschte ihn, dass sie nicht aufsprang und durch den Raum tanzte, so triumphierend klang ihre Stimme. »Raus hier! Und zwar sofort!«

Er wandte sich ihr zu. »Ich stehe nur auf, wenn du mitkommst«, zischte er. »Lass es uns austragen wie Männer.«

»Spinnst du jetzt komplett?« Ihr Mund war dicht an seinem Ohr.

»Nicht mehr als du.« Er schob ihr so schnell das Nachthemd hoch und eine Hand in den Slip, dass sie erst reagierte, als er längst einen Finger in ihre feuchte Spalte gesteckt hatte. »Wusste ich es doch!«

Energisch schlug sie seine Hand fort. »Du Widerling.«

»Wer hat denn angefangen?«

»Und wer hat in Gegenwart meines Kindes gewichst?«

»Wie ich schon sagte, lass es uns draußen austragen. Dann kriegt Max nichts davon mit.«

Eine Weile hörte er sie nur ausatmen. Sie lag so dicht neben ihm, dass er die Wärme ihres Körpers spürte. Als er sich schon fortdrehen wollte, weil er glaubte, sie werde nie mehr antworten, räusperte sie sich leicht.

»Okay.« Sie sprach so leise, dass er sie kaum hörte.

»Was?«

»Wir gehen nach draußen.«

Er war wie elektrisiert. Alle Müdigkeit verflog, er sprang auf und half ihr aus dem Bett. An der Hand zog er sie hinter sich her die Treppe hinunter ins Badezimmer. Er schloss die Tür ab und drehte sich zu Dana um. Sie sah hinreißend aus im matten Licht der Badezimmerlampe, mit ihren verwuschelten Haaren und dem winzigen Nachthemd, das kaum mehr als ihren Po bedeckte.

»Um es noch mal ganz deutlich zu sagen: Ich habe nicht gewichst«, sagte er grimmig. »Vielleicht was Heißes geträumt, aber dafür kann ich nichts.«

»Du hast deinen Schwanz in der Hand gehalten.«

Ob sie ahnte, wie scharf es ihn machte, dass sie *Schwanz* gesagt hatte? Mit dieser glockenhellen, melodiösen Stimme, die doch viel zu fein für so ein schmutziges Wort war? Ihre jadegrünen Katzenaugen funkelten ihn herausfordernd an. Oh ja, sie war sich ihrer Wirkung sehr genau bewusst, darauf würde er wetten.

»Pass auf!« Er trat einen Schritt näher. »Ich zeige dir jetzt, wie es aussieht, wenn ich wichse.« Er zog langsam seine Boxershorts herunter, wobei er Dana nicht aus den Augen ließ. Sie sah genau zu, wie er seinen Schwanz umfasste, der augenblicklich wieder hart wurde, und ihn genüsslich rieb. Danas Augen weiteten sich.

»Siehst du, dass das etwas anderes ist als eben?«

»Ich habe ja nichts gesehen. Ich habe nur deine Bewegungen gespürt. Und die waren dem da sehr ähnlich.«

»Waren sie das?«

»Ja.«

Sie standen sich wie bei einem Duell gegenüber und sahen einander herausfordernd an. Er hatte seine Waffe bereits gewählt. Wann würde sie ihre ziehen? Die Spannung war mit Händen greifbar und erregte Drago zunehmend.

»Wir machen es jetzt so«, sagte er mit rauer Stimme. »Ich bringe das hier zum Ende, damit im Bett nachher Ruhe ist. Du wirst mir dabei helfen.«

»Warum sollte ich?« Ihre Stimme hatte diesen herablassenden Klang, der ihn zum Wahnsinn brachte. Aber ihre Wangen waren gerötet, ihre Augen glühten. Verdammt, sah sie heiß aus! Und sie war unübersehbar scharf auf ihn.

Er hielt seinen Penis in der Hand und fixierte Dana mit seinen Augen. »Weil du es willst, Süße. Deine Pussy ist klatschnass und du wünschst dir gerade nichts sehnlicher, als dich vor mich zu knien und mir den Schwanz zu lutschen. Also komm her und tu es!«

Dana konnte kaum glauben, was hier geschah. Sie sah Drago Kaminski beim Onanieren zu – und sie liebte es! Er sah so kraftvoll und unfassbar sexy aus, dass es kaum auszuhalten war. Der Penis in seiner Hand hatte eine beachtliche Größe erreicht und – oh verdammt! – Drago hatte recht mit seiner Behauptung. Sie wollte ihn. Wenn nur dieses provozierende Lächeln nicht wäre, das seinen Mund umspielte. Das weckte in ihr eher das Bedürfnis, diesem unverschämten Kerl eine runterzuhauen. In einer Mischung aus Ärger und Begierde trat sie zögernd näher.

»Zieh dich aus! Ich will, dass du nackt bist, wenn du vor mir kniest.« Seine Stimme war sehr dunkel und sehr bestimmend. Was erlaubte er sich, ihr hier solche Befehle zu erteilen? Trotzig hob sie den Kopf und sah ihn herausfordernd an. Er hielt ihrem Blick stand, ohne aufzuhören, seinen steifen Penis zu bearbeiten. Dana schwankte. Wenn sie dieser Anblick doch nur nicht so erregen würde. Und diese Stimme, die so bestimmend geklungen hatte.

Verwirrt und wie ferngesteuert zog sie sich das Nachthemd über den Kopf und schlüpfte aus dem hauchzarten Spitzenhöschen. Was tat sie hier nur? Sie verstand sich selbst nicht.

»Und jetzt nimm ihn in den Mund!« Wieder dieser Befehlston, der sie auf irritierende Weise gefügig machte. Langsam kniete Dana sich hin und nahm Dragos Penis behutsam in die Hand. Sie hatte noch keine Gelegenheit gehabt, sein Geschlecht ausgiebig zu betrachten, und nun stellte sie fest, dass es ausnehmend prächtig aussah. Groß, um nicht zu sagen riesig, aber nicht auf die Weise, dass es ihr Furcht einflößte.

Vielmehr war sie fasziniert.

Vorsichtig strich sie mit einem Finger über den Schaft, dessen Haut samtig weich war. Er zuckte unter ihrer zarten Berührung und wurde noch eine Spur fester. Dana musste grinsen. Wie empfindsam so eine Kampfmaschine doch sein konnte. Ein leiser Druck mit der Fingerkuppe, und schon stöhnte der Mann vor Verlangen auf, eine zarte Berührung mit der Zungenspitze, und prompt wurde sein Stöhnen noch lustvoller. Sie hatte ihn in der Hand und konnte mit ihm spielen. Was er als Erniedrigung gedacht hatte, war im Grunde ein Sieg für sie. Und den kostete sie weidlich aus.

Sie saugte an ihm und ließ immer wieder genau dann von ihm ab, wenn sie spürte, wie seine Erregung zunahm. Sie massierte ihn und hörte auf, wenn er anfing, mit harten Stößen in ihren Mund zu dringen. Sie küsste ihn zart und streichelte ihn mit ihren Lippen, bis er spürbar nach mehr verlangte.

»Steh auf!« Seine Stimme war heiser vor Erregung und als sie zu ihm aufschaute, sah sie, dass seine Augen dunkel schimmerten. Sie richtete sich lächelnd auf, er packte sie kurzerhand um die Taille, zog sie zu sich heran und küsste sie hart und leidenschaftlich. Ihr Herz flatterte und in ihrem Kopf drehte sich alles. Dieser Kuss war wie ein Tanz, sinnlich und voller Leidenschaft. Dana war erneut verblüfft, wie fantastisch es sich anfühlte, Drago Kaminski zu küssen.

Er schob eine Hand zwischen ihre Beine, ertastete ihre

Nässe, steckte seinen Penis zwischen ihre Schenkel und versenkte sich so schnell in ihr, dass sie erschrocken aufschrie.

»Keinen Mucks!«, knurrte er. »Oder willst du, dass uns jemand hört?«

Sie schüttelte stumm den Kopf. Er umfasste ihr Gesicht mit den Händen und küsste sie erneut, hart und besitzergreifend. Dann hob er sie hoch und setzte sie auf den Waschtisch. Sie spreizte bereitwillig ihre Schenkel, schob ihr Becken vor und Drago drang erneut tief in sie ein. Dana schloss die Augen und gab sich ganz ihrem Verlangen hin.

Und dann nahm er sie. Hart. Schnell. Gierig. Seifenspender und Zahnputzbecher fielen polternd zu Boden und der Waschtisch ächzte bedenklich. Dana ignorierte es. Sie ließ sich von Drago mitreißen, umklammerte seinen Nacken und grub ihre Zähne in seine bunt tätowierte Schulter. Sie wollte ihm so nah sein, wie es nur ging, und presste sich fest an ihn.

Er umfasste eine ihrer Brüste, erst sanft, dann derber. Als er in die Brustwarze kniff, stöhnte Dana leise auf. Er kniff noch etwas fester zu, ihr Stöhnen wurde lauter.

»Still!«, raunte er. »Du weckst noch das ganze Haus auf.«

Als ob sie das nicht ohnehin längst getan hätten. Aber Dana hielt sich zurück. Kein Laut drang aus ihrer Kehle, als Drago ihren Nippel langsam zwischen Daumen und Zeigefinger quetschte.

»Sieh mich an!«, befahl er leise. Gehorsam blickte sie zu ihm auf. Und war überrascht von dem Ausdruck in seinen Augen.

Drago vergaß alles um sich herum. Dana war so unfassbar heiß, dass es kaum auszuhalten war. Ihre Wangen waren gerötet, der Mund leicht geöffnet und in ihren Augen sah er nicht nur die Qual, die der Schmerz ihr bereitete, sondern auch brennendes Verlangen. Jetzt schlief er schon zum zweiten Mal an diesem Tag mit ihr, aber wie es schien, hatten sie beide noch lange nicht genug. Du lieber Himmel, er war verloren. Diese kleine Wildkatze würde ihn umbringen.

Er zog sie enger an sich, damit er noch tiefer in sie dringen und sie ganz besitzen konnte. Eine Hand legte er fest in ihren Nacken, um sie zu küssen. Er wollte sie vollständig erobern, sie nicht nur mit seinem Schwanz ficken, sondern auch mit seiner Zunge.

Und sie kam ihm sehr bereitwillig entgegen, küsste ihn wild und verlangend und zog ihn dabei so eng zu sich heran, als könne sie ihm gar nicht nah genug sein.

»Wir brauchen ein Kondom«, wisperte sie.

Er lachte leise. Sie hatte tatsächlich dazugelernt. »Haben wir aber wieder mal nicht.«

»Das ist schlecht.«

»Ich passe auf, versprochen.«

Das schien sie zu beruhigen. Sie vergrub ihre Hände in seinen Haaren und küsste ihn mit einer Leidenschaft, die ihn alles vergessen ließ. Ein Zittern lief durch ihren Körper und Drago spürte, dass sie jeden Augenblick so weit war. Ihre Mitte zog sich zusammen, und da war es auch um ihn geschehen. Sein Schwanz pulsierte und er kam so schnell, dass er es nicht mehr schaffte, sich rechtzeitig aus Dana zurückzuziehen.

Scheiße, Scheiße, Scheiße! Das war ihm ewig nicht passiert. Er benahm sich hier echt wie ein blutiger Anfänger. Verlegen drückte er ein paar Küsschen auf Danas Haare.

Sie saß schwer atmend vor ihm und lehnte ihren Kopf an seine Schulter. Er strich ihr sanft mit den Händen über den Rücken. Sein erschlaffter Penis ruhte immer noch in ihr.

»Tut mir leid«, murmelte er betreten. »So war das nicht geplant. Kann das Folgen haben?«

»Von meiner Seite aus nicht«. Ihre Lippen streiften seinen Hals. »Ich hatte gerade meine Tage. Aber was ist mit dir?«

Er rückte ein Stück ab von ihr und sah ihr fest in die Augen. »Da musst du dir auch keine Sorgen machen. Ich benutze normalerweise wirklich immer Kondome. Und ich lasse mich regelmäßig durchchecken. In meinem Job muss man gesund sein.«

Ein Lächeln huschte über ihr Gesicht. Sie wirkte gelöst und wunderschön in ihrer Entspannung. »Okay«, sagte sie leise. »Wir sollten trotzdem dringend Kondome besorgen.«

Hieß das etwa, dass sie mehr von diesem gigantischen Sex wollte? Drago jubelte innerlich. »Ja, das sollten wir.«

»Vielleicht sollten wir das alles aber auch einfach wieder bleiben lassen«, fuhr sie nachdenklich fort. »Das führt doch zu nichts.«

Sein innerlicher Jubel erstarb schlagartig. »Ist bestimmt besser, ja.« Aber er war sich da keineswegs sicher.

Er hob sie vom Waschtisch herunter und beseitigte die Verwüstungen, die sie angerichtet hatten. Dann nahm er Danas Hand und führte sie zurück ins Bett. Er war so erledigt, dass ihm augenblicklich die Augen zufielen. Als er ihren kleinen Fuß wieder an seinem Bein spürte, drehte er sich kurzerhand um, legte einen Arm über ihren Bauch und zog sie dicht zu sich heran. Sie ließ es mit einem wohligen Seufzer geschehen. Drago war schon ewig nicht mehr so zufrieden eingeschlafen.

18

Dana saß mit Liv Dahlberg auf der Veranda und trank Kaffee aus einem großen bunten Becher von IKEA. Die Gäste waren abgereist. Max war dem alten Pettersson in die Scheune gefolgt, um einen Wurf Kätzchen anzuschauen. Und Drago hatte sie am Morgen verlassen, um sich des russischen Erpressers anzunehmen – wie auch immer er das anstellen wollte. Er hatte sich Dana gegenüber weiterhin bedeckt gehalten, was diesen Gangster betraf.

»Je weniger du weißt, desto besser«, hatte er gesagt. Zum Abschied küsste er sie auf die Stirn. »Ich bin bald wieder da.«

»Vergiss nicht, Igor Kusmin will in vier Tagen sein Geld haben.« Dana biss sich nervös auf die Lippe.

»Ich weiß.« Er küsste sie erneut, diesmal auf den Mund. »Mach dir keine Sorgen, ich kümmere mich darum.«

Sie hatte dem Auto hinterher gewinkt und sich seltsam verlassen gefühlt. Anschließend waren sie und Max über das Gelände gestreift und hatten den Hof erkundet. Maditas Hus war Bullerbü, die Villa Kunterbunt und die Krachmacherstraße in einem. Hier war alles bunt, chaotisch und auf wundersame Weise gemütlich. Es stellte sich heraus, dass Liv sich nicht nur um vernachlässigte Kinder kümmerte, sondern auch um Tiere, die niemand mehr haben wollte. Auf dem Hof lebten lahme Pferde, einäugige Hunde und Katzen, die ausgesetzt worden waren, außerdem ein Esel, zwei Ziegen und einige Gänse, die auf wundersame Weise ihrem Schicksal entronnen waren, als Weihnachtsbraten zu enden.

Dana ließ ihren Blick über die steinige Wiese hinter dem Haus bis hin zum Waldrand schweifen. »Woher kennst du Drago eigentlich?« Die Frage beschäftigte sie, seit sie angekommen waren. Der Bodyguard passte so wenig an diesen Ort wie ein Huhn auf den Wiener Opernball.

Liv sah sie aus ihren lebhaften Augen lange an. »Hat er dir das nicht erzählt?«

»Bis jetzt nicht.«

Liv nickte bedächtig. »Das habe ich mir fast gedacht. Männer können manchmal ganz schön feige sein.« Sie stand auf. »Komm mal mit, ich möchte dir etwas zeigen.«

Sie führte Dana auf einem holprigen Pfad zwischen den Wiesen zu einem kleinen Haus, das etwas abseits vom Hof an einem See stand, den Dana bislang noch nicht entdeckt hatte, da er gut versteckt im Wald lag. An einem Steg war ein Boot festgemacht und eine sandige Bucht sah so aus, als würde sie gern als Badestelle genutzt.

Liv schloss die Tür des roten Holzhäuschens auf und Dana sah sich erstaunt um. Sie waren in einem lichtdurchfluteten Atelier gelandet. Überall an den Wänden hingen Gemälde, Leinwände lehnten an Regalen und Tischen, vor einer großen Fensterfront stand eine Staffelei. Die Bilder waren so wie Maditas Hus – farbenfroh und lebendig. Auch die Motive waren vielfältig. Da gab es Landschaften, Stillleben und Porträts. Dana trat fasziniert näher. Diese Bilder waren ausdrucksstark, sie zeugten von Lebensfreude und Energie. Das war etwas völlig anderes als Fotos von toten Vögeln.

»Die sind ja fantastisch«, rief Dana und sah sich begeistert um. »Stammen sie von dir?«

Liv lachte vergnügt. »Ja. Wenn ich nicht gerade vernachlässigte Kinder oder Katzen betreue, arbeite ich als Künstlerin. Freut mich, dass dir die Sachen gefallen. Drago sagte, du hättest Ahnung von Kunst.«

»Nun ja, ich betreibe eine kleine Galerie. Das hier würde ich dort sofort ausstellen.« Sie wies auf ein Bild, das eindeutig Maditas Hus zeigte, in knalligen Sonnenuntergangsfarben, als brenne der ganze Hof. »Aber ich verstehe noch nicht ganz, was das mit Drago zu tun hat.« Sie drehte sich zu Liv und sah sie fragend an.

Liv bückte sich und schob ein paar Leinwände beiseite, die an der Wand lehnten. Sie zog ein großformatiges, rechteckiges Bild hervor. Es zeigte ein junges Mädchen mit fliegenden blonden Haaren und weit geöffnetem, lachendem Mund, das förmlich aus der Leinwand herauszuspringen schien. Ein leuchtend rotes Kleid umwehte in fließenden Bewegungen seinen Körper. Der Stil war keinesfalls naturalistisch, die Acrylfarben waren dick mit einem Spachtel aufgetragen worden. Dennoch erkannte Dana, wie schön das Mädchen sein musste, das Liv Modell gestanden hatte. Schön und sehr glücklich.

»Das ist pure Lebensfreude«, sagte sie beeindruckt.

»Ja.« In Livs Stimme schwang auf einmal eine leise Melancholie mit. »Drago liebt es ganz besonders. Ich habe es ihm vor vielen Jahren geschenkt, aber er sagte, ich solle es für ihn aufbewahren, bis er es ertragen könne, es aufzuhängen.«

Dana schaute noch einmal genauer hin. Das Mädchen sah wirklich sehr hübsch aus. Was hatte Drago mit ihm zu tun? »Wer ist das?«, fragte sie leise.

»Britt, meine Tochter.« Liv fuhr mit einem Finger zärtlich die reliefartigen Konturen der Haare auf der Leinwand nach. »Sie hat ihn so sehr geliebt. Und er sie.«

Dana blinzelte irritiert. Drago liebte dieses Mädchen? Sie war doch noch ein halbes Kind. Jedenfalls wirkte das auf dem Gemälde so. »Ich verstehe nicht«, sagte sie heiser.

»Das ist auch schon so lange her.« Liv wirkte auf einmal etwas verloren zwischen all ihren Bildern. »Aber manchmal habe ich das Gefühl, die Zeit ist nicht weitergegangen. Dann höre ich Britt lachen, als würde sie direkt neben mir stehen.«

Dana sah den Schmerz in Livs Augen und sie begriff, noch bevor Liv es aussprach.

»Britt lebt nicht mehr.«

Matt Parker lehnte am Türrahmen ihres kleinen Büros im Tessin und kaute Kaugummi. Er trug wieder dieses alberne Bayerncap und sah in seinen Jeans und dem perfekt sitzenden T-Shirt so aus, als wäre er soeben einem Modemagazin entstiegen – wenn man mal die Kappe außer Acht ließ – kein Mensch mit Geschmack trug die

Farben des FC Bayern München. Drago fragte sich, ob der Mann noch mehr drauf hatte, als lässigen Charme zu verbreiten. Ihm war nicht entgangen, dass die Frauen sich nach Matt umdrehten, wenn er die Straße entlangschlenderte. Nach Drago schauten sie sich nie um, eher wechselten sie die Straßenseite. Jedenfalls kam ihm das gelegentlich so vor. Noch gelegentlicher schoss ihm der Gedanke durch den Kopf, dass es damit zusammenhängen könnte, dass er selten so offen und fröhlich in die Gegend blickte wie Matt.

»Scheint so, dass du eine gute Zeit in Schweden hattest.« Matt grinste breit.

»Wieso?« Drago richtete sich in seinem Sessel auf und war augenblicklich auf der Hut.

»Weiß nicht.« Das Grinsen wurde noch breiter. »Du wirkst so gut gelaunt.«

Na, großartig. Wenn das sogar dieser Bauer merkte, war er geliefert. Was war aber auch nur los mit ihm? Ständig dachte er mit so einem blöden Dauergrinsen im Gesicht daran, wie Dana vor ihm kniete und ihn verwöhnte. Wie sie mit strahlenden Augen zu ihm aufblickte. Und wie sie sich nachts leise seufzend an ihn schmiegte.

»Quatsch«, knurrte er und schüttelte die Bilder ab. »Ich bin nur froh, dass ich erst mal eine Sorge weniger habe.«

»Und darum siehst du aus wie ein Hengst, der gerade alle seine Stuten gedeckt hat? Interessant.«

Drago ballte die Fäuste und stand auf. »Pass mal auf, du Penner. Ich muss mir deine Beleidigungen nicht anhören, okay? Ein Wort von mir und du fliegst hochkant aus diesem Laden raus. Nur damit das klar ist.«

Matt war kein bisschen beeindruckt. Vielmehr wurde

sein Grinsen immer unverschämter. »Sie ist aber auch eine heiße Stute.«

»Wer?«, fragte Drago überflüssigerweise.

»Dana Laurentius.«

Irgendwo in seinem Hirn gingen ein paar Lampen aus, und er konnte nichts dagegen tun. Er stürmte auf Matt Parker los und verpasste ihm einen ordentlichen Kinnhaken.

Matt starrte Drago verblüfft an. »Ich wusste nicht … sorry.« Er rieb sich das schmerzende Kinn. »Sie ist eine Laurentius, Mann. An die kommst du nie ran.«

Drago holte erneut aus, aber diesmal war Matt gewappnet und wehrte seinen Schlag geschickt ab. Er stieß Drago kräftig vor den Brustkorb. »Reiß dich mal zusammen, Kaminski.« Das Grinsen war ihm vergangen. An seiner angespannten Körperhaltung erkannte Drago, dass er beim nächsten Mal ebenfalls zuschlagen würde. Und der Mann hatte sicher einen anständigen rechten Haken. Aber das war Drago egal. Im Moment stand ihm der Sinn danach, Blut fließen zu sehen.

»Arschloch!« Er fegte mit einer raschen Handbewegung Matts Cap vom Kopf.

»Bist du irre?« Nun verlor auch Matt sein letztes bisschen Gelassenheit. Er boxte Drago so fest vor die Brust, dass der ins Taumeln geriet. Seinen nächsten Schwinger landete Drago in Matts Magen. Matt krümmte sich zusammen, richtete sich aber augenblicklich wieder auf und stieß seine Faust krachend mitten in Dragos Gesicht. Dessen linkes Auge schwoll augenblicklich zu. Das würde ein hübsches Veilchen geben. Drago holte gerade zum Gegenschlag aus, als eine barsche Stimme durch den Raum dröhnte.

»Schluss damit, ihr Schwachköpfe!«

In der Tür stand Oliver Laurentius und er sah alles andere als begeistert aus. »Könnt ihr mir mal erklären, was hier los ist?«

Drago und Matt schwiegen betreten.

»Drago?« Oliver sah ihn mit zusammengekniffenen Lippen an. Drago kannte seinen Chef lange genug, um zu wissen, dass er kurz davor war, ebenfalls zu explodieren.

»Kleine Meinungsverschiedenheit«, murmelte er abwehrend.

In Olivers Gesicht schnellte eine Augenbraue hoch.

»Sorry, kommt nicht wieder vor.« Matt streckte Drago eine Hand entgegen. Er ignorierte sie und verschränkte die Arme vor der Brust.

»Ich will so etwas hier nie wieder erleben, verstanden?« Olivers Stimme bebte vor Wut. »Prügelt euch von mir aus auf der Straße, wenn es sich nicht vermeiden lässt. Aber in meinem Haus, noch dazu während der Arbeitszeit, lasst ihr das gefälligst. Kapiert?«

»Ja«, sagte Matt.

Drago schwieg.

»Ob du das kapiert hast?« An Olivers Hals schwoll eine Ader.

»Ja, hab ich.«

Oliver Laurentius schien nicht überzeugt. »Ich würde dich gern mal kurz nebenan sprechen, Drago.«

Widerwillig folgte Drago ihm in ein kleines Wohnzimmer. Oliver schloss die Tür hinter sich. »Was ist in dich gefahren?«, herrschte er Drago an. »Du benimmst dich wie ein Dreijähriger, dem ein anderes Kind das Sandförmchen weggenommen hat.«

»Du hast keine Ahnung, was dieser Idiot da eben abgezogen hat.«

»Es ist mir scheißegal, was zwischen euch läuft.« Olivers Gesicht war gerötet vor Ärger. »Das muss jetzt endlich aufhören. Du hast seit Silvers Tod bereits drei meiner Leibwächter vergrault. Beim nächsten Mal feuere ich dich und nicht deinen Kollegen. Darauf kannst du Gift nehmen.«

Drago wusste nicht, was ihn ritt und warum er in dieser Sekunde alles fortwarf, was ihm wichtig war. »Ist mir egal.« Er richtete sich zu seiner vollen Größe auf, sodass Oliver den Kopf heben musste, um ihn anzusehen. »Ich habe eh andere Pläne.«

»Wie bitte? Es ist dir egal, wenn ich dich rauswerfe?« Oliver starrte ihn fassungslos an. »Drago, Mann, was ist los mit dir?«

»Ich gründe eine eigene Firma. Und wenn du keinen Bock auf mich hast, suche ich mir halt andere Kunden.«

»Das ist nicht dein Ernst! Nicht nach so vielen Jahren. Ich meine, die Idee mit der eigenen Firma ist super. Aber das muss doch nicht bedeuten, dass wir uns trennen. Herrje, ich dachte, dir bedeutet das alles hier was.«

»Das tut es auch. Aber ich lasse mich nicht von so einem Hansel gängeln.«

Oliver fuhr sich durch die Haare. »Parker ist ein guter Personenschützer«, sagte er ein wenig milder. »Ja, ich weiß, er ist nicht Silver. Wie auch? Kein Mensch ist so wie er. Es ist auch keiner so wie mein Bruder«, fügte er leise hinzu.

Drago schluckte hart. Verdammt noch mal, was war er bloß für ein egoistisches Schwein? Als ob er der einzige

Mensch auf dieser Welt wäre, der jemanden verloren hatte. Und der Angst davor hatte, erneut jemanden zu verlieren. Aber lieber würde er sterben, als das zuzugeben. Wie ein bockiges Kind starrte er wortlos vor sich hin.

»Wir gehen jetzt wieder da rüber und setzen uns zu dritt an einen Tisch wie Erwachsene«, sagte Oliver scharf. »Und dann erwarte ich, dass ihr einen guten Job macht. Alle beide. Sonst kannst du in der Tat schon mal auf Kundenakquise gehen.«

Dana und Liv setzten sich an eine sandige Stelle am See und steckten die Zehenspitzen ins Wasser. »Britt war ein außergewöhnliches Mädchen«, erzählte Liv. »Neugierig und wach und von dem Willen beseelt, die Welt zu entdecken und zu verstehen. Das Gemälde entstand an ihrem siebzehnten Geburtstag. Wie lebendig sie damals war. Und erstaunlich reif für ihr Alter. Sie wollte sich nicht nur mit den schönen Seiten des Lebens befassen, sondern auch mit den hässlichen. Also wurde sie Kriegsreporterin.«

Danas Augen weiteten sich. Dieses hübsche blonde Mädchen war in Kriegsgebiete gefahren? Hatte dem Tod ins Auge geblickt? Sich selbst in Lebensgefahr begeben? Nicht zu fassen.

»Dabei lernte sie Drago kennen. Er war als Soldat in Afghanistan im Einsatz.«

»Er war in Afghanistan?« Dana sah Liv verblüfft an. Noch mehr erstaunliche Neuigkeiten. »Das wusste ich nicht.« Sie dachte daran, wie viele Soldaten schwer traumatisiert von dort heimgekehrt waren, und fragte sich, welches Päckchen Drago eigentlich mit sich herumtrug.

Liv lächelte versonnen. »Er wollte Gutes tun, Menschen helfen. Das hat ihn schon immer angetrieben – andere zu beschützen. Aber bei Britt ist es ihm nicht gelungen.« Trauer schwang in ihrer Stimme mit.

Dana wagte kaum, die nächste Frage zu stellen. »Was ist passiert?«

»Sie war mit einer Gruppe UN-Soldaten unterwegs. Der Konvoi geriet in einen Hinterhalt der Taliban. Sie warfen Granaten. Zwei der fünf Wagen explodierten. Es gab viele Schwerverletzte und drei Tote. Eine davon war Britt.«

Es wurde auf einmal spürbar kälter am See. Dana zog ihre Füße aus dem Wasser und schlang die Arme um ihre Knie. »Das tut mir so leid«, sagte sie leise, obwohl sie das Gefühl hatte, dass ihre Worte viel zu schwach für das waren, was Britt Dahlberg widerfahren war.

Liv wirkte trotz ihres Schmerzes so lebensfroh und optimistisch, dass Dana es kaum fassen konnte. Diese Frau hatte ihre Tochter verloren und sie malte dennoch Bilder, die vor Lebendigkeit nur so sprühten.

»Wie schaffst du das?«, fragte Dana leise.

»Indem ich in der Gegenwart lebe und die Vergangenheit ruhen lasse. Anfangs war es natürlich furchtbar. Meine Tochter war mit gerade mal vierundzwanzig Jahren ums Leben gekommen. Das ist ein Albtraum. Aber wir sind alle zusammengerückt und haben uns gegenseitig gestützt. So konnten wir es schaffen. Und ich kümmere mich viel um andere, die in Not sind. Das hilft mir, meine eigenen Sorgen zu vergessen.«

Liv erzählte und erzählte und Dana begriff immer mehr, was für ein Kraftort Maditas Hus war und wie sehr die Natur den Menschen geholfen hatte, ihre Wunden zu pflegen. Vor allem aber begriff sie, dass sie sich in Drago Kaminski gründlich getäuscht hatte. Er war durchaus in der Lage, sich zu binden und zu lieben. Aber der Schmerz über den Verlust seiner großen Liebe hatte ihn zu einem Getriebenen gemacht, zu einem Mann, der Angst vor Gefühlen hatte.

»Ich habe auch jemanden verloren«, sagte sie und war überrascht, dass sie es tatsächlich aussprach. »Mein Mann starb vor zwei Jahren bei einem Motorradunfall.«

Liv nahm ihre Hand und sah sie fest an. »Ich habe mir schon so etwas gedacht. Dich und Drago verbindet etwas Tieferes, das habe ich sofort gespürt. Er ist ein wunderbarer Mann, Dana. Du musst ihm nur etwas Zeit geben.«

»Zwischen uns ist nichts«, wehrte Dana ab.

Liv hob eine Hand und strich Dana lachend über die Wange. »Herzchen, du hast ja genauso viel Angst wie Drago. Na, ich sehe schon, ihr seid ein wunderbares Team.«

Dana war verwirrt, als sie zum Hof zurückkehrten. Irgendetwas in ihr war aus dem Gleichgewicht geraten. Aber diesmal läutete es keinen Totalabsturz ein, sondern eher etwas, das eine positive Kraft verströmte.

Um sich abzulenken, sagte sie zu Liv: »Es fällt mir schwer, den ganzen Tag herumzusitzen. Ich würde mich gern irgendwie beschäftigen.«

»Gar kein Problem. Auf Maditas Hus gibt es genug zu tun.«

Und so lieh Dana sich von Liv eine robuste Hose und ein weites Shirt. Die Sachen waren ihr zu groß, aber das störte sie nicht. Sie half Zäune reparieren und Ställle ausmisten, putzte das Haus und beseitigte die letzten Spuren von Livs Gästen. Liv war begeistert davon, wie gründlich Dana war, und Dana war ein wenig pikiert, wie unordentlich und dreckig es in einigen Ecken aussah. Aber sie fühlte sich trotzdem wohl auf Maditas Hus. Und Max auch. Er spielte mit den Hunden und Katzen und den Kindern der Feriengäste, die in dem kleinen Haus nebenan wohnten. Liv führte ihn auf dem Rücken eines Ponys spazieren und abends saß er eingekuschelt in eine dicke Decke mit den Erwachsenen auf der Veranda, bis er einschlief.

Liv erzählte viel. Von Britt, von ihrer Arbeit als Malerin, von ihren zahlreichen Männern, die kamen und gingen – bis auf den letzten, Lasse, der einfach geblieben war. Im Sommer lebte er zurückgezogen in einem kleinen Haus mitten im Wald und schrieb Bücher. Er kam nur alle paar Tage nach Maditas Hus, um seine Liv zu wärmen, wie er sagte.

Zum ersten Mal, seit sie sich erinnern konnte, erzählte auch Dana. Von ihrer kaltherzigen Mutter, zu der sie bis heute keine enge Verbindung hatte. Von ihrem Vater und von den Nonnen, die sie gelehrt hatten, ihre Gefühle gut zu verschließen.

Liv war da ganz anders. Sie war warmherzig und lebendig, zeigte ihre Freude ebenso wie ihre Trauer oder Angst. Allerdings war sie meistens tatsächlich erstaunlich gut gelaunt. Sie strahlte so viel Liebe aus, dass Dana es manchmal kaum glauben konnte. Auf Maditas Hus lebte sie zusammen mit dem alten Pettersson, der bereits für Livs Eltern gearbeitet hatte, von denen sie den Hof geerbt hatte. Im Sommer bezog er eine winzige Kammer über dem Stall, die restliche Zeit des Jahres, wenn keine Feriengäste da waren, wohnte er im Lillehus nebenan.

Und ständig hatten sie Besuch von anderen Künstlern oder Nachbarn, von Menschen, denen Liv einmal geholfen hatte und die sich ihr dadurch verbunden fühlten. Abends saßen sie alle auf der Veranda, aßen zusammen und erzählten sich Geschichten. Lasse, ein bärtiger Mann mit lebhaften Augen, holte seine Gitarre hervor und sang Balladen und derbe Trinklieder, bei denen Liv, Pettersson und die anderen Gäste begeistert mit einstimmten. Dana hatte sich schon lange nicht mehr so wohl gefühlt.

Sie vergaß beinah, warum sie hier war. Von Drago hatte sie nichts mehr gehört, seit er abgereist war. Sie dachte viel an ihn, vor allem nachts. Dann stellte sie sich vor, wie er neben ihr lag und seinen kräftigen Arm um sie legte. Nie zuvor hatte sie sich so sicher gefühlt wie in seiner Umarmung, selbst bei Philipp nicht. Und sie hatte auch nie zuvor eine derart wilde Leidenschaft empfunden. Noch in ihrer Erinnerung an den Sex mit Drago wurde ihr ganz heiß.

Wie war das nur möglich? Dieser große, derbe Mann mit dem finsteren Blick und den bunten Tattoos war alles andere als ihr Traummann. Und doch sehnte sie sich ausgerechnet nach ihm. Einmal ertappte sie sich nachts dabei, wie sie sich selbst berührte. Beschämt dachte sie daran, wie sie Drago getadelt hatte, sich zurückzuhalten, weil Max neben ihnen lag. Mittlerweile hatten sie zwar ein größeres Zimmer und Max ein eigenes Bett, aber Dana fühlte sich dennoch unwohl angesichts all der verbotenen Gelüste, die sie verspürte.

Andererseits genoss sie diese neuen Gefühle auch. Sie

war so scharf auf diesen Mann, dass es beinah zum Lachen war. Sein durchtrainierter Körper zog sie geradezu magisch an und seine männliche Ausstrahlung erregte sie, wenn sie nur daran dachte, wie er vor ihr stand, stark und riesig und mit unübersehbarer Lust auf sie. Das war überhaupt das Verrückteste – dass er sich plötzlich ebenfalls für Dana interessierte. Was war nur mit ihnen geschehen nach all den Jahren?

19

Drago starrte mit düsterem Blick auf die Fotos vor sich. Eine junge, rotblonde Frau in einer Bar – Anna Kusmina, so viel stand fest. Und die Kerle auf dem Gruppenbild? In der Mitte stand Igor Kusmin, das war eindeutig. Das Gesicht dieses Mannes tauchte in diversen Zeitungs- und Magazinartikeln auf, die sich mit der russischen Mafia befassten. Aber wer waren die Männer um ihn herum? Seine Leibwächter? Schergen gar, die für ihn die Drecksarbeit erledigten?

Drago beugte sich vor und studierte die Gesichter eingehend. Keiner der Kerle sah sympathisch aus, weder der lange, schlaksige mit der spitzen Nase noch die beiden Bulldoggen … Er stutzte. Was hatte Dana zu ihm gesagt? Die beiden Männer, die Igor Kusmin begleitet hatten, hätten ausgesehen wie Bulldoggen? Das würde passen. Andererseits hatte Dana ihn ebenfalls als Bulldogge beschimpft. Offenbar nannte sie jeden Mann so, der etwas kräftiger war als allgemein üblich.

Drago warf einen Blick auf die Namen, die Axel Denker bei seinen Recherchen herausgefunden hatte. Der Schlaksige hieß Sergej Petrow. Er war ein enger Vertrauter von Igor Kusmin und galt als sehr gefährlich. Axel Denker, ein ehemaliger Kriminalpolizist, leistete erstaunlich gute Arbeit, stellte Drago zufrieden fest. Er hatte sogar herausgefunden, dass Sergej Petrow nachgesagt wurde, er habe das Zeug dazu, seinen Boss zu entthronen. Die anderen beiden Männer sahen zwar gefährlicher aus, waren aber reine Befehlsempfänger.

»Es ist zu gefährlich, das auf eigene Faust zu regeln.« Matt Parker riss ihn aus seinen Gedanken. Drago hob den Kopf und musterte seinen Kollegen feindselig. Seit ihrer kleinen Meinungsverschiedenheit, die in Dragos Gesicht deutliche Spuren hinterlassen hatte, hatten sie nur noch das Nötigste miteinander gesprochen. Dummerweise erwartete sein Boss jedoch, dass sie das Problem mit den Russen gemeinsam bewältigten.

Jetzt nickte Oliver zustimmend. »Das sehe ich auch so. Wir übergeben das der Polizei. Beweise hin oder her. Die Einforderung einer Spielschuld ist eine Sache. Erpressung aber eine ganz andere.«

Drago hatte Oliver und Matt darüber in Kenntnis gesetzt, was Dana ihm erzählt hatte. Es war völlig klar, dass nicht nur sie und Max in großer Gefahr schwebten, sondern möglicherweise die gesamte Familie Laurentius. Noch wussten sie nicht, wann und wo Philipp sich mit den falschen Leuten eingelassen hatte, aber alles deutete darauf hin, dass er Igor Kusmin – und eventuell auch dessen Tochter – bei illegalen Glücksspielen kennengelernt hatte.

Und nun rannte ihnen die Zeit davon. Noch drei Tage, dann lief das Ultimatum ab, das Igor Kusmin Dana gestellt hatte. Bislang hatte er nichts darüber verlauten lassen, wann und wo er sich die zehn Millionen holen wollte, aber das machte die Sache umso gefährlicher. Der Mann war unberechenbar. Drago ging davon aus, dass er einfach wieder vor Danas Tür stehen würde. Vielleicht lautete sein Plan aber auch, sich Max zu schnappen, um seinen Forderungen mehr Nachdruck zu verleihen. Nun, das würde ihm zum Glück nicht gelingen. Drago war froh, dass der Junge und seine Mutter erst mal in Sicherheit waren. Niemand wusste, wo sie sich befanden, auch Oliver und Matt nicht. Je weniger Mitwisser es gab, umso geringer war die Gefahr, dass einer von ihnen von den Gangstern unter Druck gesetzt wurde.

»Wisst ihr, was dieser Igor Kusmin macht, wenn er davon Wind bekommt, dass wir die Polizei eingeschaltet haben?« Drago warf erneut einen Blick auf die Fotos. »Dann brauchen wir rund um die Uhr einen Personenschutz. Und zwar für alle Mitglieder der Familie Laurentius, einschließlich deiner Schwester und sämtlicher Cousins und Cousinen zweiten Grades.«

»Und wenn wir nicht zur Polizei gehen?« Oliver stand auf und lief nervös auf und ab. »Dann haben wir diesen Ganoven ewig an der Backe. Der wird es doch nicht bei diesen Forderungen belassen, sondern immer wieder auftauchen und uns neu unter Druck setzen.«

»Wir brauchen Beweise, dass Philipp dieses Mädchen nicht vergewaltigt hat«, erklärte Drago. »Leider reicht die Zeit nicht, um das so schnell zu klären.«

In diesem Moment klingelte sein Telefon. Er wollte erst gar nicht rangehen, aber dann sah er, dass es Dana war. Augenblicklich spannte sich alles in ihm an.

»Dana? Was gibt es?« Er presste sein Smartphone fest ans Ohr.

Sie kam ohne Umschweife zur Sache. »Er hat wieder angerufen.«

Drago hörte ihr an, wie verängstigt sie war. Er versuchte, Ruhe und Kraft in seine eigene Stimme zu legen. »Was hat er gesagt?«

»Die Geldübergabe soll auf einer Fähre auf der Elbe stattfinden.«

»Auf der Elbe?« Was war denn das für eine irrsinnige Idee?

»Ja. Er hat mir die genaue Uhrzeit genannt und den Anleger, an dem ich einsteigen soll.«

Drago hörte aufmerksam zu, als sie die Details erklärte. Er bändigte seine Ungeduld und wartete darauf, bis sie die wichtigste Information preisgab.

»Er lässt sich darauf ein, dass ich nicht persönlich erscheine, solange ich garantiert keine Polizei einschalte.«

Drago atmete auf. Er hatte Dana eingebläut, Igor Kusmin klarzumachen, dass sie sich nicht in der seelischen Verfassung befinde, die Geldübergabe selbst vorzunehmen. Jetzt konnte er sie endgültig aus der Schusslinie halten. Sehr gut!

Der Anruf von Igor Kusmin zerstörte Danas Illusion vom friedlichen Leben in der schwedischen Einöde schlagartig. Im Nu packte die Angst sie wieder und kroch in jede Faser ihres Körpers. Drago und Oliver hatten offenbar länger miteinander gerungen, bis sie entschieden, vorerst keine Polizei einzuschalten. Jedenfalls riefen beide sie mehrfach an, um ihr ihren jeweiligen Standpunkt zu verdeutlichen. Am Ende hatte Drago gesiegt. Er war der Meinung, es sei weniger riskant, erst nach der Geldübergabe zur Polizei zu gehen.

Dana musste sich irgendwie ablenken, um nicht verrückt zu werden. Draußen regnete es in Strömen, und dass sie gezwungen war, im Haus zu bleiben, steigerte ihre Nervosität nur. Sie räumte die Küche auf, saugte überall im Haus und kuschelte sich anschließend mit Max auf die große, etwas durchgesessene Couch im Wohnzimmer und las ihm passenderweise »Wir Kinder aus Bullerbü« vor.

Da klingelte Livs Telefon. Dana verstand zwar nicht, worum es ging, aber an Livs sorgenvollem Blick erkannte sie, dass es etwas Ernstes sein musste.

»Wir bekommen Zuwachs«, erzählte Liv, nachdem sie aufgelegt hatte. »Ein kleiner Junge wurde vom Jugendamt heute Morgen aus seiner Wohnung geholt. Die Mutter hat ihn zwei Tage allein gelassen.« Sie zog die Stirn vor Kummer in Falten. »Jetzt soll er in eine Pflegefamilie kommen. Bis sie eine passende Familie gefunden haben, bleibt der Kleine bei uns.«

Dana zog Max ein wenig enger an sich. »Wie grauenvoll. Das arme Kind.«

»Ja. Eine kleine Seele wird schnell zerstört.« Liv seufzte und strich Max über den Kopf. »Schön, dass das bei euch anders ist. Du bist eine so liebevolle Mutter.«

Dana war erstaunt. Das hatte noch niemand zu ihr gesagt. Bislang war sie sich auch immer total unzulänglich vorgekommen und hatte ständig Zweifel, ob sie ihren Anforderungen als Mutter tatsächlich gewachsen war. Schaudernd dachte sie daran, wie sie auf ihrer New Yorker Terrasse buchstäblich am Abgrund gestanden hatte. Sie war froh, dass sie ohnehin nichts erwidern konnte, solange Max neben ihr saß.

Liv erhob sich. »Ich richte ein Zimmer für den kleinen Frederik.«

Dana stand ebenfalls auf. Sie war dankbar für die Ablenkung. »Ich helfe dir. Was meinst du, Max, willst du mal mit den Bauklötzen spielen?« Liv besaß Unmengen Spielzeug, das Max mit großer Begeisterung benutzte. Jetzt ließ er sich zum Glück sehr bereitwillig mit der großen Kiste voller Bauklötzchen in ihrem Gästezimmer nieder, während die Frauen nebenan eins der zahlreichen anderen Zimmer in Maditas Hus zu einem provisorischen Kinderzimmer herrichteten. Anschließend fuhr Liv nach Jönköping, um den Jungen in Empfang zu nehmen. Als sie zurückkehrten, saß Dana gerade mit Max und Pettersson beim Abendessen. Pettersson hatte Pfannkuchen gebacken und Dana einen Salat angerichtet.

Liv schob einen Jungen durch die Tür, ein mageres Kind mit verstrubbelten blonden Haaren und riesigen blauen Augen, die erschreckt von einem zum anderen blickten. Er war zwei Jahre älter als Max, wirkte aber neben ihm viel kindlicher und unreifer. Liv und Pettersson redeten freundlich auf ihn ein, aber der Junge stand nur da und rührte sich nicht vom Fleck.

»Wir essen Pfannkuchen«, krähte Max und obwohl Frederik kein Deutsch verstand, schien das andere Kind ihn weniger zu ängstigen als die Erwachsenen. Dana rückte ein Stück auf der Eckbank zur Seite, auf der sie mit Max saß.

»Möchtest du zu uns kommen?« Sie klopfte mit der Hand auf die Bank. Sehr langsam und zögernd bewegte Frederik sich vorwärts und hockte sich auf die äußerste

Kante neben Max. Pettersson reichte ihm einen Teller mit einem Pfannkuchen. Der Junge rollte den Fladen zusammen und aß ihn mit den Fingern, gierig und schweigend. Er wagte kaum, den Kopf zu heben und jemanden in der Runde anzusehen.

Nach dem Essen zeigte Liv ihm sein Zimmer. Er hatte einen verschlissenen Rucksack dabei, in dem sich ein wenig Wäsche und ein kleiner orangefarbener Teddy befanden. Als Frederik seinen Pullover und das Unterhemd auszog, warf Dana einen entsetzten Blick auf einen knochigen Rücken, der voller Blutergüsse war. Beeindruckt sah sie zu, wie Liv mit ruhiger Stimme mit dem Jungen sprach und ihn dazu brachte, sich Salbe auf die Prellungen schmieren zu lassen. Sie wagte kaum, sich auszumalen, was für schreckliche Dinge dieses Kind erlitten hatte. Wie viel Angst musste es ausgestanden haben! Und wie einsam und verzweifelt musste es sich fühlen! Dagegen traten ihre eigenen Sorgen völlig zurück.

Doch hier, in Max' Gesellschaft, schien der Junge sich ein wenig zu entspannen. Gemeinsam standen Max und Frederik auf einer Fußbank am Waschbecken und putzten kichernd ihre Zähne. Aber als Dana mit Max in ihrem Zimmer verschwand und Liv Frederik in seins führen wollte, begann der Junge zu weinen.

»Was ist los?«, fragte Dana.

»Er möchte nicht allein sein.« Liv hockte sich auf den Boden und zog Frederik an sich. »Das hatte ich schon vermutet. Ich dachte, es würde gehen, wenn ich mich zu ihm ins Bett lege, bis er eingeschlafen ist. Aber mir scheint, er will lieber mit Max zusammen sein.«

Dana reagierte, ohne zu zögern. »Kein Problem. Es ist

ja Platz genug im Zimmer, um eine Matratze auf den Boden zu legen.«

Also errichteten sie für Frederik ein Lager neben Max' Bett. Dana ließ das Licht brennen und die Tür geöffnet, bevor sie mit Liv hinunter ins Wohnzimmer ging. Anfangs vernahmen sie noch Stimmen und Gekicher von oben, doch irgendwann kehrte Stille ein.

Der Regen prasselte unablässig gegen die Fenster, aber der kleine Holzofen in der Ecke verbreitete wohlige Wärme. Liv öffnete eine Flasche Wein und stellte zwei Gläser auf den Tisch. »Das haben wir uns jetzt verdient.« Sie schenkte ein und reichte Dana ein Glas.

Dana kuschelte sich in ihren Sessel und zog die Füße hoch. Sie trug ein schlichtes Strickkleid, das dennoch so viel gekostet hatte wie vermutlich Livs ganze Wohnzimmereinrichtung mit den gemütlichen skandinavischen Möbeln zusammen. Obwohl das Kleid recht bequem geschnitten war, passten die dicken Wollsocken, die sie sich über die Füße gezogen hatte, überhaupt nicht dazu. Aber das war ihr egal. Sie trank einen großen Schluck Wein.

»Ich bin keine gute Mutter«, sagte sie leise.

Liv hob erstaunt den Kopf und sah sie fragend an.

»Du hast heute Mittag gesagt, ich sei eine gute Mutter. Aber das stimmt nicht. Ich war kurz davor, mein Kind ebenfalls auf schreckliche Weise im Stich zu lassen.« Mit stockender Stimme erzählte Dana von ihren Alkoholexzessen und dem beinah tödlichen Ende. Liv hörte aufmerksam zu, ohne Dana zu unterbrechen. Ihr Blick war ruhig und klar und ermutigte Dana, sich alles von der Seele zu reden.

»Du hast um deinen Mann getrauert«, sagte Liv sanft.

»Manchmal wirft einen so was erst Jahre später aus der Bahn. Dafür darfst du dir keinen Vorwurf machen.«

»Es ist nicht nur das.« Dana wusste nicht, ob sie Liv in Gefahr brachte, wenn sie weitersprach, aber sie hatte ihre Angst viel zu lange allein mit sich herumgetragen. Sie musste das alles loswerden. Und so erzählte sie von Anna Kusminas Erpressung und den Drohungen ihres Vaters.

Liv blieb immer noch erstaunlich gelassen. »Ich habe mir schon so etwas gedacht. Drago klang sehr besorgt und hat mich gebeten, keine Fragen zu stellen. Liebe Dana«, sie reckte sich zur Seite und fasste nach Danas Hand, »ihr seid hier willkommen und könnt bleiben, solange ihr wollt. Es war eine sehr gute Idee von Drago, euch herzubringen. Maditas Hus ist ein so friedlicher Ort, hier geschieht garantiert nichts.«

Da war Dana sich nicht so sicher. In zwei Tagen lief die Frist ab, die Igor Kusmin ihr gesetzt hatte. Sie hatte Aktienpakete verkauft und Oliver beauftragt, einige Schmuckstücke zu veräußern. Aber sie war sich nicht sicher, ob sie rechtzeitig genug Bargeld zusammenbekommen würde. Sie mochte sich nicht ausmalen, was geschah, wenn Igor Kusmin die zehn Millionen Euro nicht erhielt. Und selbst, wenn er sie erhielt, würde sie keine Ruhe mehr finden. Das Ganze war ein Fass ohne Boden. Nächstes Mal würde dieser Ganove vielleicht hundert Millionen fordern.

Nervös umfasste sie ihr Weinglas. Ja, dachte sie, das hier war ein wunderbar friedlicher Ort und Liv eine großartige Frau. Aber Dana fürchtete, dass dieser Frieden nur von kurzer Dauer war. Doch das behielt sie für sich.

Als sie später in ihr Zimmer kam, sah sie, dass Frederik wach war. Aus großen Augen beobachtete er, wie Dana durch das Zimmer ging und sich ins Bett legte. Sie lächelte ihm zu und rollte sich unter ihrer Decke zusammen. Die Panik, die sie den ganzen Tag über so gut verdrängt hatte, brach auf einmal wieder über ihr herein und ihr wurde abwechselnd heiß und kalt. Zu der Angst um ihre Familie kam eine weitere hinzu. Was, wenn die Geldübergabe schiefging und Drago in Gefahr geriet? Die Vorstellung, dass ihm etwas zustoßen könnte, nahm Dana die Luft. Unruhig rollte sie sich hin und her, während die Verzweiflung immer stärker Besitz von ihr ergriff.

Da spürte sie auf einmal eine Bewegung neben sich. Erstaunt drehte sie den Kopf zur Seite. Der kleine Frederik kletterte zu ihr ins Bett und kroch flink unter ihre Decke. Ihr erster Impuls war es, das Kind wieder zurück auf seine Matratze zu schicken.

Doch dann wurde ihr klar, dass der Junge vermutlich noch viel mehr Angst hatte als sie. Er war auf grauenvolle Weise von seiner Mutter im Stich gelassen worden. Dana kannte dieses Gefühl nur zu gut. Wie entsetzlich musste der Kleine in den zwei Tagen gelitten haben, in denen er mutterseelenallein in der Wohnung eingesperrt gewesen war?

Kurzerhand streckte sie eine Hand nach ihm aus und als er ihre Berührung zuließ, legte sie den Arm um ihn und zog ihn dicht zu sich heran. Der magere Körper schmiegte sich an sie. Ihr kamen Tränen, als sie spürte, wie sehr das Kind ihr, einer Fremden, vertraute.

»Keine Sorge«, murmelte sie. »Dir wird nichts passieren. Hier bist du sicher.« Auf wundersame Weise schienen ihre Worte nicht nur den Jungen zu trösten, sondern auch sie selbst.

20

Die Fähre von den Landungsbrücken nach Finkenwerder war brechend voll. Natürlich. Es war Sonntag und obendrein herrliches Sommerwetter. Da blieb kein Hamburger zu Hause. Hinzu kamen die vielen Touristen, die gern die Elbe rauf und runter schipperten.

Angespannt versuchte Drago, sich einen Überblick zu verschaffen. Igor Kusmin hatte den perfekten Ort für die Geldübergabe ausgesucht. Hier würde niemand Aufsehen erregen und eine Massenpanik auslösen wollen. Außerdem konnte man in dem Gewühl an Bord schnell untertauchen. Drago schob sich an Fahrrädern entlang, die im Unterdeck den halben Vorraum blockierten, vorbei an einer Frau und zwei Kindern, die auf der Treppe standen, hinauf zum Oberdeck.

Im Gegensatz zu Igor Kusmin wusste er, wie der Mann aussah, nach dem er Ausschau halten musste. Allerdings schickte auch Kusmin vermutlich einen Mittelsmann. Er würde sich die Finger kaum selbst schmutzig machen. Umso überraschter war Drago, als er ihn an der Reling stehen sah. Er war nicht sonderlich groß und von eher schmächtiger Statur. Igor Kusmin würde ihm kaum gefährlich werden. Anders sah es mit seinen Begleitern aus. Die beiden waren … nun ja, Bulldoggen. Eine andere Bezeichnung fiel auch ihm für diese Kerle nicht ein. Groß und breit wie Schränke, mit brutalen Gesichtern. Sich mit diesen Gangstern anzulegen war sicher kein Spaß.

»Sie werden das Geld in einem schwarzen Aktenkoffer transportieren«, hatte Igor Kusmin ihm aufgetragen. »Stellen Sie den Koffer kurz vor dem Anleger Fischmarkt an Backbord am Fuß der Treppe ab und verlassen Sie anschließend das Schiff.«

Jede Faser in Dragos Körper war angespannt, als er Igor Kusmin beobachtete. Unfassbar, wie sicher der Mann sich zu fühlen schien. Er wusste genau, dass Dana keine Polizei eingeschaltet hatte.

Drago wollte seinen Posten schon verlassen, als er noch einen Mann bemerkte, der sich im Hintergrund hielt, die Männer an der Reling aber genau im Blick behielt. Er war groß und schlaksig und kam Drago bekannt vor. Rasch scannte er in seinem Kopf alle Informationen, die er zu dem Fall hatte. Petrow … Sergej Petrow, genau! Igor Kusmins äußerst brutaler Thronerbe.

Einen winzigen Moment lang fragte Drago sich, warum er nicht einfach die Polizei rief. Vier auf einen Streich – das wäre doch mal was. Leichter als auf dem Schiff würden sie die Männer kaum festnehmen können. Aber er verwarf den Gedanken augenblicklich wieder angesichts all der Frauen und Kinder, die an Bord waren. Nicht auszudenken, was passierte, falls diese Gangster Waffen bei sich trugen. Außerdem war Igor Kusmin kaum so dumm, sich nicht doppelt und dreifach abzusichern. Wenn irgendetwas an dieser Mission schiefging, befanden Dana und Max sich in höchster Gefahr.

Jetzt drehte Sergej Petrow den Kopf und ließ seinen Blick über die Menschenmenge schweifen, bis er Drago erblickte. Sogar auf diese Entfernung spürte Drago die Gefahr, die von dem Mann ausging. Eiskalte Augen musterten ihn berechnend. Drago war fast dankbar für das Veilchen, das Matt Parker ihm bei ihrer kleinen Schlägerei verpasst hatte. So wirkte er vielleicht auch verschlagener, als er in Wahrheit war. Auf einmal war er sich nicht mehr so sicher, dass es nicht doch noch hier auf der Fähre, inmitten all dieser Menschen, ein Blutbad geben würde. Unauffällig wanderte seine Hand unter die Jacke zu seinem Pistolenhalfter.

Der Regen hatte sich verzogen. Dana stapfte in Gummistiefeln, die ihr zwei Nummern zu groß waren, mit den Jungen über die matschige Wiese zu den Pferden. Sie hatte in ihrem Leben wenig Gelegenheit gehabt, sich näher mit Tieren zu befassen. Nun stellte sie fest, dass sie es mochte, sich um die Pferde zu kümmern. Sie hatten so wunderbar sanfte Augen und wirkten überhaupt erstaunlich friedlich. Liv hatte angeboten, ihr auf einer grobknochigen Schimmelstute mit freundlichem Blick das Reiten beizubringen, und Dana dachte ernsthaft darüber nach.

Aber zunächst war es ihr wichtiger, sich um die Kinder zu kümmern. Frederik blieb ängstlich hinter Max stehen, als sie sich einem kleinen gescheckten Pony näherten, auf dem Max schon geritten war. Liv reicht Frederik eine Möhre und zeigte ihm, wie er sie halten musste, wenn er das Pony damit füttern wollte. Fasziniert beobachtete Dana, wie Pferd und Kind sich vorsichtig einander näherten und der kleine Schecke behutsam mit seinen samtigen Lippen nach der Möhre schnappte. Frederik fasste etwas mehr Zutrauen, trat einen Schritt näher und streckte seine Hand aus, um die Nase des Ponys zu streicheln. Das Strahlen in seinen Augen, als er spürte, dass seine Berührungen dem Tier gefielen, brachte Danas Herz zum Schmelzen.

Später halfterte Liv den kleinen Schecken und setzte die Jungen abwechselnd auf seinen Rücken, während sie im gemütlichen Schritt rund um die Weiden spazierten. Die Sonne schien zwischen weißen Schönwetterwölkchen hindurch und wärmte nicht nur Danas Haut, sondern auch ihre Seele. Für den Moment waren ihre einzigen Sorgen die Mücken, die ihre Arme zu zerfressen schienen. Sie war nicht nur für diesen friedlichen Ort dankbar, sondern auch dafür, dass Drago ihr die Wahnsinnslast der Geldübergabe abgenommen hatte. Sie hatten tatsächlich in letzter Sekunde die zehn Millionen zusammenbekommen. Und nun war Drago vermutlich schon unterwegs damit.

Sie spürte ein Stechen in ihrer Magengegend, wenn sie daran dachte, wie er diesen Mafiosi gegenüberstand. Nein, erkannte sie ernüchtert, ihre Angst war nicht weniger geworden. Vielmehr war sie gewachsen.

Die Fahrt von den Landungsbrücken bis zum Fischmarkt dauerte nur wenige Minuten. Drago verließ seinen Posten bald wieder und begab sich aufs Unterdeck. Bei den Fahrrädern standen ein paar ältere Männer und Frauen, die sich lebhaft unterhielten. Ein Pärchen lehnte eng umschlungen und wild knutschend an der Wand neben dem Fahrkartenautomaten. Und ein Sportler mit Helm und Radlerhose beugte sich über ein Rennrad und hantierte an der Kette herum. Niemand beachtete Drago.

Er lehnte sich an das Treppengeländer und stellte den Koffer wie beiläufig hinter sich ab. Der Kapitän steuerte bereits den Anleger am Fischmarkt an. Nur wenige Leute versammelten sich vor dem Ausstieg. Drago verließ als Letzter das Schiff, kurz bevor die Gangway wieder hochgezogen wurde. Der Ponton schwankte leicht, als die Fähre ablegte. An der Reling erblickte er Igor Kusmin, der ihn mit unbeweglichem Gesicht ansah.

Auf der Elbe herrschte reger Verkehr. Ein großes Containerschiff wurde elbaufwärts von Schleppern in den Hafen gezogen. Einer der Schaufelraddampfer, auf denen Hafenrundfahrten für Touristen angeboten wurden, näherte sich elbabwärts. Er wurde von einem motorisierten Schlauchboot überholt, das eine beachtliche Geschwindigkeit hatte.

Das Schlauchboot verschwand aus Dragos Sicht, als es auf gleicher Höhe mit der Fähre war. Der Fährkapitän hupte mehrmals, offenbar nahm das Boot ihm die Vorfahrt. Kurz darauf erschien es wieder in Dragos Blickfeld und schoss mit geradezu beängstigender Geschwindigkeit den Fluss hinab. Im selben Moment tauchte ein weiteres Schlauchboot auf.

Eine Stimme brüllte Drago ins Ohr. »Verdammte Scheiße, das ging gründlich in die Hose.«

Drago zog den In-ear-Hörer seines Smartphones etwas aus der Ohrmuschel. »Was ist los?« Er sah sich hektisch um. Auf dem Ponton befanden sich außer ihm nur noch eine junge Frau mit einem Hund und ein paar Leute, die mit dem Rücken an ein Geländer gelehnt auf dem Boden saßen und picknickten. Was auf der Fähre los war, konnte er nicht mehr feststellen, er sah nur noch ihr Heck.

»Jemand hat den Koffer über Bord geworfen«, rief Matt. »Und das war niemand von Igor Kusmins Leuten.«

»Was?« Drago glaubte kaum, was er da hörte. Wieso sollte jemand einen Koffer mit zehn Millionen Euro in die Elbe werfen? Doch dann dämmerte es ihm selber.

Das Schlauchboot.

Verdammte Scheiße. Jetzt hatten sie ein gigantisches Problem.

Das zweite Boot mit Matt Parker an Bord näherte sich dem Anleger. Drago sprang an Bord, kaum dass das Boot den Ponton berührte, und ließ sich auf einem der Tragschläuche nieder. Das kleine Boot schwankte beträchtlich hin und her. Drago hielt sich an einer Leine fest, die am Tragschlauch angebracht war.

»Ich schätze, unser Freund wird nicht begeistert sein«, rief Matt.

»Konntest du sehen, wer den Koffer geworfen hat?«

»So ein Typ mit Fahrradhelm. Perfekt getarnt.«

Der Kerl mit dem Rennrad. Er hatte direkt neben Drago gestanden. Verdammt. Das musste er gewesen sein.

»Da hinten sind sie!« Matt gab Gas. Das kleine Schlauchboot hob sich mit dem Bug aus dem Wasser. Gischt spritzte über die niedrige Bordwand und durchnässte Dragos Hose. Er musste sich gut festhalten.

»Das kann nur jemand aus Kusmins eigenen Reihen

gewesen sein«, sagte er. »Kein Mensch wusste von dieser Übergabe. Außer uns.« Und noch während er die Worte aussprach, beschlich ihn ein ungeheuerlicher Verdacht. Was, wenn Matt Parker …? Konnte er seinem neuen Kollegen tatsächlich trauen?

»Sehe ich genauso«, rief Matt und heftete seinen Blick unverwandt auf das Boot, das sie verfolgten. Sie waren jetzt nur noch wenige Meter davon entfernt. Zwei Männer saßen darin. Matt versuchte, sich dem Boot seitlich zu nähern. Einer der Männer hob auf einmal den Arm.

»Runter!«, brüllte Matt und riss das Steuer herum. Das kleine Boot schlingerte heftig und Drago verlor das Gleichgewicht. Er wurde halb aus dem Boot geschleudert und lag jetzt mehr, als dass er saß. Da ertönte ein weiterer Schuss und in derselben Sekunde verspürte Drago einen entsetzlichen Schmerz, der durch seinen ganzen Körper jagte. Er verlor endgültig den Halt. Kaltes Flusswasser schlug über ihm zusammen. Er schluckte Wasser, rang nach Luft, strampelte sich hoch, aber der Schmerz in seinem Körper lähmte ihn. Die ungeheure Kraft des Flusswassers riss ihn mit sich. Lange würde er das nicht mehr durchhalten. Als er das nächste Mal unterging, schaffte er es nicht wieder nach oben. Er konnte nichts sehen, so trüb war das Wasser. Seine Lungen schienen jeden Moment zu bersten.

Da fasste jemand nach ihm und gleich darauf wurde es wieder hell um Drago. Er japste nach Luft und versuchte sich zu orientieren. Etwas hatte ihn fest im Griff. Sein Körper war wie gelähmt, er konnte sich nicht bewegen. Drago nahm all seine Kraft zusammen und versuchte sich zu befreien. Der Schmerz war jetzt vor allem auf seiner linken Seite kaum noch zu ertragen. Jemand umklammerte seinen Kopf und hielt ihn fest.

Wieder hatte Drago das entsetzliche Gefühl, zu ersticken. Er hob seine Arme und schlug um sich, damit er diese eisernen Klauen loswurde, in deren Fängen er steckte. Sein linker Arm schmerzte höllisch, er konnte ihn kaum heben.

»Halt still, du Idiot«, hörte er eine Stimme dicht an seinem Ohr brüllen. »Oder willst du, dass wir beide absaufen?«

Drago versuchte, den Kopf zu drehen. Aber statt zu sehen, wer ihn so fest im Griff hatte, schluckte er Wasser und zappelte nun japsend und hustend noch heftiger, um nicht unterzugehen. Dann spürte er einen gewaltigen Schlag mitten im Gesicht – und alles um ihn wurde schwarz.

Als Drago wieder zu sich kam, lag er auf nassem Sand, umringt von neugierigen Gesichtern. Das Gesicht, das ihm am nächsten war, hatte verdammte Ähnlichkeit mit Matt Parker. Irgendwo in der Nähe ertönte ein Martinshorn.

»Da bist du ja wieder, Mann.« Matt beugte sich über ihn. Wasser tropfte aus seinen Haaren auf Dragos Gesicht.

»Warst du schwimmen?«, fragte Drago, aber er merkte sofort, dass diese Frage irgendwie nicht angebracht war.

»Allerdings nicht freiwillig.« Matt schnaubte leise. Er stand auf und winkte ein paar Rettungssanitäter heran, die mit einer Trage angerannt kamen. Drago wollte sich aufrichten, aber ein beißender Schmerz schoß durch seinen linken Arm. Mit ihm kehrte die Erinnerung zurück.

Ihre wilde Verfolgungsjagd auf der Elbe. Der Schusswechsel. Und der Koffer – oh verdammt!

Drago musste Dana dringend anrufen. Sie schwebte

in höchster Gefahr. Er biss die Zähne zusammen und richtete sich auf. Aber da beugte sich ein Mann über ihn.

»Moin, ich bin Dr. Siebert. Und wie ich sehe, sind Sie verletzt. Darf ich mir das mal ansehen?«

»Ich muss erst telefonieren.« Drago wollte sich erneut aufrichten, aber ihm wurde schwindelig und er sackte zusammen.

»Ich schlage vor, das verschieben Sie auf später und wir kümmern uns erst mal um Ihre Verletzung, okay?«

»Ich brauche mein Telefon.« Drago schlug die Hände des Arztes zur Seite und unternahm einen neuen Versuch, sich hochzurappeln.

»Meine Güte, bist du ein sturer Hund.« Matt beugte sich über ihn. »Soll ich dich noch mal k.o. schlagen?«

»Das warst du?« Drago starrte ihn fassungslos an. »Bist du noch zu retten, Parker? Ich wäre deinetwegen beinah abgesoffen.«

»Du wärst beinah abgesoffen, weil du nicht wolltest, dass ich dir helfe.« Matt Parker verzog genervt das Gesicht. Er war klatschnass, als hätte er in voller Montur ein Bad in der Elbe genommen.

»Nun«, sagte Dr. Siebert gelassen. »Ich schlage vor, das klären Sie alles später mit der Polizei.« Er schlug Dragos Jacke zur Seite. »Das scheint nur ein Streifschuss zu sein. Aber so, wie Sie bluten, wurde eine Arterie verletzt. Ist auch irgendwo eine Kugel eingetreten?«

»Keine Ahnung.«

Der Arzt, der eine Brille und einen Vollbart trug, war nicht aus der Ruhe zu bringen. »Jedenfalls verlieren Sie eine Menge Blut. Wir müssen Sie dringend in die Klinik bringen.«

»Ich brauche erst mein Telefon!«, schrie Drago. Diesmal schaffte er es, sich aufzusetzen. Und dann sah er all das Blut auf seiner Jacke, seinem Shirt und seiner Hose. Er schien förmlich darin zu baden. Als er eine Hand auf seinen Arm legte, lief ihm Blut über die Finger. Im nächsten Moment kippte er zur Seite und es wurde erneut Nacht um ihn.

21

Dana schielte alle drei Minuten auf ihr Smartphone. Dass Drago sich noch nicht gemeldet hatte und sie ihn auch nicht erreichte, beunruhigte sie zutiefst. Etwas musste schiefgegangen sein, das war völlig klar. Sie malte sich aus, was alles passiert sein konnte, aber das machte die Sache kein bisschen besser, im Gegenteil.

Als ihr Telefon endlich klingelte, zog Dana sich gerade die Gummistiefel samt der drei paar Socken aus, die sie getragen hatte, um in den riesigen Stiefeln nicht zu sehr hin und her zu rutschen. Atemlos drückte sie auf die Hörertaste, als sie den Namen im Display sah.

»Drago? Ist alles gut gegangen?«

»Erschrecken Sie nicht, Frau Laurentius, hier spricht Matt Parker. Ich bin Dragos Kollege.«

Sie war augenblicklich alarmiert. Noch einmal würde sie keinen folgenschweren Fehler begehen. »Ich möchte mit Drago sprechen, das ist schließlich sein Telefon«, erklärte sie energisch.

»Das geht leider nicht.«

Augenblicklich wich alles Blut aus ihrem Kopf und sie hatte das Gefühl, ohnmächtig zu werden.

»Was ist mit Drago?«, krächzte sie heiser vor Entsetzen.
»Machen Sie sich keine Sorgen.«

Sie atmete aus, aber ihr ganzer Körper zitterte. »Was ist passiert? Hat die Geldübergabe nicht geklappt?«

»Wir wissen noch nicht genau, was passiert ist. Hören Sie, Dana ...«

»Was sagten Sie, wer Sie sind?«

»Matt Parker. Ich arbeite als Personenschützer für Oliver Laurentius. Genau wie Drago Kaminski.«

»Dann geben Sie mir bitte Drago. Ich möchte mit ihm sprechen.«

»Wie ich schon sagte, das geht leider nicht. Er wird gerade operiert.«

»Was?« Ihr Zittern wurde stärker. Wer war dieser Mann? Ein Kollege von Drago? Wie wollte er das beweisen? Andererseits hatte er Dragos Telefon. Bedeutete das, dass Drago ihm vertraute oder dass er ... oh, du liebe Zeit! Das Zittern wurde so stark, dass Dana sich setzen musste. Schlagartig wurde ihr klar, dass Max und sie erneut in höchster Gefahr schwebten.

»Was ist mit Drago passiert?«, fragte sie mit einer Stimme, die heiser vor Entsetzen war.

Drago kam in einem Krankenzimmer wieder zu sich. Den linken Arm konnte er nicht bewegen und von der Narkose hatte er einen schalen Geschmack im Mund. Er brauchte eine Weile, bis er sich orientiert hatte. Er sah eine Krankenschwester, die an einem Tropf hantierte. Sie beugte sich über ihn. »Wie fühlen Sie sich, Herr Kaminski?«

Er hatte keine Ahnung, was er sagen sollte. Beschissen? Großartig?

»Alles okay«, brummte er, obwohl er sich da überhaupt nicht sicher war.

»Hey, Mann, da bist du ja wieder.« Ein vertrautes Gesicht tauchte in seinem Blickfeld auf. Oliver Laurentius. Was machte der denn hier?

»Ist es so schlimm?«, fragte Drago.

»Was meinst du?«

»Weil du extra hergekommen bist.«

»Ja, genau.« Olivers Miene war ernst. »Der Arm wird für immer gelähmt bleiben. Außerdem haben sie dir Leber und Milz rausgenommen. Die halbe Lunge ist auch weg, und ob sie den zweiten Lungenflügel retten können, ist noch ungewiss.«

Eine Sekunde lang fühlte Drago sich wie tot, so schockiert war er. Dann arbeitete sein Verstand wieder halbwegs klar. Er strich mit einer Hand über seinen unversehrten Bauch und hob den Arm, so weit es die Verbände zuließen. Die Bewegung schmerzte höllisch, aber die Muskeln und Sehnen funktionierten einwandfrei. »Das ist nicht witzig.«

Oliver grinste breit. »Entschuldige. Aber das war auch eine zu dämliche Frage. Warum sollte ich nicht hier sein? Du bist mein bester Mann und obendrein mein Freund. Du hast dich für meine Familie anschießen lassen. Da war es ganz selbstverständlich, dass ich hergekommen bin. Das ist das Mindeste, was ich für dich tun kann.«

Drago sah Oliver lange an. Er fühlte sich ihm verbundener denn je. Wie hatte er nur so blöd sein können, jemals zu glauben, dass er diesen Job einfach abschütteln konnte wie das Regenwasser von einem Schirm?

»Danke«, krächzte er und wandte sich verlegen ab, damit Oliver nicht sah, wie gerührt er war.

Olivers Stimme klang ebenfalls rau. »Ich habe zu danken. Im Namen der gesamten Familie Laurentius. Matt und du, ihr habt Großes geleistet. Und Dana …«

»Was ist mit ihr? Geht es ihr gut?« Drago vergaß augenblicklich alle Rührung. Angst packte ihn und nahm ihm die Luft. Wenn Dana etwas zugestoßen war, dann …

»Ich denke schon.«

»Was soll das heißen?« Drago richtete sich trotz der Schmerzen alarmiert auf. »Hast du nicht mit ihr gesprochen?«

»Matt hat sie angerufen, noch während du im OP lagst.« Oliver drückte ihn zurück in die Kissen. »Er hat alles im Griff.«

Da war Drago sich nicht so sicher. Konnten sie Matt wirklich trauen? Was hatte er mit der Geldübergabe zu schaffen? Es war zum Wahnsinnigwerden, dass Drago im Moment an dieses Bett gefesselt war. Er kam sich so hilflos vor wie selten zuvor.

»Du solltest übrigens ein bisschen netter zu Matt sein.« Oliver sah ihn scharf an. »Er hat dir schließlich das Leben gerettet.«

»Hat er das?« Drago rief sich den Moment ins Gedächtnis, nachdem er über Bord gegangen war. Er konnte sich nur an all das Wasser erinnern, das mit erstaunlicher Kraft an seinem Körper und seiner Kleidung gezerrt hatte. Er hatte nicht gewusst, dass in der Elbe so eine starke Strömung herrschte und der Wellengang durch die Schiffe so enorm war.

Und dann war da dieser klauenartige Griff um seine

Brust und an seinem Kopf gewesen. War Matt Parker tatsächlich ins Wasser gesprungen, um seinen angeschossenen Kollegen vor dem Ertrinken zu retten? Der Schnösel, der den falschen Fußballclub unterstützte? Drago konnte es kaum glauben. Offenbar stand Matt doch auf der richtigen Seite.

»Wie viel hab ich denn nun abgekriegt?«, fragte er, weil er sich im Moment nicht weiter mit Matt befassen wollte. Und mit dem Augenblick, in dem er beinah ertrunken wäre.

»Du hattest großes Glück«, erklärte Oliver. »Die eine Kugel hat dich an der Seite gestreift, das sah schlimmer aus, als es war. Die andere Kugel ist durch deinen Arm durchgegangen. Der Knochen ist gesplittert und eine Arterie hat es auch zerfetzt – daher das viele Blut. Erstaunlich, dass du bei dem enormen Blutverlust noch so aktiv warst. Matt hat erzählt, du hättest dich nicht nur mit ihm, sondern auch mit dem Rettungsarzt angelegt.«

»Blödsinn«, brummte Drago. »Ich hab mich nur um Dana gesorgt.« Er spürte Olivers forschenden Blick auf sich ruhen und drehte den Kopf zur Seite. Was war das aber auch für eine beschissene Situation, hier so hilflos im Bett zu liegen! Er musste sehen, dass er so schnell wie möglich nach Hause kam.

»Was ist das mit Dana und dir?«

»Was soll da schon sein? Du hast mir den Auftrag erteilt, mich um sie zu kümmern. Diese Leute sind gefährlich, Oliver. Das ist ein anderes Kaliber als hysterische Tierschützer. Und die waren damals schon schlimm genug.« Er mochte jetzt nicht an Silver denken, das ertrug er nicht.

Oliver ließ sich nicht aus der Spur bringen. »Aber dafür, dass du überhaupt keine Lust hattest, diesen Auftrag zu übernehmen, bist du ausgesprochen engagiert an die Sache rangegangen.«

»Wie gesagt, diese Russen sind gefährlich. Mir geht es nicht nur um Dana, sondern um deine ganze Familie.«

»Hör zu, Drago.« Oliver beugte sich vor. Seine Stimme nahm einen ungewohnt ernsten Ton an. »Dana ist eine sehr besondere Frau. Sie hat einen besseren Mann verdient als …«

»Als Philipp, ich weiß«, unterbrach Drago ihn.

Oliver zog eine Augenbraue hoch. »Nein. Sie hat einen besseren Mann als mich verdient, wollte ich eigentlich sagen.«

»Wie bitte?« Drago kam nicht mehr mit. Offenbar hatte die Operation ihn sehr geschwächt. Was genau wollte Oliver ihm eigentlich gerade sagen?

»Sie hatte irgendwie immer Pech mit Männern. Der eine hat sich wie das letzte Arschloch benommen, der andere ließ sich mit den falschen Leuten ein und starb.«

»Klärst du mich bitte mal auf? Ich dachte immer, Philipp sei das Arschloch gewesen und du der Gute.«

Oliver wirkte ungewohnt verlegen. »Das habe ich auch gern so hingestellt, weil ich so eifersüchtig auf Philipp war. Er hat geschafft, was ich nicht hingekriegt habe und Dana glücklich gemacht.« Er senkte den Kopf und fuhr sich mit den Händen durch die Haare. »Dana war damals schwanger.«

»Wie – schwanger? Etwa von dir?« Drago starrte ihn fassungslos an. »Warum hast du das nie erzählt?«

»Sie hat das Kind verloren. Und ich … ich habe das nicht ertragen.«

In Dragos Kopf schwirrte alles durcheinander. Dana hatte ein Kind verloren? Und Oliver hatte sie im Stich gelassen? Er konnte es kaum glauben. Und er Idiot hatte Dana wie den letzten Dreck behandelt.

»Warum hast du nie was gesagt?« Er sah hinüber zu Oliver, der zusammengesunken auf seinem Stuhl saß, als durchleide er jene grässliche Zeit noch einmal. »Ich meine, wir sind doch Freunde.«

»Wir fanden, dass das niemanden etwas anging.«

»Großartig!« Drago ballte die Faust seines gesunden Arms. »Und weil du so ein toller Geheimniskrämer bist, hast du zugelassen, dass Dana von aller Welt verachtet wurde.«

»Verachtet?« Oliver hob erstaunt den Kopf.

»Natürlich. Weil es so aussah, als habe sie dich fallenlassen wie eine heiße Kartoffel und sei einfach zum nächsten Laurentiuserben gesprungen.«

Oliver richtete sich auf und seine braunen Augen musterten Drago eingehend. Ein feines Lächeln huschte über sein Gesicht. »Das hast du geglaubt?«

»Das haben alle geglaubt.«

»Oh nein, mein Freund. *Du* hast es geglaubt. Weil du eifersüchtig warst. Kann es sein, dass du damals schon scharf auf Dana warst?«

»Blödsinn!«, knurrte Drago. »Ich war nie scharf auf sie und bin es jetzt auch nicht.«

Aber etwas regte sich in ihm. Vielleicht lag es daran, dass er in diesem Bett lag, schwach und hilflos, mit einem zerschundenen Körper, an dem jeder Muskel und Knochen schmerzte. Oder daran, dass ihm immer mehr dämmerte, dass er um ein Haar ertrunken wäre. Jedenfalls nahm er sich tatsächlich die Zeit, in sich hineinzuhorchen. Und ja, so abwegig war Olivers Behauptung gar nicht. Dana war eine außergewöhnliche Frau. Und das hatte auch Drago schon vor Jahren gespürt. Aber sie schien sich nur für die milliardenschweren Laurentiusmänner zu interessieren. Er als kleiner Bodyguard hatte nie eine Chance bei ihr gehabt. Zumindest glaubte er das.

Andererseits war er gar nicht offen für die Liebe gewesen. Er hatte sich nach Britts Tod geschworen, sich nie wieder enger an eine Frau zu binden. Der Schmerz hatte ihn damals fast umgebracht. Wie sollte man auch weiterleben, wenn der liebste Mensch, den man auf der Welt hatte, einfach ermordet wurde? Nein, er wäre damals nicht bereit gewesen, Dana in sein Leben zu lassen, selbst wenn sie es gewollt hätte.

Und jetzt?

War er jetzt bereit dafür?

Die Frage beschäftigte ihn immer noch, als Oliver längst gegangen war.

22

Als es das nächste Mal an seiner Tür klopfte, hoffte Drago eine aberwitzige Sekunde lang, Dana könne hereinkommen. Aber das war natürlich totaler Quatsch. Wozu sollte sie ihr sicheres Versteck aufgeben? Es war Matt Parkers blonder Schopf, der sich um die Ecke schob. Breit grinsend trat Matt an das Krankenbett. Drago sah ihn misstrauisch an. Der Mann stand da, groß, gut aussehend, mit dieser lässigen Arroganz, die Drago so hasste. Er fühlte sich unzulänglicher denn je, wie er hier in diesem Bett saß, an Schläuche angeschlossen und hilflos wie ein kleines Kind. Dabei fühlte er sich kein bisschen krank. Er hatte wirklich keine Ahnung, warum man ihn hier immer noch festhielt.

»Hi«, sagte Matt und grinste noch mehr.

»Hi.« Drago wusste nicht recht, was er sagen sollte. Verlegen räusperte er sich. »Du bist echt in die Elbe gesprungen, um mich wieder rauszuziehen?« Er konnte es immer noch nicht glauben. »Warum hast du mir keinen Rettungsring zugeworfen?«

»Du warst nicht mehr in der Lage, ihn zu fangen.« Die Antwort klang so schlicht und bescheiden, dass es Drago schwerfiel, weiterhin sauer auf den Kerl zu sein.

»Dann hast du mir das Leben gerettet.« Er wünschte einen winzigen Moment, jemand anderes hätte das für ihn getan. Aber dieser andere war nicht mehr da. Es war wirklich höchste Zeit, nach vorne zu schauen. »Ich weiß nicht, wie ich dir danken soll.«

»Ach, na ja«, wehrte Matt verlegen ab, obwohl ein bisschen Stolz in seiner Stimme mitschwang. »Für irgendwas musste die Ausbildung bei den Navy SEALS ja mal gut sein. Ich habe dort monatelang ein so beinhartes Schwimmtraining absolviert, dass der Sprung in die Elbe noch eine meiner leichtesten Übungen war.«

»Es ist mir egal, wie leicht oder schwer das für dich war. Mir bedeutet es viel. Danke, Mann.« Drago streckte eine Hand aus und als Matt sie nahm und fest drückte, spürte er zum ersten Mal eine Verbindung zwischen ihnen. Vielleicht war es doch gar keine so schlechte Idee, weiter mit Matt Parker zusammenzuarbeiten.

Um seine Verlegenheit zu überspielen, lenkte er seine Konzentration rasch auf die wesentlichen Themen. »Wir müssen dringend herausfinden, wo das Geld gelandet ist. Sonst schwebt Dana in großer Gefahr.«

Matt nickte ernst. »Die Polizei fahndet bereits nach dem Mann, der dich angeschossen hat. Wir konnten sie natürlich nicht länger raushalten.«

Natürlich nicht. Drago hoffte nur, dass Igor Kusmin durch all den Wirbel nicht noch nervöser wurde, als er ohnehin schon war.

»Ich habe so eine Ahnung«, fuhr Matt fort. »Mir scheint, dieser Sergej Petrow spielt in dem Spiel eine andere Rolle, als wir bislang dachten.«

Drago war augenblicklich hellwach. »Hast du was rausgefunden?«

»Ich nicht, aber Axel Denker. In einem Club in Berlin wurde Sergej Petrow vor wenigen Tagen gesichtet. Er scheint dort regelmäßig zu verkehren. Und in einem Hinterzimmer des Clubs finden illegale Glücksspiele statt.«

Dragos Hoffnungen schwanden wieder. Das waren nicht die Neuigkeiten, die ihn interessierten. »Diese Glücksspielgeschichte ist mir im Moment scheißegal. Ich will wissen, wer die zehn Millionen hat.«

Matt ließ sich nicht beirren. »Das hängt alles zusammen, glaub mir. Philipp hat Igor Kusmin Geld geschuldet. Aber was, wenn er auch mit Sergej Petrow Geschäfte gemacht hat? Vielleicht waren seine Schulden bei dem Mann beträchtlich höher und der hat sich nun das Geld als Entschädigung geholt.«

»Er ist ein toter Mann, wenn Igor Kusmin das rauskriegt. So blöd ist der nicht.«

»Kommt drauf an, wer der Stärkere von den beiden ist. Heißt es nicht in all den Berichten, die wir gelesen haben, dass Sergej Petrow besonders brutal ist?«

Drago dachte an den eiskalten Blick, den der Russe ihm auf der Fähre zugeworfen hatte. War der Mann tatsächlich so abgebrüht und hatte sein eigenes Spiel gespielt – direkt vor Igor Kusmins Nase? Denkbar war es.

Sie mussten nach Berlin. Und zwar sofort. Drago beugte sich zur Seite und begutachtete die Kanüle in seinem Arm. »Wie wird man denn dieses Ding hier los?«

»Was hast du vor?« Matt beobachtete ihn misstrauisch.

»Ich will Axel Denkers Hinweis überprüfen.«

Läden in der Art des *Pekingclubs* waren nicht Dragos Ding. Die goldenen Drachen an den Wänden sahen genauso kitschig aus wie die Kristallspiegel und die roten Plüschsofas. Aufgedonnerte junge Frauen tummelten sich zu dieser nichtssagenden Musik von David Guetta auf der überfüllten Tanzfläche und ließen sich sehr bereitwillig von nicht minder aufgebrezelten Männern antanzen und anschließend zu einem Drink an die Bar schleppen. In der Luft hing der Geruch von teurem Parfum, von Sex und Alkohol. Drago musste die Leute nicht genauer ansehen, um zu wissen, dass viele von ihnen auf Drogen waren. Sie würden die ganze Nacht tanzen und vielleicht sogar den nächsten Tag auch noch durchmachen. Bis irgendwann der Absturz kam oder sie eine neue Ladung Koks oder Extasy brauchten.

Drago fühlte sich alles andere als fit. Die Wunde an seiner Seite tat bei jeder Bewegung weh, obwohl er sich mit Schmerzmitteln vollgepumpt hatte. Und sein Arm pochte unangenehm. Er war viel zu früh aus dem Krankenhaus getürmt, das war klar. Dazu kam die Schwellung unter seinem Auge, die mittlerweile grün schillerte und die faszinierten Blicke einiger Frauen auf sich zog.

Drago registrierte, dass Matt an seiner verwundeten linken Seite ging und ihn damit vor der Menge abschirmte. Noch vor wenigen Tagen hätte Drago ihn vermutlich angebrüllt, dass er gut auf sich selbst aufpassen konnte, doch jetzt war er dankbar für die stille Fürsorge. Sie kämpften sich zur Bar vor. Eine Blondine mit knallbunten Plastikfingernägeln und einem Gesicht, das so makellos und auch so tot wie das einer Barbiepuppe aussah, beugte sich vor. »Was wollt ihr trinken?«

»Lagavulin«, sagte Drago und spürte, wie Matt ihn erstaunt ansah. »Was ist?«

»Du hast Medikamente genommen. Wenn du jetzt Alkohol trinkst, bist du nachher so high wie diese ganzen Leutchen hier.«

Verdammte Scheiße, allmählich übertrieb es dieser Kerl doch etwas mit seinem Beschützertrieb. Andererseits ... Dana kam ihm in den Sinn. Zugedröhnt mit diesem fatalen Mix aus Alkohol und Tabletten und gewillt, von einem Dach zu springen.

»Ich korrigiere mich«, knurrte Drago in Blondchens Richtung. »Der Kollege kriegt den Whisky und ich eine Cola.«

Nachdem Blondchen ihnen ihre Getränke gereicht hatte, schob Drago ihr ein Foto zu. »Kennst du zufällig jemanden auf dem Bild?« Sie warf einen flüchtigen Blick auf das Gruppenbild mit Igor Kusmin in der Mitte und schüttelte den Kopf.

»Vielleicht schaust du noch mal genauer hin.« Matt lächelte sie freundlich an. »Es ist für meinen Freund und mich enorm wichtig.« Blondchen ließ ihren Blick von Drago zu Matt wandern und ihre Totenmaske erwachte ein wenig zum Leben. »Na ja, der da könnte schon mal hier gewesen sein.« Sie tippte mit einer ihrer Plastikkrallen auf Sergej Petrow. »Ich frage mal meine Kollegin, die kennt viele Stammgäste gut.«

Die Kollegin tauchte wenig später auf. Sie war eine dunkelhaarige und ewig lächelnde Ausgabe der blonden Barbie und schob sich mit einem Tablett voll leerer Gläser durch die Menge. Matt nahm ihr mit dem charmantesten Lächeln aller Zeiten das Tablett ab und balancierte es wie ein Profikellner auf einem Arm über ihre Köpfe hinweg auf eine freie Fläche hinter dem Tresen. Die Dunkelhaarige himmelte ihn bewundernd an und ließ ihren Blick dann auch zu Drago schweifen. Sie musterte ihn so ungeniert, als sei er ein Zuchtbulle bei einer Auktion. Er würde nie begreifen, was Frauen an Männern fanden, die total verprügelt aussahen.

»Euch hab ich hier ja noch nie gesehen, Jungs. Seid ihr zum ersten Mal da?«

»Ja.« Matt strahlte, als werde er dafür bezahlt. »Sag mal, Süße, deine Kollegin hat erzählt, du würdest viele Leute kennen, die hier regelmäßig herkommen. Stimmt das?«

»Ich kenne eine Menge Gäste, ja.« Sie zupfte an ihrem Dekolleté herum, rückte ihre falschen Brüste zurecht und ließ keinen Zweifel daran, *wie* gut sie einige Gäste kannte.

Drago reichte ihr das Foto. »Den da auch?« Er tippte auf Sergej Petrow.

»Ja«, kam es wie aus der Pistole geschossen. »Das ist so ein stinkreicher Russe, der immer ein sehr großzügiges Trinkgeld gibt.«

Augenblicklich spannte sich alles in Drago an und er scannte den ganzen Raum, als erwarte er, dass Sergej Petrow jeden Moment hinter einem der Samtvorhänge hervorspringen werde. Er reichte der dunklen Barbie das Foto, auf dem Anna Kusmina zu sehen war. Natürlich war das genau so ein Blindflug wie überhaupt diese ganze Aktion hier. Im Grunde stocherten sie hilflos im Nebel und kamen nicht einen Millimeter voran.

Doch da öffnete Barbie ihre aufgespritzten Lippen und sagte mit leichtem Lispeln in der Stimme: »Die kenne ich auch. Das ist die Freundin von diesem Russen.«

»Was haltet ihr davon, wenn wir Heidelbeeren sammeln gehen und später einen Kuchen damit backen?«

Die Jungen hüpften bei Livs Vorschlag begeistert in die Höhe und klatschten in die Hände. Also zogen sie sich alle lange Hosen und Shirts an, um nicht zu sehr von den Mücken zerstochen zu werden, bewaffneten sich mit Plastikdosen zum Sammeln der Beeren und machten sich auf den Weg Richtung Wald.

Als sie an Pettersson vorbeikamen, der einen Generator neben der Scheune reparierte, rief Liv ihm etwas zu. Er lachte laut und dröhnend.

»Worum ging es?«, fragte Dana neugierig, die nach wie vor nur ein paar Brocken Schwedisch verstand. Aber Liv sprach zum Glück gut Deutsch und Pettersson immerhin Englisch.

»Ich habe gefragt, ob er wieder mal meinen Basteldraht geklaut hat.« Liv wies lachend auf eine kleine Spule mit Kupferdraht in Petterssons Hand. »Ständig verschwinden meine Sachen und werden zweckentfremdet.« Sie rollte theatralisch mit den Augen. »Weißt du, was er gesagt hat? Er würde ja auch basteln.«

Schmunzelnd warf Dana einen Blick zurück zu Pettersson, der ihnen sehr vergnügt hinterher winkte. Das Leben auf Maditas Hus war auf wunderbare Weise unkompliziert und schön, und das genoss Dana trotz all ihrer inneren Anspannung täglich mehr.

Sie kamen mit den Kindern nur langsam voran, denn überall gab es etwas zu entdecken. Hier einen dicken Käfer, da eine kleine Blume, die sich im Unterholz ihren Weg zum Licht kämpfte. Und auf einmal nahm auch Dana all die kleinen Dinge wahr, denen sie bislang so wenig Beachtung geschenkt hatte. Zu Hause brauchte sie immer einen vollen Terminkalender, um ihre Tage zu füllen. Hier verging die Zeit von allein.

Liv zeigte ihnen die schönsten Plätze, an denen besonders viele Heidelbeersträucher wuchsen, und obwohl der Sommer schon bald vorbei war, hingen noch viele Früchte an den kleinen Zweigen. Dana hockte sich neben Max und zeigte ihm, wie er sie ernten konnte. Für den Moment vergaß sie sogar ihre Angst, so versunken war sie in ihre Arbeit. Nach einer Weile erklärte Liv, sie wolle hinüber zu ihrem Atelier gehen und Kaffee kochen. Dana blieb noch einen Moment mit den Jungen im Wald, bewegte sich aber langsam auch hin zu der Lichtung am See, auf der Livs kleines Künstlerhaus stand.

Auf einmal zerriss Motorenlärm die Stille. Dana schaute auf. Frederik rief etwas auf Schwedisch und zeigte zum See. Noch bevor Dana reagieren konnte, war er bereits ans Ufer gelaufen und zeigte mit den Fingern hinaus aufs Wasser. Dana sprang auf und folgte ihm rasch. Der See wurde schnell tief und Frederik konnte noch nicht schwimmen. Dana trat neben ihn und blinzelte in die Sonne. Ein Motorboot fuhr auf dem Wasser, und wie es schien, war es führerlos.

»Das ist ja seltsam.« Dana beschirmte ihre Augen mit den Händen, um besser sehen zu können. In der Tat, auf dem Boot befand sich niemand. Es war nicht schnell und fuhr immer im Kreis. Ob da jemand über Bord gegangen war? Dana suchte mit den Augen den See ab, aber sie konnte nichts erkennen, so sehr sie sich auch anstrengte. Schließlich drehte sie sich um und wollte Liv informieren, deren Haus sich nur wenige Meter entfernt befand.

Da schoss ein eisiger Schreck durch all ihre Glieder.
Max war verschwunden.

Eben hatte er noch hinter ihr am Waldrand gestanden, nur wenige Meter vom See entfernt. War er ihr nicht sogar gefolgt? Sie war sich fast sicher gewesen.

»Max?«, rief sie laut und lief mit Frederik an der Hand zurück zu ihrem Korb, der noch zwischen den Heidelbeersträuchern stand. Genau wie Max' kleine Schale, in der sich kaum Beeren befanden, weil er die meisten schon aufgegessen hatte. Von dem Jungen war nichts zu sehen. Vielleicht war er Liv unbemerkt ins Haus gefolgt.

»Max? Wo bist du?«, rief Dana immer wieder und zog hastig die angelehnte Tür zu Livs Atelier auf.

»Er ist nicht hier.« Liv kam ihr mit einer Kaffeekanne in der Hand entgegen. »Vielleicht ist er zurück zum Hof gegangen?«

»Nein, ganz bestimmt nicht«, erklärte Dana sehr bestimmt. »Max läuft nicht einfach weg. Das hat er noch nie gemacht.«

»Er ist ein kleiner Junge«, versuchte Liv sie zu beruhigen. »Die laufen manchmal weg. Oder sie verstecken sich an seltsamen Orten.«

Aber Dana glaubte nicht daran. Zu viel war in letzter Zeit geschehen, und dass bei der Geldübergabe vor zwei Tagen etwas schiefgegangen war, hatte ihre Angst nur verstärkt.

Sie suchten das ganze Gelände ab. Vergeblich.

Liv schaute nachdenklich zum See hinaus, auf dem das Boot immer noch kreiste. »Merkwürdig. Das sieht aus wie das Boot von Nils und Kerstin, die drüben auf der anderen Seite des Sees ihr Sommerhaus haben. Aber sie sind bereits vor zwei Wochen abgereist, weil Kerstin krank geworden ist.«

»Vielleicht hat es jemand gestohlen, um uns abzulenken.« Dana zog fröstelnd die Schultern hoch. »Ich rufe Drago an. Wir müssen die Polizei informieren.«

Sie kramte mit fliegenden Fingern in ihrer Umhängetasche nach dem Handy, und da sah sie, dass eine SMS von einem unbekannten Absender eingegangen war.

»Keine Polizei, sonst ist der Junge tot. Sie kriegen ihn unversehrt wieder, sobald ich mein Geld habe.«

23

Als sein Telefon klingelte, spannte sich alles in Drago an. Es wurde keine Nummer angezeigt, aber er wusste auch so, wer das war. Wie machte Igor Kusmin das eigentlich? Saß er ständig in einem anderen Internetcafé, um seine Spuren zu verwischen? Oder schloss er alle paar Tage einen neuen Telefonvertrag unter falschem Namen ab? Drago lehnte sich in seinem Schreibtischstuhl zurück und drückte auf die Hörertaste.

Kusmins Stimme klang messerscharf vor Zorn. »Herr Kaminski, ich liebe Scherze dieser Art nicht.«

»Herr Kusmin, da geht es mir ganz genauso. Wir haben uns an die Abmachung gehalten. Weiß der Teufel, wer sich den Koffer unter den Nagel gerissen hat. Vielleicht sollten Sie mal Ihre eigenen Leute etwas genauer ins Visier nehmen.«

Igor Kusmin ließ sich nicht irritieren. »Sie sollten schleunigst von Ihrem hohen Ross heruntersteigen, wenn Ihnen etwas am Leben dieses Jungen liegt. Sie haben achtundvierzig Stunden Zeit, um mein Geld aufzutreiben.«

Drago zwang sich, beherrscht zu bleiben. »Es handelt

sich nicht um Ihr Geld, sondern um das der Familie Laurentius. Wir wollen doch hübsch bei der Wahrheit bleiben, nicht wahr?« Er hoffte inständig, dass der Mafioso nicht gleich auflegte, sonst hatten sie ein gewaltiges Problem.

»Es gehört jetzt mir, weil Frau Laurentius sich zu einer Schadenersatzzahlung verpflichtet hat. Auch das ist die Wahrheit.«

Sehr gut, Igor Kusmin war in Plauderstimmung. Offenbar fühlte das Arschloch sich immer noch sehr sicher. »*Verpflichtet* ist nicht ganz das richtige Wort, finden Sie nicht auch? Viel entscheidender ist jedoch, dass Schadenersatz nur fällig wird, wenn auch ein Schaden entstand. Es hat sich aber herausgestellt, dass das gar nicht der Fall ist.«

Ein kurzes Zögern seines Gesprächspartners verriet Drago, dass er ihn ein wenig aus dem Tritt gebracht hatte.

»Philipp Laurentius hat meine Tochter vergewaltigt und geschwängert. Finden Sie nicht auch, dass das ein beachtlicher Schaden ist?«

»Können Sie das beweisen, Herr Kusmin? Bis heute haben wir keinen Verwandtschaftstest oder andere Beweise zu Gesicht bekommen.«

»Die sind auch nicht nötig. Frau Laurentius weiß genau, was ihr Mann für ein Schwerenöter war, sonst hätte sie sich nicht so schnell bereit erklärt, zu zahlen.«

»Tja, da war sie einfach etwas leichtgläubig, um nicht zu sagen naiv. Sie wissen ja, wie Frauen so sind.« Er hasste sich dafür, dass er Dana schlechtmachen musste, aber im Krieg waren alle Waffen erlaubt.

»Was wollen Sie mir eigentlich sagen, Herr Kaminski?

Sie sollten rasch zur Sache kommen, meine Geduld ist sehr begrenzt.«

Drago richtete sich auf, so gut es trotz seiner Verletzungen möglich war. Er hatte praktisch nichts in der Hand, bis auf die Behauptung dieser schwarzhaarigen Barbie im Berliner *Pekingclub*. Aber nachdem er von Max' Entführung erfahren hatte, war ihm klargeworden, dass er alle Register ziehen musste, damit sie das Kind nicht verloren. Und daran durfte er nicht mal denken, sonst schaffte er es vor lauter Verzweiflung nicht mehr, seinen Job zu machen. Er straffte seine Schultern und atmete tief ein. »Ich schlage vor, dass Sie sich mal gründlich mit Ihrem Kollegen Sergej Petrow unterhalten. Mir ist zu Ohren gekommen, dass er ein sehr inniges Verhältnis zu Ihrer Tochter Anna unterhält. So innig, dass dabei offenbar ein Kind entstanden ist. Und jetzt lassen Sie bitte umgehend den Jungen frei. Die Polizei ist Ihnen doch ohnehin auf den Fersen. Sie haben keine Chance.«

Er legte auf, noch bevor Igor Kusmin etwas sagen konnte, und krümmte sich zusammen, als habe ihm jemand einen Fausthieb in den Magen verpasst. Das hier überstieg eindeutig seine Kräfte. Nicht auszudenken, was passierte, wenn die Sache schiefging und Igor Kusmin Max aus lauter Bösartigkeit etwas antat. Er durfte sich keine weiteren Alleingänge mehr leisten, das war fahrlässig.

Mickey kam um die Ecke getrottet, sein treuer Gefährte, mit dem er schon wieder viel zu wenig Zeit verbrachte. Auf einmal fühlte Drago sich unendlich müde. Irgendwie war alles aus dem Ruder gelaufen. Dieser Auftrag, sein Miteinander mit Dana und überhaupt sein ganzes Leben. Mickey legte seinen großen Kopf in Dragos Schoß. Mit einer kraftlosen Bewegung streichelte er das dichte Fell des Hundes.

»Alter«, sagte er leise, »ich habs total verbockt, und zwar gründlich.«

Dana hatte noch nie in ihrem Leben so viel Angst ausgestanden. Selbst ihre Begegnung mit Igor Kusmin kam ihr im Vergleich zu ihrer Sorge um Max nur noch halb so schlimm vor. Die Vorstellung, dass diesem süßen, unschuldigen Kind etwas zugestoßen war, raubte ihr den Verstand. Auch Liv und Pettersson waren höchst beunruhigt. Pettersson hatte zusammen mit einem Freund das herrenlose Boot auf dem See eingefangen. Es gehörte tatsächlich ihren Nachbarn Nils und Kerstin, die in Göteborg lebten und von dem Spektakel nichts mitbekommen hatten. Immer wieder drängten Liv und Pettersson Dana, die Polizei zu rufen.

»Aber vielleicht macht er seine Drohung dann wahr.« Dana konnte kaum noch klar denken vor Panik. »Was machen wir denn jetzt?«

»Hör mal«, wandte Liv sich an Pettersson. »Ist dir am Haus von Nils und Kerstin nichts aufgefallen? Vielleicht ist da jemand eingebrochen. Irgendwie musste dieser Mensch ja schließlich an den Zündschlüssel für das Boot kommen.«

»Der hängt immer im Bootshaus an einem Haken neben der Tür«, erklärte Pettersson. »Das hat Nils mir mal gezeigt. Da kann im Prinzip jeder ran.«

»Aber vielleicht sollten wir uns das Haus trotzdem mal genauer ansehen«, beharrte Liv. »Hast du nicht einen Schlüssel dafür?«

Pettersson nickte. Also fuhr er mit Dana in seinem klapprigen Kombi hinüber auf die andere Seite des Sees. Liv blieb bei Frederik auf dem Hof.

Das kleine Ferienhaus lag am Ende eines holprigen Waldwegs. Ein paar hundert Meter davor stand in einem Seitenweg ein schwarzer Volvo SUV. Der Parkplatz vor dem Haus war leer. Dana stieg aus und sah sich mit einem mulmigen Gefühl im Bauch um. Es war keine gute Idee, dass sie allein hergekommen waren. Der alte, gutmütige Mann bot ihr keinerlei Schutz. Er schloss die einfache Holztür des Hauses auf. Die Luft war abgestanden und alles im Haus sah aufgeräumt und verlassen aus. Hier war tatsächlich schon länger niemand mehr gewesen. Dana atmete auf. Gleichzeitig war sie enttäuscht, weil diese erste Spur zu nichts geführt hatte. Nun hatte sie nur zwei Möglichkeiten – abwarten oder zur Polizei gehen.

Drago hatte zwar versprochen, sich etwas einfallen zu lassen, aber mehr Ideen würde er auch kaum haben. Max konnte theoretisch überall sein – hier ganz in der Nähe oder unterwegs in ein fernes Land. Allein der Gedanke daran brachte Dana fast um.

Als sie erneut an dem SUV vorbeifuhren, spähte sie nachdenklich den Pfad entlang, auf dem der Wagen stand. »Wo führt dieser Weg hin?«, fragte sie.

»Das ist ein Wanderweg, wie es viele hier gibt. Er führt zu einer verlassenen Jagdhütte und dann noch viele Kilometer weit durch den Wald. Wanderer übernachten manchmal in der Hütte.«

»Könnten wir dort auch noch nachsehen?«

Der alte Mann wirkte ernst und sorgenvoll. »Ich rufe

Lasse an«, sagte er schließlich. »Allein ist mir das zu riskant.«

Mit wachsender Ungeduld hörte sie Pettersson telefonieren. Dana wusste nicht, wo Lasse lebte, nahm aber an, dass er ewig brauchen würde, bis er hier war. Zu ihrem großen Erstaunen erklärte Pettersson jedoch, Livs Mann werde in einer halben Stunde da sein.

Diese halbe Stunde kam ihr allerdings wie eine Ewigkeit vor. Sie warteten im Wagen, schweigend und mit stetig wachsender Nervosität. Jedenfalls war Dana nervös. Der alte Mann neben ihr wirkte so ruhig wie immer. Falls er angespannt war, ließ er es sich nicht anmerken. Dann tauchte endlich ein uralter Pick-up auf und als Lasse ausstieg, begriff Dana, warum Pettersson ihn um Hilfe gebeten hatte. Er trug ein Jagdgewehr bei sich und wirkte sehr entschlossen.

Zu dritt schlängelten sie sich der Reihe nach an dem SUV vorbei und stapften den Pfad entlang, der immer dichter zugewachsen war, je weiter sie gingen. Dana schlugen Tannenzweige ins Gesicht und Brombeerranken blieben an ihrem Shirt hängen.

Es war ein ganz schönes Stück bis zu der Jagdhütte und Dana war von all der Anspannung bald erschöpft. Zweifel kamen ihr, ob das hier alles überhaupt Sinn machte. Es gab Dutzende dieser kleinen Hütten in der Gegend. Manche wurden als Sommerhaus genutzt, andere dienten Wanderern oder Jägern als Unterschlupf.

»Alles okay?« Lasse sah sie mitfühlend an. Wenn er nicht gerade derbe Trinklieder grölte, war er ein in sich gekehrter, nachdenklicher Mann.

Dana nickte und kämpfte gleichzeitig mit den Tränen.

»Es ist gleich da vorne.« Lasse sprach sehr leise. »Ich gehe vor und ihr haltet euch im Hintergrund, egal was passiert. Okay?«

Wieder nickte Dana. Da erspähte sie auch schon zwischen den Bäumen ein einfaches Blockhaus. Es stand zurückgesetzt vom Weg und war zwischen den Tannen kaum zu erkennen. Lasse ging voran und Dana bemerkte, dass er ein geübter Waldläufer war. Nahezu lautlos bewegte er sich auf den letzten Metern zur Hütte. Auf den ersten Blick schien sie verlassen. Doch nachdem Lasse durch ein Fenster gespäht hatte, streckte er einen Arm in ihre Richtung aus und hob den Daumen.

Oh, du liebe Zeit! Hieß das etwa, dass Max in der Hütte war? Oder nur, dass sich irgendwer darin befand? Danas Herz raste zum Zerspringen und ihre Hände wurden feucht vor Anspannung. Sie suchte nach ihrem Handy und hielt es griffbereit, um bei Gefahr die Notruftaste drücken zu können. Als ob irgendjemand sie hier draußen rechtzeitig finden würde.

Die Männer nickten einander zu, dann riss Lasse die Tür auf. Der stille, feinsinnige Mann wurde auf einmal zum Tier, das laut brüllend mit seinem Gewehr ins Innere der Hütte zielte. Mit seiner hochgewachsenen Gestalt und dem bärtigen, vor Erregung geröteten Gesicht wirkte er wie ein zotteliger Yeti, der in den Bergen in einer Höhle lebte und sich nun sein Abendessen organisierte.

Pettersson steckte die Hände tief in seine Jackentaschen und zog sich ein Stückchen zurück. Dana näherte sich in großem Bogen der Hütte, aus der nun ein immer lauteres Stimmengewirr drang. Es mussten zwei Männer sein. Das machte die Sache noch gefährlicher. Pettersson machte sich hinter ihr an einem Baum zu schaffen, aber Dana sah nicht genau hin. Angstvoll richtete sie alle Aufmerksamkeit auf die Hütte.

Und dann ertönte ein Schuss.

Dana hielt sich die Hände vor den Mund, um nicht laut loszuschreien. Gleich darauf stürmte ein Mann aus der Hütte.

Auf seinem Arm trug er Max.

Dana ließ ihre Hände sinken und vergaß alle Vorsicht. »Max!«, schrie sie und rannte los, ohne nachzudenken.

Max sah sie aus seinen großen, braunen Augen an. Dicke Tränen kullerten ihm über die Wangen, aber er war stumm vor Angst.

Der Mann sah Dana – und zielte mit einer Pistole auf sie. Sie blieb abrupt stehen, wie gelähmt vor Entsetzen. Der Mann rannte weiter. Aus der Hütte brüllte sein Kumpan etwas auf Russisch und gleich darauf brüllte Lasse auf Schwedisch zurück. Und dann ertönte auch noch Petterssons Stimme von irgendwo zwischen den Tannen, kräftig und klar.

Lasse trat aus der Hütte und schoss in die Luft. Daraufhin rannte der Mann mit Max auf dem Arm noch schneller – um in der nächsten Sekunde zu stolpern und der Länge nach auf den Waldboden zu stürzen und Max unter sich zu begraben.

Dana erwachte aus ihrer Starre und raste wieder los.

»Vorsicht!«, rief Pettersson. »Achte auf den Weg!«

Dana wollte ihn schon ignorieren, als sie etwas in der Sonne aufblitzen sah, die zwischen den Bäumen hindurchschien. Jäh stoppte sie. Über dem Boden war auf

Knöchelhöhe ein dünner Draht gespannt. Dana stieg behutsam darüber und eilte weiter.

Max saß schreiend auf der Erde, offenbar hatte er sich verletzt. Aber vielleicht war es auch nur der Schreck. Der Entführer wollte sich gerade wieder aufrichten, aber Dana war schneller. Sie griff nach der Pistole, die er bei seinem Sturz verloren hatte, und richtete sie auf den Mann.

»Keine Bewegung oder ich schieße!«

Der Mann stand trotzdem langsam auf und lachte höhnisch. Er war noch recht jung, hatte aber einen Ausdruck im Gesicht, als habe er sich bereits an einer Menge scheußlicher Dinge beteiligt. »Du kannst damit doch gar nicht umgehen«, sagte er auf Englisch.

Das stimmte leider. Sie wusste nicht mal, wie man die Waffe entsichert.

»Lass mich das machen.« Pettersson trat neben sie und nahm ihr mit ruhiger Hand die Pistole ab. Er zielte genau auf den Kopf des Russen. »Ich bin ein guter Jäger und ich zögere nicht, augenblicklich abzudrücken.« Er wirkte so entschlossen, dass sogar Dana Angst vor dem alten Mann bekam. Sie sprang vor und schloss Max in die Arme. Er hatte von seinem Sturz eine kleine Beule am Kopf, ansonsten schien es ihm gut zu gehen.

Nun trat auch Lasse zu ihnen. Er führte einen Mann am Arm, dessen Hände gefesselt waren.

»Ich rufe die Polizei«, sagte er und griff nach seinem Telefon.

»Was war mit dem Schuss?«, fragte Pettersson, ohne seinen Gefangenen aus den Augen zu lassen.

»Nichts passiert. Dieser Idiot hat ziellos in der Gegend

rumgeballert.« Lasse wies mit dem Kopf auf den Mann, den Pettersson bewachte. So gefährlich, wie er aussah, war der junge Russe vielleicht doch nicht.

Lasse zog einen Kabelbinder aus der Tasche und überwältigte und fesselte den Mann so schnell, dass dieser sich kaum zu wehren vermochte.

Pettersson überreichte Lasse die Pistole. »Ich muss noch ein bisschen aufräumen.« Er ging zu einem Baum und löste eine Drahtschlinge vom Stamm. Der dünne Kupferdraht, den er auf eine Spule aufrollte, erinnerte Dana verdächtig an Livs *Basteldraht*. Als Pettersson ihren staunenden Blick bemerkte, lachte er verschmitzt. »Lasse und ich sind erfahrene Jäger. Wir kennen uns aus mit Fallenstellen. Aber Liv wird wieder mit mir schimpfen, weil ich ihre Sachen zweckentfremdet habe.«

24

Zwei Stunden nach seinem Telefonat mit Igor Kusmin saßen Drago und Mickey im Flieger nach Växjö. Ein Vorteil dieser ganzen Privatjets der Familie Laurentius war, dass der Hund problemlos mit in der Kabine reisen durfte. Normalerweise nahm er Mickey trotzdem nie mit, wenn er beruflich unterwegs war.

Aber dies war eine private Reise. Er hatte das Gefühl, dass er bei Dana sein sollte. Sie ging nicht ans Telefon, vermutlich suchte sie verzweifelt nach Max und hörte es nicht klingeln. Er konnte für sie im Moment nichts anderes tun, als bei ihr zu sein und ihre Angst mit ihr zu teilen. Und den Schäferhund brauchte er als seelischen Beistand – für Dana, aber auch für sich selbst.

In Växjö mietete er einen Wagen mit Chauffeur, weil ihn das Fahren mit seinen Verletzungen zu sehr anstrengte. Und es war nicht mehr nötig, Danas Versteck geheim zu halten. Es war ja ohnehin aufgeflogen. Er hatte Dana immer noch nicht erreicht. Mittlerweile war der Akku seines Smartphones leer und Drago konnte weder das Ladegerät noch die Powerbank finden. Was war nur los mit ihm? Solche Pannen unterliefen ihm doch sonst nie.

Ihm war ganz flau vor Angst, als er aus dem Wagen stieg, und er musste sich an einem Torpfeiler abstützen. Es kam alles gleichzeitig hoch. Die Erinnerung an Britt und diese entsetzliche Verzweiflung, die ihn nach ihrem Tod befallen hatte – und die sich nach Silvers Tod auf schaurige Weise wiederholte. Und nun die Sorge um Dana und Max und sein katastrophales Versagen.

Vielleicht wollte Dana ihn überhaupt nicht sehen. Vielleicht hasste sie ihn dafür, dass er so viel falsch gemacht hatte. Wenn Max etwas zustieß, würde er sich das nie verzeihen. Sie hatten viel zu sehr mit dem Feuer gespielt in ihren Alleingängen. Er war Personenschützer, kein Polizist. Aber irgendwie hatte er diese ganze Geschichte zunehmend zu seiner persönlichen Angelegenheit gemacht. Dafür würde er nun büßen müssen.

Er legte Mickey eine Leine an, nahm seine Tasche und sah dem Wagen hinterher, der ihn hergebracht hatte. Verdammt noch mal, wieso hatte er plötzlich so einen Schiss davor, ins Haus zu gehen? Da schoss der einäugige Jack Russell Terrier um die Ecke und stimmte ein ohrenbetäubendes Kläffen an. Mickey ließ sich durch so was zum Glück nicht aus der Ruhe bringen. Gelassen blickte er von Drago zu dem Terrier und wieder zurück, als wolle er sagen: »Zu was für Leuten hast du mich denn hier geschleppt? Haben die kein Benehmen?«

Und dann ging auch schon die Haustür auf und Liv strahlte ihn mit so viel Wärme an, dass er sich am liebsten wie ein Kind in ihre Arme geworfen hätte.

»Drago! Was für eine Überraschung!« Sie schien augenblicklich alles zu erfassen – seinen bandagierten Arm, seine Verzweiflung und natürlich den Hund, der nicht von seiner Seite wich. Liv stürmte heran, herzte erst Drago, dann Mickey, rief nebenbei ihren eigenen Hund zur Ordnung und schob Drago schließlich ins Haus, wo ihn und Mickey der zweite Hund empfing, dieses undefinierbare Wollknäuel, das es wie üblich etwas ruhiger angehen ließ als sein Kumpel.

»Dana ist in der Küche«, raunte Liv, als wisse sie genau, dass er nur von einem einzigen Gedanken beherrscht wurde. Er löste Mickeys Leine, ließ seine Tasche irgendwo im Flur fallen und betrat beinah widerwillig Livs heimelige Küche mit den bunten Vorhängen und der gemütlichen Sitzecke. Am Tisch saßen Pettersson, Lasse und ein schmächtiger Junge, der Drago anstarrte, als sei dieser der Teufel persönlich. Wo hatte Liv denn schon wieder dieses zerrupfte Hühnchen aufgegabelt?

Und dann sah er Dana. Sie stand am Herd und rührte in einem großen Topf. Er erkannte sie kaum wieder. Sie war ungeschminkt, hatte ihre Haare zu einem schlichten Pferdeschwanz zusammengebunden und trug eine ausgebeulte Cordhose, die ihr viel zu groß war, einen grob gestrickten Wollpullover, ebenfalls in Übergröße, und bunt gestreifte Socken. Sie sah urkomisch und unfassbar hässlich in den Klamotten aus.

Und gleichzeitig war sie wunderschön.

Er stand da wie ein Idiot und wusste nicht, was er sagen sollte. »Hallo«, krächzte er.

Genau wie der Junge starrte Dana ihn an, als sei er der Leibhaftige. Hilflos fuhr er sich mit der Hand durch die Haare. Sie würde ihn dafür töten, dass er es nicht geschafft hatte, ihr Kind zu schützen, da war er sich absolut sicher. Er war schon drauf und dran, auf die Knie zu sinken und demütig ihren Urteilsspruch entgegenzunehmen, da regte sie sich.

»Drago!« Ihre wunderschöne Stimme hallte wie Musik durch den Raum. »Oh, du lieber Gott, Drago!«

Und ehe er wusste, wie ihm geschah, flog sie ihm entgegen und warf sich weinend in seine Arme.

Drago war völlig fertig, das begriff Dana sofort, als sie ihn in der Küchentür erblickte, blass und unrasiert, mit einem bandagierten Arm und einer violetten Schwellung unter einem Auge. Er sah aus, als sei er verprügelt worden.

Neben ihm trottete ein riesiger Schäferhund in die Küche, der mit seinem langen, dichten Fell aussah wie ein Teddy. Eins seiner Ohren stand aufrecht, das andere war halb abgeknickt. Es ließ den Hund frech und unverwechselbar wirken und zeugte davon, dass seinem Herrn innere Werte offenbar wichtiger waren als ein perfektes Äußeres.

Nachdem Dana sich in Dragos Arme geworfen hatte, beugte sie sich zu dem Hund und strich ihm über den großen Kopf. Er sah sie aus freundlichen Augen an und stupste seine feuchte Schnauze in ihre Hand. »Du bist ja gar keine Bulldogge«, rief sie übermütig.

»Natürlich nicht. Warum sollte er?« Drago sah sie erstaunt an.

»Ach, das spielt keine Rolle.« Dana umarmte ihn erneut. Als sie sich gegen seine breite Brust lehnte, fiel alles von ihr ab, die Angst um Max, die Angst um Drago, überhaupt alle Angst, die sie in den vergangenen Monaten verspürt hatte.

Drago schlang seinen unversehrten Arm um sie und hielt sie ganz fest. »Es tut mir leid«, murmelte er. »Es tut mir so leid, dass ich alles verkehrt gemacht habe. Ich habe inzwischen die Polizei eingeschaltet. Das hätte ich schon viel eher tun müssen. Jetzt können wir nur abwarten und hoffen.«

Was redete er denn da? Konnte es sein, dass er noch gar nicht Bescheid wusste? Sie hatte ihn in den letzten Stunden immer wieder angerufen, aber er war nicht rangegangen. Schließlich hatte sie angenommen, dass Oliver ihn informieren würde.

Dana hob den Kopf und sah die Qualen in Dragos Augen. »Du musst keine Angst mehr haben«, flüsterte sie und umfasste zärtlich Dragos erschöpft aussehendes Gesicht. »Es ist alles gut.«

Er sah schlagartig hellwach aus und richtete sich kerzengerade auf. »Was sagst du da? Was ist passiert?«

Dana holte tief Luft, aber auf einmal brachte sie keinen Ton mehr hervor. Stattdessen rannen Tränen über ihr Gesicht. Sie war vollkommen durcheinander. Erst die ganze Angst und nun dieses geballte Glück. Das war einfach zu viel.

»Max liegt oben in seinem Bett und schläft. Es geht ihm gut«, sprang Liv für sie ein. »Wir haben dich angerufen, aber dein Telefon hat wohl nicht funktioniert.«

»Der Akku ist leer.« Drago warf einen forschenden Blick in die Runde. »Also, Leute, was ist hier los?«

Und dann setzten sie sich alle an den Tisch, aßen Kartoffeleintopf und erzählten Drago von Max' Rettung.

»Du hast mit einer Pistole auf diesen Kerl gezielt?« Drago starrte Dana fassungslos an.

»Der Mann hatte mein Kind«, entgegnete sie schlicht. Aber mittlerweile kam ihr die ganze Aktion schon beinah unwirklich vor. Solche Geschichten passierten doch nur im Fernsehen. Man erlebte sie nicht in echt.

»Sie ist eine sehr tapfere Frau«, erklärte Pettersson.

»Und du bist ein wirklich pfiffiger Mann.« Dana dachte an den Kupferdraht. Wie vorausschauend und weise der alte Pettersson doch war! »Und Lasse ist überhaupt der Beste. Er schlägt jeden Gangster in die Flucht. Wir sollten ihn engagieren.«

Sie spürte Dragos Blicke auf sich ruhen, ungläubig und voller Sorge, als seien sie alle längst noch nicht in Sicherheit. Und solange Igor Kusmin weiterhin sein Unwesen treiben konnte, war das wohl auch so.

Nach dem Essen brachte Dana Frederik zu Bett. Er kroch zu Max unter die Decke, der tief und fest schlief. Er hatte auf all den Schrecken hauptsächlich mit großer Erschöpfung reagiert und war beinah augenblicklich eingeschlafen, kaum dass er sicher wieder auf Maditas Hus angekommen war. Nun legte Frederik die Arme um ihn, als wolle er auf seinen neuen Freund aufpassen.

Dana ging das Herz auf, als sie die beiden Jungen im Bett liegen sah. Sie beugte sich vor und gab nicht nur dem schlafenden Max, sondern auch Frederik einen zärtlichen Kuss. Als sie sich wieder aufrichtete, sah sie Drago in der Tür stehen. In seinem erschöpften Gesicht lag ein Ausdruck ungläubigen Staunens.

»Was ist?« Verlegen strich sie sich eine Strähne aus dem Gesicht und trat zu ihm.

»Du hast dich verändert.« Seine Stimme war leise und rau.

»Ich weiß nicht.« Sie legte eine Hand in den Nacken und schaute zurück zu den Jungen im Bett. »Vielleicht habe ich einfach nur endlich zu mir selbst gefunden.«

»Wie auch immer, es ist schön, dich so zu sehen.« Er strich ihr zart mit dem Handrücken über die Wange. Sie schloss die Augen und gab sich seiner Berührung hin.

»Was ist denn das?«, fragte Drago plötzlich mit einem eigenartigen Klang in der Stimme. Dana öffnete die Augen und folgte seinem Blick. An der Wand lehnte das großformatige Gemälde, das die junge, lebensfrohe Britt zeigte.

Dana lächelte verlegen. Sie hoffte sehr, dass Drago jetzt nicht wütend wurde. »Ich möchte, dass es einen schönen Platz erhält«, erklärte sie.

»Es ist mein Bild. Was damit geschieht, entscheide ich.«

»Natürlich. Aber mir scheint, die schlechteste Lösung ist, es zu verstecken.«

Drago sah sie lange an. Trauer lag in seinem Blick. Aber auch etwas Weiches, Zärtliches. »Vielleicht hast du recht«, sagte er leise.

Dana fasste nach seiner Hand.

Seine Finger schlossen sich warm und fest um ihre. »Ich nehme an, Liv hat dir von Britt erzählt.«

»Ja.« Sie verstärkte ihren Händedruck.

»Und Oliver hat mir von eurem Baby erzählt.« Auch er drückte fester zu.

Dana seufzte leise. Nun gab es nichts mehr, was sie voreinander verstecken konnten. Aber es war gut. Sehr gut sogar. Dragos leuchtend blaue Augen ruhten auf ihr und als sie lächelnd den Kopf hob, küsste er sanft ihren Mund. Sie trat in den Flur und zog die Tür hinter sich zu.

»Du hast nicht zufällig ein passendes Ladegerät für mich?« Drago zog sein Handy aus der Hosentasche.

»Habe ich.« Dana ging noch einmal zurück in ihr Schlafzimmer und kramte das Kabel hervor. Sie verkniff sich eine Bemerkung darüber, dass Drago ungewohnt unorganisiert wirkte.

Er küsste sie. »Gibt es hier irgendwo ein Plätzchen, wo wir ein bisschen Ruhe haben?« Sein Mund war dicht an ihrem Ohr.

»Ich schätze, oben unterm Dach sind wir ungestört.«

Sie erklommen die schmale Stiege zum obersten Stockwerk und betraten die Kammer, in der sie bereits die erste Nacht auf Maditas Hus verbracht hatten. Seitdem waren nur wenige Tage vergangen, aber Dana kam es wie eine Ewigkeit vor. Drago schloss sein Handy ans Stromnetz an, setzte sich auf die Bettkante und ließ sich stöhnend rücklings fallen. Wieder hatte Dana das Gefühl, dass ihn Schmerzen plagten.

»Es geht dir nicht gut«, sagte sie ruhig.

Er schloss die Augen. »War alles ein bisschen viel. Vielleicht hätte ich doch noch ein, zwei Tage länger in der Klinik bleiben sollen.«

Er hatte nur kurz von der gescheiterten Geldübergabe und der Schießerei erzählt, Dana spürte, dass es ihm schwerfiel, darüber zu reden. Sein Sturz in die Elbe hatte ihm offenbar mehr zugesetzt, als er zugeben wollte.

Dana kniete sich vor ihn und öffnete seine Schuhe.

»Was tust du denn da?« Verwunderung lag in seiner Stimme, aber auch ein dunkler Ton, der ihr sagte, dass er mochte, wie sie sich um ihn kümmerte.

Sie sagte kein Wort, sondern zog ihm einfach Schuhe

und Socken aus. Dann öffnete sie seine Jeans und half ihm aus der Hose und anschließend aus dem Shirt. Behutsam fuhr sie mit einem Finger erst über seinen geschienten Arm, dann über den Verband an seiner linken Seite.

Auf einmal waren ihr Herz und ihre Seele erfüllt von einer unbändigen Sehnsucht nach diesem Mann, dessen blaue Augen so voller Wärme leuchteten, dass alles in ihr schmolz. Sie schlüpfte rasch aus ihrer eigenen Kleidung und legte sich neben Drago. Er zog sie in seine Arme und lange lagen sie einfach nur beieinander und spürten die Nähe des anderen. Dana schloss die Augen. Eine tiefe Ruhe erfasste sie.

Drago sprach als Erster. »Es tut mir leid, dass ich das alles so gründlich vermasselt habe.«

»Vermasselt?«

»Ja. Wenn wir gleich zur Polizei gegangen wären, dann wäre Max nicht entführt worden.«

Dana sah ihn erstaunt an. Mit solchen Fragen quälte er sich herum? »Aber das kannst du doch gar nicht wissen. Vielleicht wäre auch alles viel schlimmer gekommen und diese Gangster hätten ihn sofort umgebracht.« Bei der Vorstellung brach ihre Stimme.

Drago zog sie fester an sich. »Es ging schief und ich allein trage dafür die Verantwortung, denn ich habe all diese Entscheidungen getroffen.«

»Blödsinn! Du hast sie gemeinsam mit Oliver und diesem Matt Parker gefällt, so viel weiß ich inzwischen auch schon. Und ich hatte ja auch noch ein Wörtchen mitzureden.«

Sie umfasste seinen Kopf und küsste ihn leidenschaftlich. Er zog sie näher zu sich heran und legte eine Hand auf ihren nackten Po. In diesem Moment brummte sein Telefon auf dem Nachttisch. Dana, die leichter rankam, reichte es ihm.

»Es ist Oliver«, sagte sie mit einem Blick auf das Display.

Drago stöhnte laut auf. »Hätte ich es bloß ausgelassen. Weißt du, dass dein Ex eine echt perverse Neigung hat? Er liebt es, andere Leute bei schönen Beschäftigungen zu stören.« Er ging ran. »Was ist los? Ich habe hier äußerst wichtige Dinge zu erledigen und absolut keine Zeit. Also fass dich gefälligst kurz.«

Dana unterdrückte ein Kichern. Doch dann beobachtete sie gebannt, wie Dragos Gesichtsausdruck sich von Ärger in Erstaunen bis hin zu großer Erleichterung wandelte. Als er auflegte, wirkte er vollkommen gelöst.

»Igor Kusmin ist tot. Sergej Petrow hat ihm die Kehle durchgeschnitten.«

»Was?« Dana riss die Augen auf. »Wieso bringen die sich jetzt schon gegenseitig um?«

»Das ist eine längere Geschichte. Und ich gebe es nur ungern zu, aber Matt Parker, dieser Bauer, hatte tatsächlich recht. Sergej Petrow war der Stärkere von beiden.«

»Ich verstehe kein Wort.«

»Ich erkläre es dir gern, Süße. Aber kann das bis morgen warten? Ich würde mir jetzt am liebsten erst gründlich von dir den Schwanz lutschen lassen und anschließend ungefähr drei Tage am Stück schlafen. Wäre das okay?«

25

Sie lachte über seine derb formulierte Bitte. Das war das Schönste – dass sie genauso verrückt nach Sex war wie er. Wie zauberhaft sie aussah in ihrem Verlangen und ihrem Glück. Und wie erleichtert er war, weil nun wirklich alle Gefahren beseitigt waren.

Igor Kusmin war tot und Sergej Petrow bereits festgenommen worden. Ausgerechnet Anna Kusmina hatte ihn an die Polizei ausgeliefert, schockiert darüber, dass er ihren Vater ermordet hatte.

Drago konnte kaum glauben, dass er mit seiner wilden Beschuldigung tatsächlich ins Schwarze getroffen hatte. Er hatte nicht gewusst, dass Sergej Petrow der Vater von Annas Kind war. Ja, genau genommen hatte er noch nicht mal gewusst, ob es überhaupt stimmte, dass sie ein Kind hatte. Aber angeregt durch Matts Überlegungen hatte er bei seinem letzten Telefonat mit Igor Kusmin einfach alles auf eine Karte gesetzt. Und damit offenbar ein Erdbeben ausgelöst. Was für eine unglaubliche Geschichte!

Er seufzte zufrieden und schloss die Augen. Endlich konnte er loslassen und sich vollends auf Dana konzentrieren. Sie hatte ihm inzwischen auch die Boxershorts ausgezogen und bedeckte seinen ganzen Körper mit kleinen, zarten Küssen. Langsam näherte sie sich dabei seiner Mitte. Er musste sich beherrschen, das Ganze nicht einfach abzukürzen und über sie herzufallen, so scharf war er auf sie.

Andererseits war dieses langsame Verwöhntwerden auch großartig. Und als er den ersten Kuss auf seinem Schwanz spürte, schwebte er regelrecht vor Glück. Dana küsste und leckte ihn und schließlich schlossen sich ihre Lippen sanft um seinen Schaft und saugten an ihm. Sie verwöhnte ihn so gekonnt, dass es zum Wahnsinnigwerden war. Er war knüppelhart und begehrte diese Frau mit jeder Faser seines Körpers. Als sie den Kopf hob und ihn ansah, spiegelte sich in ihren Augen sein Verlangen. Sie richtete sich auf und hockte sich über ihn. Langsam ließ sie sich auf seinen Schwanz gleiten.

Wie eng und heiß sie war! Und wie schön sie aussah, während sie ihn langsam ritt. Er liebte diesen zierlichen Körper mit den kleinen Brüsten und dem flachen Bauch, dem man nicht ansah, dass Dana bereits ein Kind geboren hatte. Das hier war das Paradies und Drago wollte es nie mehr verlassen. Sie bewegte sich langsam und genießerisch auf ihm – bis sie beide von Leidenschaft überwältigt wurden und Drago sie eng an sich zog, während er immer schneller und härter in sie stieß. Ihre Pussy zog sich fest um ihn und molk ihn regelrecht.

Sie kamen beide gleichzeitig und anschließend lagen sie schwer atmend beieinander, verbunden in inniger Zärtlichkeit. Keiner verlor ein Wort darüber, dass sie schon wieder kein Kondom benutzt hatten. Wenn das so weiterging, würde es nicht mehr lange dauern und das Ganze hätte gewaltige Folgen. Aber zu seinem großen Erstaunen kümmerte Drago das nicht weiter.

Dana lag auf ihm, klein und zart wie ein Kätzchen, das sich den schönsten Ort zum Entspannen gesucht hatte. Sein schlaffer Penis ruhte noch in ihr. Drago bedeckte ihr Haar mit kleinen Küssen. Er war so überwältigt von seinen Gefühlen, dass er eine Weile brauchte, bis er sie in Worte zu fassen vermochte.

»Ich liebe dich.«

Sie hob den Kopf und sah ihn an. »Ich liebe dich auch.« Tränen glitzerten in ihren Augen.

»Ist alles in Ordnung?«, fragte er sanft.

»Ja.« Sie lächelte, während ihr Tränen über die Wangen liefen. »Das ist nur so schön. Ich hatte nicht damit gerechnet. Vor ein paar Monaten noch war ich so verzweifelt, dass ich am liebsten gestorben wäre. Und nun … und das alles auch noch ausgerechnet mit dir.«

»*Ausgerechnet?* Was soll das denn heißen?«

»Das weißt du doch selbst. Wir sind wie Feuer und Wasser. Die verwöhnte Prinzessin und die Kampfmaschine.« Sie musste kichern, trotz ihrer Tränen. Und sie sah dabei so wunderschön aus, dass es kaum auszuhalten war. Drago sah sie lange an und ließ sich gefangen nehmen von ihren außergewöhnlichen jadegrünen Augen. Er wollte in ihnen versinken und sich auf ewig darin verirren.

»Denkst du, es könnte funktionieren?«

»Ich wünsche es mir jedenfalls.«

»Das tue ich auch.«

Sie löste sich von ihm, rollte von seinem Bauch und

schmiegte sich in seine Armbeuge. »Erzählst du mir von Britt?«

Er nahm ihre Hand und ihre Finger verflochten sich ineinander. Drago gab sich einen Ruck. Er war bereit dafür.

»Sie war die erste große Liebe meines Lebens«, erzählte er. »Eine wunderbare Frau, voller Lebensfreude und Kraft. Ich beschloss, den Dienst bei der Bundeswehr zu quittieren, damit wir zusammenleben konnten. Wir waren beide noch so jung, aber ich wollte sie unbedingt heiraten und eine Familie gründen. Vielleicht, weil ich selber keine hatte«, fügte er nachdenklich hinzu.

»Was ist mit deiner eigenen Familie?« Ihre Stimme war leise und sanft und ermutigte ihn, sich ihr zu öffnen.

»Die gibt es praktisch nicht mehr. Mein Vater hat uns verlassen, als ich zwei war. Danach war meine Mutter ein paar Jahre mit einem Säufer zusammen, der meinen Bruder und mich regelmäßig verprügelt hat. Zum Glück war er auch irgendwann wieder fort. Aber die Spuren, die er hinterließ, zerrissen unsere Familie. Ich war sechzehn, als ich von zu Hause auszog. Seitdem habe ich so gut wie keinen Kontakt mehr zu meiner Mutter und meinem Bruder.« Er holte tief Luft. Jetzt kam der schwierigste Teil. »In einem Sommer verbrachte ich meinen Urlaub hier auf Maditas Hus. Es war die schönste Zeit, die Britt und ich miteinander hatten. Danach fuhr ich zurück nach Deutschland, mein Einsatz in Afghanistan war beendet. Britt wollte noch einmal hin und zusammen mit einem Fotografen eine große Story für ein Magazin schreiben.« Für einen Moment war er wieder da, der alte Schmerz. Aber mit Dana an seiner Seite konnte er ihn aushalten. »Sie kam nicht mehr zurück. Nach ihrem Tod hat es mich total zerlegt. Ich habe den Dienst bei der Bundeswehr quittiert und bin zu Liv gezogen. Monatelang habe ich mich hier verkrochen. Ich war so verzweifelt, dass ich keine Worte dafür habe. Keine Ahnung, woher Liv die Kraft nahm, nicht nur sich selbst, sondern auch mich zu trösten. Sie ist unfassbar stark.«

»Das ist sie.« Dana presste sich fester an ihn. »Und es ist wundervoll, dass sie für dich da ist und du hier ein Zuhause gefunden hast.«

Er nickte. »Stimmt, Maditas Hus ist tatsächlich eine Heimat für mich geworden.«

»Für mich auch.« Dana lächelte versonnen. »Ich bin sehr froh, dass du mir diesen besonderen Ort gezeigt hast.«

Dafür liebte er sie noch ein bisschen mehr. Sie war eine unglaubliche Frau. Warum hatte er nur so lange gebraucht, um das zu bemerken? In ungläubigem Staunen erkannte er, dass ausgerechnet Dana Laurentius, die verwöhnte Prinzessin, ihn von seinem Schmerz geheilt und ihm gezeigt hatte, dass man durchaus zweimal im Leben das ganz große Glück finden konnte.

»Was ist mit deiner Familie? Und wie war das nun eigentlich mit Oliver und Philipp?«

Dana hatte gewusst, dass Drago diese Fragen stellen würde. Und auch sie war bereit, ihm Rede und Antwort zu stehen. Viel zu lange hatte sie sich abgeschottet, nicht nur vor Drago, sondern vor der ganzen Welt. Es war an der Zeit, das zu ändern. Also erzählte sie von ihrem toten Vater und ihrer lieblosen Mutter. Sie erzählte von der

Zeit im Internat und den Nonnen und von ihrer immerwährenden Einsamkeit. Und schließlich erzählte sie von Oliver und Philipp.

»Ich war neunzehn, als ich Oliver auf einem Ball kennenlernte. Ein blutjunges, vollkommen unerfahrenes Mädchen, das von seiner Mutter in die High Society eingeführt wurde. Wenn es nach mir gegangen wäre, hätte ich gern darauf verzichtet. Aber ich tat immer, was andere Leute von mir verlangten, das hatte man mir so beigebracht.« Sie dachte daran, wie naiv sie gewesen war, als sie sich auf den smarten jungen Mann einließ, der sich im Nachhinein als milliardenschwerer Konzernerbe entpuppte. Wie hörig sie ihm bald wurde, nicht zuletzt durch die erotischen Spiele, die er mit ihr spielte. Oliver führte sie in eine Welt der dunklen Begierden ein, die ihr bis dahin vollkommen fremd gewesen war. Ihr hatten diese Spiele erstaunlich viel Spaß gemacht. Vielleicht, weil sie eine Art Rebellion gegen das freudlose Leben bei den Nonnen waren.

Aber zwischen ihr und Oliver hatte es nie diese tiefe, innere Verbindung gegeben, die sie später zu Philipp verspürt hatte. Als sie schwanger wurde, brach alles auseinander.

»Wir spürten, dass wir nicht bereit für eine Familie waren. Jedenfalls für keine, die aus uns beiden bestand. Als ich dann eine Fehlgeburt hatte, benahm Oliver sich richtig widerlich. Er überhäufte mich mit Vorwürfen, dass ich mich nicht genug geschont hätte. Heute glaube ich, er meinte das gar nicht so. Er war nur unglaublich enttäuscht und durcheinander. Na ja, als wir so richtig am Tiefpunkt waren, ging ich in einer unseligen Silvesternacht mit Philipp ins Bett. Wir waren beide betrunken, aber das entschuldigt nichts. Es war eine unschöne Aktion, zumal Oliver alles mitbekam. Wir feierten alle gemeinsam in einem Club in New York und irgendwann verschwand ich einfach mit Philipp und ließ Oliver sitzen.« Sie warf Drago einen schnellen Blick zu. »Ja, du hattest ganz recht. Oberflächlich betrachtet bin ich auf höchst schäbige Weise von einem Laurentiusbruder zum nächsten gerannt. Allerdings lag meine Beziehung zu Oliver da bereits in Scherben. Und zwischen mir und Philipp knisterte es schon lange. Wir fanden nur nie den Mut, uns einander zu offenbaren.« Dana dachte daran, wie sehr sie sich von Olivers Bruder angezogen gefühlt hatte, seit sie ihm das erste Mal begegnet war. Er war ruhiger und sanfter als Oliver, aber auch labiler. Philipp hatte nie die Stärke und die Führungsqualitäten seines Bruders besessen. Und er hatte nicht das Stehvermögen, dem ewigen Druck standzuhalten, dem er ausgesetzt war.

»Wusstest du, dass er ein Spieler war?« Drago hielt sie ganz fest, als wolle er sie beschützen.

»Nein.« Dana schluckte hart. »Aber es überrascht mich nicht. Er hat viel vor mir verborgen, wohl aus Furcht, mich zu verletzen oder zu enttäuschen.« Trauer befiel sie, als sie an ihren letzten Abend mit Philipp dachte. Er hatte so verzweifelt und bedrückt gewirkt. Aber dennoch hatte er es nicht geschafft, sich ihr mitzuteilen.

»Er muss Igor Kusmin irgendwo in einem Casino kennengelernt haben«, sagte Drago. »Jedenfalls schuldete er ihm nach seinem Tod noch eine beträchtliche Summe Geld.«

»Du liebe Zeit!« Schlagartig begriff Dana, wie die Dinge zusammenhingen. »Darum ist der Kerl auf mich gekommen. Ach je, hätte Philipp doch nur mal was gesagt.«

»Reden ist wichtig«, sagte Drago rau.

»Ja, ich weiß.« Danas Stimme war nur ein Wispern. »Ich kann das auch nicht.«

Drago fuhr mit seiner Hand zärtlich über ihren Arm. »Du machst das doch schon sehr gut, Süße. Wir werden es beide miteinander üben, ja?«

»Ja.«

Und dann umfasste Drago ihr Gesicht und sie versanken in einem innigen Kuss, der ihre Herzen miteinander verband.

26

Drago heftete ein letztes Blatt in einen Aktenordner und klappte den Deckel zu. Zufrieden lehnte er sich zurück. Die Dinge entwickelten sich prächtig. Er musste noch ein paar Feinheiten mit seinem Steuerberater besprechen, dann konnte er loslegen. *Kaminski.* Seine eigene Firma.

Es würde sich einiges verändern. Er würde in Zukunft hauptsächlich im Büro arbeiten und andere den Kopf hinhalten lassen. Oliver hatte gejammert, dass er ihn doch brauche und wie das nun alles gehen solle.

»Matt Parker ist ein guter Mann«, hatte Drago erklärt. »Er wird den Job genauso gut wie ich machen. Vielleicht sogar besser.«

Die Entscheidung war ihm nicht leichtgefallen. Aber er wollte mehr Zeit mit Dana, den Jungs und seinem Hund verbringen. Und er hatte Dana versprochen, dass sein Leben zukünftig nicht mehr so risikoreich sein würde.

Dana. Die Jungs. Bei dem Gedanken an die drei durchflutete Wärme seinen Körper. Als Dana verkündet hatte, dass sie den kleinen Frederik bei sich aufnehmen wolle, war Drago zunächst irritiert gewesen. Sie hatte doch schon ein Kind, das ohne Vater aufwuchs. Wie sollte das gehen? Aber dann wurde ihm klar, dass es nirgendwo so gut ging wie bei Dana. Sie hatte unendlich viel Platz – nicht nur in ihren Häusern, sondern auch in ihrem Herzen. Und er war ja auch noch da. Er hatte nie darüber nachgedacht, wie es wäre, für fremde Kinder zu sorgen, aber nun tat er es ganz selbstverständlich. Und es gefiel ihm erstaunlich gut.

Er stand auf, stellte den Ordner ins Regal zurück und nahm eine Mappe in die Hand. Sie enthielt Axel Denkers Abschlussbericht.

»… gehe ich davon aus, dass Sergej Petrow der Mann war, der Philipp Laurentius auf dem Motorrad verfolgt hat. Das Motiv: Eifersucht. Anna Kusmina wagte nicht, ihrem Vater zu erzählen, dass sie ein Kind von Sergej Petrow erwartete. Stattdessen erfand sie die Geschichte mit der Vergewaltigung. Sie war Philipp Laurentius bei einem Essen in Moskau in der Villa ihres Vaters begegnet und wählte ihn aufgrund seines Vermögens und seiner gesellschaftlichen Stellung als Opfer aus. Sergej Petrow glaubte genau wie Igor Kusmin die Vergewaltigungsgeschichte und wollte Philipp Laurentius zur Rede stellen.

Die beiden begegneten sich an jenem Dienstagabend im Club *Miou-Miou* in der Nähe von Timmendorfer Strand, in dem regelmäßig illegale Pokerrunden stattfinden. Ob sie sich dort zufällig trafen oder verabredet waren, ist unklar. Es bleibt bislang auch offen, ob Sergej Petrow vorhatte, Philipp Laurentius zu töten. Zumindest kann man davon ausgehen, dass er ihn regelrecht gejagt hat und er daher bei viel zu hoher Geschwindigkeit mit seinem Motorrad von der Fahrbahn abkam.«

Drago lehnte sich in seinem Schreibtischsessel zurück und schloss die Augen. Was für ein Drama. Der arme Philipp. Und die arme Dana.

Aber nun lag das alles hinter ihnen. Sergej Petrow war gefasst worden und würde für den Mord an Igor Kusmin lebenslänglich hinter Gitter wandern. Und vielleicht würden während seines Prozesses auch die letzten Fragen zu Philipps Tod geklärt werden.

Kusmins Handlanger sagten aus, dass er geplant hatte, Max in ein abgeschiedenes Haus im nördlichsten Schweden zu bringen. Seine Männer hatten in der Jagdhütte nur warten wollen, bis es Nacht wurde, weil sie hofften, dann unbemerkter reisen zu können. Nun, das war zum Glück gründlich schiefgegangen.

Die Männer sagten ebenfalls aus, dass Kusmins Leute Dana beschattet hatten, seit sie ihr Haus in Hamburg verlassen hatte. Kusmin hatte am Hamburger Flughafen einen Sicherheitsmann bestochen, der ihm Auskunft darüber gab, wohin der Privatjet Dana und Max brachte.

Die zehn Millionen Euro blieben verschwunden und auch der Mann, der auf Drago geschossen hatte, war bislang nicht gefasst worden. Sergej Petrow stritt ab, etwas mit der Sache zu tun zu haben. Aber das hieß natürlich gar nichts. Vielleicht hatte er sich mit der Aktion an Igor Kusmin rächen wollen, weil dieser ihn für unwürdig hielt, mit seiner Tochter eine Familie zu gründen. Vielleicht fand er auch, das Geld stehe ihm, dem tatsächlichen Vater des Kindes, eher zu als seinem Boss.

Drago klappte auch diese Mappe zu und stellte sie ins

Regal. Sein Schreibtisch sah wunderbar aufgeräumt aus. Ja, es war Zeit, etwas Neues zu beginnen.

Dana war so nervös wie bei einem ersten Rendezvous. Wie lächerlich! Als ob sie nicht schon ein paar Wochen Zeit gehabt hätte, sich an den neuen Mann an ihrer Seite zu gewöhnen. Aber von *gewöhnen* konnte keine Rede sein. Ihr Herz raste auch jetzt wieder zum Zerspringen, sobald sie Drago erblickte. Er stand in der Tür seines Hauses und sah umwerfend aus in seinem perfekt sitzenden Smoking und dem weißen Hemd. Groß, männlich, sexy. Augenblicklich bekam Dana weiche Knie.

Dragos leuchtend blaue Augen ruhten mit so viel Zärtlichkeit auf ihr, dass sie erst recht nervös wurde. Es war verrückt, aber ausgerechnet dieser Kerl, diese Kampfmaschine, liebte sie, Dana Laurentius. Alles Derbe, Grobe in seinem Gesicht schien weich und sanft zu werden, sobald er Dana ansah.

Als er sie küsste, nahm sie einen wunderbaren Duft wahr – herb und rauchig und auf verführerische Weise männlich. Falls das ein neues Aftershave aus dem Hause Laurentius war, hatten Olivers Entwickler sich aber mächtig ins Zeug gelegt. Drago nahm ihr den Mantel ab und Dana beugte sich zu Mickey herab, der sie freudig begrüßte. Drago hatte damals recht gehabt, als er Max zum ersten Mal von seinem Hund erzählte. Mickey war ein gut erzogener, ausgesprochen freundlicher Schäferhund, den auch die Kinder sehr mochten. Und immer häufiger hatte Dana den Eindruck, dass er sie und die Jungs als seine Familie betrachtete, die er ebenso wie seinen Herrn beschützte.

Sie war bislang noch nicht oft in Dragos Haus gewesen, aber es gefiel ihr. Das Haus war sehr rustikal eingerichtet, mit Terrakottafliesen im Flur, einer Natursteinwand im Wohnzimmer und einem offenen Kamin. Es war keineswegs eine dieser üblen Junggesellenbuden mit Bierdeckelsammlungen, klobigem Ledersofa und einer bisweilen unerträglichen Unordnung. Vielmehr war das Haus sehr gemütlich und geschmackvoll eingerichtet. Noch hatten sie nicht entschieden, wo sie in Zukunft gemeinsam leben wollten, aber Dana konnte sich durchaus vorstellen, dass dieses Haus bei ihren Überlegungen eine nicht unbedeutende Rolle spielen würde.

Drago blieb im Flur stehen. »Ich habe dir ja gesagt, dass das heute ein sehr besonderer Abend wird.« Er wirkte zu ihrer Verwunderung ebenfalls etwas nervös. Sie hatte sich gefreut, als er sie zum Abendessen zu sich nach Hause eingeladen hatte. Bislang hatten sie wenig Gelegenheit gefunden, mal einen Abend allein zu verbringen. Doch nun hatte Dana die Kinder zu ihren Schwiegereltern gebracht. Sie und Drago hatten den ganzen Abend, die ganze Nacht und den ganzen nächsten Vormittag Zeit füreinander.

Dana zupfte an ihrem tief ausgeschnittenen Kleid herum und nickte. »Ich freue mich sehr.«

»Okay. Könntest du dir vorstellen, dich einfach von mir führen zu lassen? Den Abend über mir die Regie zu überlassen?« Dragos Stimme war dunkel und rau und der Duft seines neuen Aftershaves äußerst verführerisch.

»Was hast du vor?«, fragte Dana aufgeregt.

»Lass dich überraschen.«

»Okay.« Ihre Aufregung wurde noch größer.

Drago beugte sich vor und küsste sie leidenschaftlich. »Du siehst wunderschön aus in diesem Kleid. Aber ich möchte, dass du es auszieht. Ich möchte, dass du nichts anbehältst bis auf die Schuhe. Falls du dich noch mal frischmachen möchtest – bitte.« Er wies zur Tür des Badezimmers.

Dana war irritiert. »Ich dachte, wir wollen gemeinsam essen.«

»Das werden wir auch. Aber du wirst dabei nackt sein.« Seine Augen schimmerten dunkel im Schein der Flurlampe.

Danas Herz flatterte ein wenig und ihr Atem beschleunigte sich. Was war das denn für ein Spiel? So etwas hatte sie noch nie gemacht.

Drago sah sie abwartend an. »Denkst du, das geht?«

Dana schluckte ihre Angst hinunter. »Ich weiß es nicht. Aber ich werde es versuchen.«

»Das freut mich sehr. Danke.« Er küsste sie noch einmal. »Ich warte im Wohnzimmer auf dich. Komm einfach rein, sobald du soweit bist.«

Drago verbannte Mickey ins Arbeitszimmer und Dana ging ins Badezimmer und zog sich langsam aus. Was für eine verrückte Idee! Bislang war der Sex mit Drago zwar immer sehr leidenschaftlich gewesen, aber nicht gerade sonderlich experimentell. Es überraschte sie, dass Drago nun so eine verwegene Bitte geäußert hatte. Aber sie freute sich auch, dass er den Mut dazu gefunden hatte. Und sie stellte fest, dass sie von einer aufgeregten Vorfreude erfasst wurde.

Als sie die Wohnzimmertür öffnete, trug Dana nur noch ihre High Heels aus schwarzem Samt und wunderschöne halterlose Strümpfe mit einer Blumenranke unterhalb des handbreiten Spitzenabschlusses. Drago hatte zwar gesagt, sie solle nur die Schuhe anbehalten, aber sie fand, dass die Strümpfe noch ein zusätzlicher Hingucker waren, ohne etwas zu verbergen.

Dragos bewundernder Blick gab ihr recht. Er blieb in der Mitte des Zimmers stehen und sah sie einfach nur an. Ewig standen sie einander gegenüber, gefangen in ihrer gegenseitigen Anziehung. Dann streckte Drago eine Hand aus und Dana trat zu ihm.

»Schöne Frau, es ist mir eine große Ehre.« Drago geleitete sie zu ihrem Platz am Esstisch. Der Tisch war stilvoll gedeckt mit teurem Porzellan und Silberbesteck. Die Kerzen auf einem großen Kandelaber spendeten warmes Licht. Im offenen Kamin brannte ein Feuer und überall im Raum standen dicke Altarkerzen, die zusätzlich für eine behagliche Atmosphäre sorgten. Die samtige Stimme von Natalie Cole ertönte leise im Hintergrund.

»Ich hoffe, du frierst nicht«, sagte Drago. »Notfalls setzen wir uns direkt vor den Kamin.«

»Bis jetzt ist alles gut.« Dana ließ sich aufgeregt an ihrem Platz nieder. Dragos verlangende Blicke amüsierten sie. Würde er tatsächlich ein ganzes Essen mit einer nackten Frau ihm gegenüber durchstehen, ohne über sie herzufallen? Wenn er sich da mal nicht zu viel vorgenommen hatte.

Sie spürte selbst, wie erregend die Situation war. Sie saß splitterfasernackt an dieser festlich gedeckten Tafel, zusammen mit einem Mann, der einen eleganten Anzug trug und ihr nun einen Weißwein einschenkte. Sie prosteten einander zu, und dann servierte Drago den ersten

Gang – eine Kürbiscremesuppe, die schlicht und raffiniert zugleich war.

»Seit wann kannst du kochen?« Verwundert probierte Dana die Suppe. Bislang war ihr dieses Talent ihres Liebsten verborgen geblieben.

Drago grinste breit. »Ich habe die Telefonnummer von einem sehr guten Cateringservice.«

Sie lachte mit ihm, und auf einmal fand sie ihre Nacktheit beinah natürlich. Der nächste Gang war ein Salat mit Garnelen und zum Hauptgang gab es Tagliatelle mit Rinderfiletspitzen. Alles schmeckte ausnehmend köstlich.

Drago überhäufte Dana mit Komplimenten und von Minute zu Minute wuchs die Spannung zwischen ihnen. Dana spürte ein zunehmendes Kribbeln zwischen den Beinen und sie war sich sicher, dass sie sehr feucht war. Verlangend schaute sie Drago an, dessen Gesicht im Kerzenschein besonders markant wirkte. Die vollen Lippen, das ausgeprägte Kinn, die kräftigen Wangenknochen. Und diese wunderbaren blauen Augen, die sich gar nicht sattsehen konnten an ihr.

Er zog ihre Hand an seine Lippen und küsste ihre Fingerspitzen. »Irgendwas fehlt bei deinem Outfit noch.«

»Ach was.« Dana lachte. »Wäre mir jetzt gar nicht aufgefallen.«

Drago lachte ebenfalls. »Kleider werden völlig überbewertet. Wer so einen schönen Körper hat wie du, sollte überhaupt nur noch nackt herumlaufen.«

»Ich werde mal darüber nachdenken«, gab Dana trocken zurück.

»Tu das unbedingt! In der Zwischenzeit hole ich etwas

für dich.« Er stand auf, ging zu einer Kommode und zog ein längliches Päckchen heraus, das er Dana überreichte.

Aufgeregt öffnete sie es. In einer Schmuckschatulle lag ein wunderschönes Collier. Dana besaß alles, wovon eine Frau nur träumte. Kleidung, Taschen, Schuhe und natürlich Schmuck. Alles vom Feinsten, alles teuer und exklusiv. Doch selten zuvor hatte sie so ein wunderschönes Schmuckstück wie dieses Collier gesehen. Es bestand aus zarten Blütengebilden aus Weißgold, die mit funkelnden Diamanten und Saphiren besetzt waren.

»Oh Drago«, flüsterte Dana ehrfürchtig. »Das muss doch ein Vermögen gekostet haben.«

Drago schmunzelte. »Dein Schwager zahlt recht anständige Gehälter.«

»Ja, aber ...«

»Psst!« Er legte einen Finger auf ihre Lippen. »Du bist mir das wert. Genau genommen bist du mir so viel wert, dass es sich ohnehin nicht mit Geld aufwiegen lässt.« Er legte ihr das Collier um den Hals und fuhr zärtlich mit einer Hand von dem Schmuckstück zwischen ihren Brüsten hinab zu ihrem Bauch. »So ist es vollkommen«, raunte er. »So bist du vollkommen.« Er nahm ihre Hand und zog sie hoch. »Schau dich mal im Spiegel an!« Sie traten hinaus in den Flur, in dem ein großer Garderobenspiegel hing.

Dana staunte, als sie sich in dem Spiegel erblickte. Sie sah tatsächlich auf verwegene Weise sehr erotisch aus mit nichts an als ihren Strümpfen, den High Heels und dieser wunderschönen Kette. Drago umarmte sie von hinten. Und da ging ihr plötzlich auf, was für ein besonderes Paar sie waren. Bislang hatte sie immer angenommen, sie würden total lächerlich miteinander wirken, die kleine, zierliche Frau und der große, athletische Mann. Doch nun spürte sie, wie sehr diese Gegensätze miteinander harmonierten, betont noch durch ihre Nacktheit und seinen Smoking.

Drago schien Ähnliches durch den Kopf zu gehen. »Schön, nicht?« Seine Augen fanden ihre im Spiegel.

»Ja.« Dana war heiser vor Erregung. »Fast wie ein Gemälde.«

»Vielleicht sollten wir mal Fotos von uns machen lassen. Was meinst du?«

»Ja, vielleicht.« Der Gedanke war verrückt und erregend zugleich. Auf einmal war eine Energie zwischen ihnen, die Dana bislang gar nicht bemerkt hatte. Etwas Verruchtes, Verbotenes gar, das sie beide erregte und faszinierte. Sie begriff, dass ihre Beziehung mit Drago noch viel ungewöhnlicher war, als sie bislang gedacht hatte. Und das gefiel ihr sehr.

Drago war nervös. Wie hatte es nur dazu kommen können, dass diese Frau ihn so sehr aus dem Konzept brachte? Sie sah umwerfend aus, wie sie da nackt vor dem Spiegel stand. Er wurde von so einer brennenden Leidenschaft gepackt, dass er seine eigentlichen Pläne für den Moment vergaß. Zwischen ihnen war eine gewaltige Anziehung, eine so große Faszination, das war einfach unglaublich. So etwas hatte er nie zuvor erlebt, auch damals mit Britt nicht. Aber Britt war in diesem Augenblick zum Glück sehr, sehr weit weg. Stattdessen wurde er überwältigt von seinen Gefühlen für Dana.

Er legte seine Hände sanft über ihren nackten Bauch.

»Dana, Liebste ...« Er musste sich räuspern, so sehr versagte es ihm die Stimme. »Dana, Liebste ... ich ... eigentlich wollte ich vor dir knien und das alles viel förmlicher machen. Aber ich kann gerade nicht länger damit warten. Dana ... ich ... bitte heirate mich.«

Sie starrte ihn kurz im Spiegel an, dann drehte sie sich um und hob ihm ihr zauberhaftes Gesicht entgegen. »Ja«, sagte sie und ihre Stimme klang mehr denn je wie Musik in seinen Ohren. »Oh ja, das werde ich!« Und damit machte sie ihn zum glücklichsten Mann der Welt.

Er schlang seine Arme um sie und küsste sie mit einer Innigkeit, die alles in ihm weit und weich werden ließ – bis auf seinen Schwanz, der ziemlich hart wurde. Aber wieder nahm er sich zusammen und ließ sich Zeit. Momente dieser Art waren vorbei, sobald man sich gehen ließ. Das durfte auf gar keinen Fall geschehen.

Als er spürte, dass Dana fröstelte, führte er sie zurück ins Wohnzimmer. Er schob einen großen, breiten Sessel zum Kamin. »Komm her, mein Herz, und wärm dich auf.« Er bereitete eine Decke auf dem Sessel aus. Dana kuschelte sich hinein und Drago kniete sich vor sie. Er bog ihre Schenkel auseinander und bedeckte die Innenseiten mit zarten Küssen. Dana seufzte wohlig. Da legte er ihre Beine seitlich über die breiten Armlehnen des Sessels, so dass Dana weit geöffnet vor ihm saß. Er ließ sich Zeit damit, sie zu genießen. Erst schaute er nur, dann strichen seine Fingerspitzen über ihre Schamlippen, schließlich beugte er sich vor und seine Zungenspitze glitt über ihre Perle. Wie wunderbar nass Dana war. Und wie sehr sie vor Verlangen wimmerte. Er liebte es, wenn er spürte, wie sie Wachs unter seinen Händen und seinem Mund wurde. Seine Zunge tauchte immer tiefer in ihre Nässe ein, glitt ihren Spalt entlang und umspielte ihre Klitoris, bis sie ihre Finger in seine Haare krallte und um Erlösung bettelte. Er ließ ein wenig von ihr ab, nahm dann sein Spiel erneut auf und trieb sie wieder bis kurz vor den Höhepunkt. Ihr pralles Fleisch zuckte, ihr ganzer Körper zitterte vor Verlangen, und Drago steckte ihr, um das Ganze noch aufregender zu machen, einen Finger mit sanfter Drehung in den Po. Jetzt bedurfte es nur noch einiger zarter Berührungen, und dann bäumte sie sich auf und stöhnte seinen Namen, während sie kam.

Er küsste ihre geheimsten Stellen noch einmal behutsam, dann legte er seinen Kopf auf ihren Bauch. Sie streichelte seinen Rücken und stieß immer wieder kleine, wohlige Seufzer aus.

»Bitte mach das in Zukunft jeden Tag mir mir«, murmelte sie.

»Nichts lieber als das.« Er drückte einen Kuss auf ihren Bauchnabel, dann richtete er sich auf. »Wie wäre es denn jetzt mit einem kleinen Dessert, Madame?«

»Ich dachte, das sei das Dessert.«

»Nun, sagen wir, es war der erste Teil. Aber satt wird man von Lust und Liebe ja bekanntlich nicht.«

»Da hast du auch wieder recht.«

Ihre Wangen glühten und ihre Augen strahlten so wunderschön, dass er sich gar nicht genug daran sattsehen konnte. Unglaublich, was für eine Verwandlung sie durchlaufen hatte, seit er sie auf ihrer New Yorker Dachterrasse gerettet hatte. Und wie sehr er sie dafür liebte, dass sie es geschafft hatte, das alles hinter sich zu lassen – Angst, Depressionen, Alkoholexzesse. Und vor allem natürlich diese abscheulichen russischen Gangster. Er küsste sie zart auf die Stirn, bevor er beschwingt in die Küche lief. Was war er doch für ein verdammter Glückspilz!

Dana kuschelte sich in die Decke und spürte ihrer abebbenden Lust nach. Was für ein wunderbarer Abend. Alles war so aufregend und außergewöhnlich. Am schönsten war natürlich Dragos Heiratsantrag gewesen. Du liebe Zeit! Hatte sie wirklich dabei nackt vor einem Spiegel gestanden? Sie malte sich aus, was Stella, Roos und all die anderen wohl dazu sagen würden. Nicht auszudenken!

Sie berührte leicht das Collier an ihrem Hals. Drago hatte sie an diesem Abend zur glücklichsten Frau der Welt gemacht, so viel stand fest. Inzwischen war ihr der Spruch über das teure Geschenk schon fast peinlich. Sie wusste, dass Drago bei Oliver sehr gut verdiente, und mit seiner eigenen Firma würde er sicher auch gutes Geld machen. Aber sie würde immer bedeutend mehr haben als er, so sehr er sich auch bemühte. Das war irgendwie unfair. Andererseits machte sie ihm immer wieder klar, dass sie dieses Vermögen nur geerbt hatte und es ihr überhaupt nichts bedeutete. Nun, sie würden sicher ein paar Hürden zu meistern haben, aber Dana war sehr zuversichtlich, dass sie und Drago das hinbekamen.

»So, mein Schatz, hier kommt das Dessert.«

Drago riss sie aus ihren Gedanken und stellte eine große Schüssel auf den Tisch. Sie stand auf und trat näher. Als sie sah, was sich in der Schüssel befand, lachte sie schallend. »Schokoladenpudding? Das ist nicht dein Ernst.«

Drago grinste breit. »Ich sehe dir einfach zu gern dabei zu, wie du dir das Zeug in den Mund stopfst.«

»Davon können zehn Leute essen.« Dana konnte nicht fassen, wie groß die Schüssel war.

»Zehn normale Leute oder zwei so bekloppte wie wir.« Drago tauchte einen Finger in den Pudding ein und leckte ihn ab. Lachend machte Dana es ihm nach. »Wow, der ist ja noch warm.«

»Ich dachte, dann ist es angenehmer.«

Bevor Dana begriff, was Drago meinte, tauchte er seine Finger erneut in die Schüssel und verschmierte den Pudding auf ihren nackten Brüsten. Dann beugte er sich vor und leckte das süße Zeug von ihrer Haut. Ein wohliger Schauer erfasste Danas ganzen Körper.

Drago steckte ihr einen schokoladigen Finger in den Mund. Gierig lutschte sie daran. »Möchtest du mehr?«, fragte er mit spitzbübischem Grinsen.

»Ja.« Sie war wie elektrisiert. Was für eine unglaubliche, wundervolle Idee. Sie würde diesen Mann zehntausend Mal heiraten, so viel stand fest.

Er öffnete seine Hose und holte seinen steifen Penis hervor. Dann ließ er den noch beinah flüssigen Pudding in dicken Klecksen darauf tropfen. »Bitte sehr!« Lachend präsentierte er sich Dana.

Sie kniete sich vor ihn und ließ ihre Zunge über den Penis gleiten. Eifrig leckte sie den Pudding ab, schleckte genießerisch alles sauber und wusste nicht, wer dabei mehr Vergnügen empfand – Drago oder sie.

Bald waren sie beide nackt, fütterten sich gegenseitig und schmierten sich immer wieder neu mit Pudding ein, den sie einander von den intimsten Körperstellen leckten. Es war ein wunderbar lustvolles, sinnliches Vergnügen.

Sie beendeten den Abend mit einem ausgiebigen Bad, bei dem sie sich mit immer neuen Zärtlichkeiten bedachten.

Erschöpft und sehr erfüllt lag Dana später in Dragos großem Bett. Er hielt sie in den Armen und bedeckte ihren Kopf und ihre Schultern immer wieder mit zarten Küssen.

»Ich glaube, ich werde bei mir mal umdekorieren«, sagte Dana, während sie sich in dem schlichten Zimmer umsah.

»Was willst du denn ändern?«

»#äIch denke, es ist an der Zeit, die ganzen Himmelbetten mit dem Rüschenzeug zu verbannen.« Ihr wurde auf einmal klar, dass sie diese Schutzhöhle nicht mehr brauchte. Sie hatte eine neue, viel besser gefunden.

»Echt? Nicht dass es mich stören würde. Es sieht toll aus.«

»Lügner.«

»Ich lüge niemals.«

»Außer wenn du behauptest, dass du auf Rüschen und Herzchen stehst.«

»Aber das tue ich.«

»Lügner.«

»Nein.«

Sie drehte sich zu ihm. »Drago, Liebster, tu mir bitte einen Gefallen. Bilde dir niemals ein, dass du dich meinetwegen verbiegen musst. Wenn du ernsthaft anfängst, dich für Himmelbetten mit Rüschen zu begeistern, dann werde ich an deinem Verstand zweifeln. Und das könnte das Ende unserer Ehe bedeuten, noch bevor sie überhaupt begonnen hat.«

Drago zog sie fester an sich und küsste sie innig. »Ich bin froh, dass du das sagst. Wenn ich es mir recht überlege, fände ich es sehr befreiend, wenn ich in Zukunft nicht mehr unter einem kitschigen Baldachin übernachten müsste.«

»Ich auch, Liebster, ich auch.«

27

Der Wind heulte um das alte Reetdachhaus in Kampen auf Sylt und Regen klatschte gegen die Fensterscheiben. Im offenen Kamin im großen Salon prasselte ein Feuer und verbreitete Gemütlichkeit. Dana überprüfte ein letztes Mal die Gedecke auf der festlichen Tafel im angrenzenden Esszimmer. Sie trat vor einen Spiegel im Flur, zupfte ihren Pony zurecht und holte tief Luft. Sie hatte solche Events schon tausendmal erlebt, als Gastgeberin genauso wie als Gast. Und doch war sie heute ganz besonders nervös.

»Du siehst zauberhaft aus«, hatte Drago gesagt, bevor er mit den Jungs das Haus verlassen hatte. Sein Blick war bewundernd über ihr eng anliegendes Minikleid aus dunkelblauem Rippenstrick geglitten, das mit auffällig großen Rüschen entlang der Ärmel und am Saum besetzt war. »Ein Jammer, dass hier Männer heute keinen Zutritt haben.«

»Sei froh.« Dana beugte sich seufzend vor und zog Max die Mütze etwas aus der Stirn. »Diese Weiber sind die Pest, glaub mir. Nach fünf Minuten mit ihnen im selben Raum würdest du Amok laufen.«

»Würde ich nicht. Ich würde sie alle der Reihe nach vernaschen.«

»Vernaschen?« Frederik hob verwundert den Kopf. »Wie einen Pudding?« Er hatte in der kurzen Zeit bereits erstaunlich gut Deutsch gelernt. Überhaupt machte der Junge wunderbare Fortschritte in seiner Entwicklung.

»Genau so.« Drago lachte dröhnend.

»Ich will nicht, dass du vor den Kindern solche Sachen sagst.« Danas Stimme klang streng, aber innerlich rang sie damit, ernst zu bleiben.

»Zu Befehl, Madame.«

»Warum darfst du denn nichts über Pudding sagen?« Nun schaltete sich auch Max ein. »Pudding ist doch lecker.«

»Du sagst es!« Drago beugte sich herab und küsste Dana auf den Mund. »Ganz besonders köstlich ist Schokoladenpudding, nicht wahr, Süße?«

Dana wurde tatsächlich rot. »Jetzt ist aber Schluss«, murmelte sie verlegen. »Raus mit euch! Und kommt ja nicht vor dem Abendessen zurück.«

Die Jungs stürmten zur Tür hinaus. Auf ihrem Programm standen Burger essen und ein Besuch im Kino. Drago blieb noch einen Moment. Er umfasste Danas Taille. »Wir könnten heute Abend tatsächlich mal wieder gemeinsam ein bisschen Schokopudding vernaschen. Was meinst du?«

Ein wohliger Schauer rann ihr über den Rücken. »Wenn du es schaffst, die Jungs bei eurem Männerausflug so müde zu machen, dass sie wie tot ins Bett fallen, gern.«

Drago küsste sie erneut, diesmal voller Leidenschaft.

»Ich liebe dich, du wunderbare Frau.« Seine Stimme war dunkel und rau. »Hoffentlich falle ich nicht selber wie tot ins Bett nach diesem Programm.«

Dana wusste genau, was er meinte. Die zwei kleinen Racker zu beaufsichtigen, war nicht leicht. Vor allem, wenn man so wenig Übung darin hatte wie Drago. Aber er machte seine Sache erstaunlich gut und die Jungen liebten ihn, das spürte Dana immer wieder neu. Ein warmes Gefühl breitete sich in ihr aus. »Ich liebe dich auch.« Sie musste sich zwingen, sich nicht in Dragos innigen Kuss fallenzulassen und alles zu vergessen. Als ob das mit Kindern überhaupt möglich war.

»Kommst du jetzt endlich, Papa?« Max stand prompt in der offenen Haustür. Er verschwand beinah unter dem riesigen Regenschirm, den er über sich aufgespannt hatte.

»Papa?« Dana sah leicht überrascht von ihrem Sohn zu ihrem Liebsten, der ebenso überrascht wirkte. Max hatte ihn noch nie so genannt.

»Ich komme, mein Sohn«, erklärte Drago mit feierlichem Ernst, und einen Moment hatte Dana das Gefühl, dass sein Kreuz vor lauter Stolz noch breiter wurde.

Dann war sie alleine – von der Köchin und einem Serviermädchen abgesehen. Ein letzter Blick in den Spiegel und die Rückversicherung, dass in der Küche alles reibungslos lief, und schon klingelte der erste Gast.

»Roos, meine Liebe, wie schön«, flötete Dana. Roos van der Meer, die nur ein paar Straßen weiter wohnte, schüttelte erst ihren Schirm, dann ihr elegantes Regencape aus, bevor sie das Haus betrat. Sie war in Gummistiefeln gekommen, hatte sich aber schicke Pumps fürs

Haus mitgebracht. Bei diesem Wetter, das so typisch für die Nordseeinsel war, musste man eben improvisieren.

»Bei euch ist es wenigstens schön warm«, stellte Roos erfreut fest, während sie Dana in den Salon folgte. »Ich war neulich bei den Stöckings zum Brunch eingeladen. Himmel, ich bin halb erfroren. So viel Geiz hätte ich denen gar nicht zugetraut.«

»Wahrscheinlich steckt Katja ihr ganzes Geld in den Hund. Da bleibt nichts mehr zum Heizen übrig«, sagte Dana, ohne nachzudenken.

Roos lachte schallend. »Dana!«, rief sie entzückt. »Ich wusste gar nicht, dass du so bissig sein kannst.«

Dana blinzelte irritiert. Aber dann ging ihr auf, dass Roos recht hatte. Sie war in all den Jahren krampfhaft bemüht gewesen, nicht aufzufallen, wodurch sie sich wie ein Roboter benommen hatte. Aber die vergangenen Monate hatten sie verändert. Eine Last war von ihr abgefallen und statt wie sonst angestrengt in die Runde zu starren, konnte sie nun entspannt in Roos' Gelächter einstimmen.

Die anderen Gäste trudelten ein und hielten laut schnatternd Smalltalk, während das Serviermädchen Aperitifs reichte. Katja Stöcking hielt in der einen Hand ein Martiniglas, unter dem anderen Arm klemmte Henry, ihr Mops. »Ich bin direkt froh, dass du auch mal wieder eine Einladung ausgesprochen hast«, rief sie Dana zu. »Du hast dich ja so rar gemacht in diesem Jahr, dass wir uns schon gefragt haben, was eigentlich los ist.«

»Habt ihr das?« Dana spürte eine leichte Anspannung, als die Frauen sie eingehend musterten.

»Natürlich haben wir das. Du bist uns schließlich

wichtig.« Monica Labahn wirkte beinah etwas verärgert. Dana hatte sie im ersten Moment gar nicht erkannt, da sie ihre bislang platinblonden Haare nun in einem satten Braunton trug. Damit sah sie reifer und viel stilvoller aus.

»Es ist doch nicht gesund, sich immer nur zu verkriechen«, stimmte Roos van der Meer ein. »Bei allem Verständnis für deine Trauer um Philipp – aber du musst mehr unter die Leute gehen, Dana. Du musst mal wieder was erleben.«

Dana spürte kurz den beinah übermächtigen Drang, erst in hysterisches Gelächter auszubrechen und anschließend hier am Kamin bei Martini und Campari von Erpressungen, Entführungen und Schießereien zu erzählen. Sie wollte schreien, dass ihr Bedarf an Erlebnissen für sehr lange Zeit gedeckt sei. Für wirklich *sehr*, sehr lange Zeit. Stattdessen lächelte sie freundlich. »Ihr habt völlig recht«, sagte sie gelassen. »Ich will mein Leben wieder aktiver gestalten. Darum habe ich euch auch eingeladen. Ich möchte euch ein Projekt vorstellen.«

Ihre anfängliche Nervosität verflog allmählich. Sie kannte diese Frauen hier alle seit Jahren. Einige, wie Stella Willemsen, waren ihr recht nah. Zu anderen war der Kontakt nur oberflächlich. Eins wusste sie jedoch genau: Diese Frauen besaßen alle nicht nur einen bedeutenden Namen, sondern auch viel Geld. Und das gaben sie gerne mal für sinnvollere Dinge als das achthundertste Paar Schuhe aus.

Das Dinner begann. Nach dem ersten Gang kam der schwierigste Teil – Danas persönliche Einführung in ihr Thema. Sie klopfte an ihr Glas und sah, wie sich fünfzehn

Augenpaare erwartungsvoll auf sie richteten. »Ich freue mich sehr, dass ihr alle heute zu mir gekommen seid. Das bedeutet mir viel.« Sie räusperte sich leicht. »Wie ihr ja wisst, habe ich eine schwierige Zeit durchgemacht. Philipps Tod hat mich mehr mitgenommen, als ich ursprünglich dachte.« Noch nie hatte sie so öffentlich über ihre Gefühle gesprochen. Aber als sie die mitfühlenden, wohlwollenden Blicke der Frauen spürte, fasste sie Mut, weiterzureden. »Ich gestehe, dass ich in den vergangenen Monaten eine schlimme Krise durchgemacht habe und sogar ein paar Wochen in einer Klinik war.«

»Oh Liebes, warum hast du denn nie etwas gesagt?« Katja Stöcking schüttelte besorgt den Kopf. »Man sollte in solchen Zeiten nicht alleine sein.«

Dana lächelte gerührt. Ausgerechnet von Katja hätte sie so viel Zuspruch nicht erwartet. »Ich weiß. Aber ich war nicht allein. Ich hatte einen wunderbaren Mann an meiner Seite, der mir geholfen hat, wieder auf die Beine zu kommen.« Nun veränderten sich die Blicke in der Runde und aus der anfänglichen Sorge wurde begeisterte Neugier. »Normalerweise gehe ich mit so viel Privatkram nicht hausieren, wie ihr wisst. Aber da es ja ohnehin irgendwann bekannt wird, möchte ich es euch heute schon erzählen. Ich werde wieder heiraten.«

»Nein!« Stella klatschte kreischend in die Hände. »Das sagst du jetzt erst? Dana, du ewige Geheimniskrämerin. Ist es denn zu fassen?«

Begeisterter Jubel brach aus. In den allgemeinen Tumult hinein stellte Roos van der Meer die entscheidende Frage. »Wer ist denn der Glückspilz?«

Danas Herz raste zum Zerspringen. Sie wusste, jetzt

gab es kein Zurück mehr. »Es ist jemand, den ich schon lange kenne. Und, nun ja, er war nicht gerade der Mann meiner Träume. Aber manchmal muss man wohl etwas genauer hinschauen.« Ihre Wangen brannten, wenn sie daran dachte, wie genau sie sich diesen Mann mittlerweile angesehen hatte. »Er heißt Drago Kaminski und hat viele Jahre als Bodyguard für meinen Schwager Oliver gearbeitet.«

Einen winzigen Augenblick lang war es so still im Raum, dass nur das Prasseln des Regens gegen die Fenster zu hören war.

»Der Bodyguard?« Stella machte große Augen. »War der nicht auch auf der Geburtstagsfeier deines Schwiegervaters?«

Dana nickte überrascht. Sie hatte nicht gewusst, dass Stella Drago damals überhaupt bemerkt hatte. Er war ja doch sehr diskret im Hintergrund geblieben.

»Ich fasse es nicht!« Wieder klatschte Stella in die Hände. »Leute, dieser Typ ist so heiß, das glaubt ihr gar nicht.«

»Ehrlich?« Roos beugte sich neugierig vor.

»Allerdings! Das ist so ein Zwei-Meter-Kerl mit steinharten Muskeln.«

»Dana, das ist ja unglaublich!«

»Wie romantisch. Bei einem Bodyguard kannst du dich immer sicher fühlen.«

»Wann kriegen wir diesen Superman mal zu Gesicht?«

Dana lächelte glücklich. Die erste Hürde hatte sie mit Bravour genommen.

Zwischen dem zweiten und dritten Gang eröffnete sie den Damen die nächste Neuigkeit. »Drago und ich werden einen Jungen adoptieren. Er stammt aus Schweden, sein Vater hat die Familie bereits vor Jahren verlassen. Die Mutter ist Alkoholikerin und nicht mehr in der Lage, sich um ihr Kind zu kümmern.« Sie spürte, wie sehr sie ihre Gäste erneut überraschte. »Ich habe eine Stiftung gegründet, die sich für Kinder einsetzt, die aus schlimmen Familienverhältnissen kommen. Sie brauchen eine besondere Betreuung, um ihre traumatischen Erlebnisse zu verarbeiten. Die Stiftung wird Heime errichten, in denen die Kinder wie in Familien leben – ähnlich dem Modell der SOS-Kinderdörfer. Wir brauchen Geld für eine großangelegte Werbekampagne und natürlich Geld, um die Heime zu führen.« Sie sah erwartungsvoll in die Runde. »Kann ich auf euch zählen?«

»Selbstverständlich!«, schallte es ihr von mehreren Seiten gleichzeitig entgegen. Innerhalb weniger Minuten hatte sie nicht nur eine beträchtliche Summe Geld zusammengesammelt, sondern auch Zusagen für sehr handfeste Unterstützung erhalten. Die Frauen besaßen alle genug Einfluss, um Danas Idee mithilfe der Medien in die Welt hinauszutragen. Das Dinner war rundum ein voller Erfolg.

Glücklich lehnte sie sich zurück. Manchmal war es gar nicht so schlecht, Teil dieser verschworenen Gemeinschaft superreicher Frauen zu sein. Man musste sie nur für sich zu nutzen wissen.

Nach dem Dessert löste sich die Runde auf. Einige Gäste verabschiedeten sich. Die anderen ließen sich im Salon vor dem Kamin nieder und tranken noch einen Espresso. Stella zog Dana zur Seite und schlang ihre Arme fest um sie. »Süße, ich freue mich so sehr für dich.

Aber ich verstehe wirklich nicht, warum du nichts gesagt hast.«

Dana erwiderte ihre Umarmung. »Es fiel mir einfach schwer, über meine Gefühle zu reden.« Auf einmal fühlte sich alles so leicht an, dass sie selbst nicht mehr begriff, warum sie all die Jahre derart verschlossen gewesen war. »Ich weiß, damit habe ich es mir manchmal unnötig schwer gemacht.«

»Allerdings.« Stella drückte sie noch einmal fest an sich und raunte ihr ins Ohr. »Und wirst du mir eines Tages auch erzählen, was wirklich passiert ist?« Ihre Augen leuchteten wach und aufmerksam.

Dana lächelte. Stella war eine kluge Frau. Ihr konnte man so leicht nichts vormachen. »Ja, das werde ich. Aber das ist tatsächlich zu privat für diese Runde.«

»Das habe ich mir schon gedacht. Morgen zum Kaffee bei mir?«

»Sehr gerne.«

Ein warmes Gefühl durchströmte Dana. Sie hatte Freundinnen, die ihr beistanden, zwei wunderbare Söhne und einen Mann, der sie bedingungslos liebte. Sobald sie an ihn dachte, verstärkte sich die Wärme in ihrem Körper noch. Unauffällig legte sie eine Hand auf ihren Bauch. Sie konnte es kaum erwarten, Drago am Abend von einem sehr süßen Geheimnis zu erzählen. Und das hatte absolut nichts mit Pudding zu tun.

Weitere Bücher von Violetta Stern

Nachbarschaftsdienste Teil 1 – erotischer Roman

Josis neuer Nachbar Simon ist auf den ersten Blick kein Traumtyp – grob, unfreundlich und ein wenig verlottert. Doch er führt ein munteres Liebesleben, an dem Josi dank der dünnen Wände im Haus regen Anteil nimmt. Und so sehr der Mann sie nervt, wenn sie ihm im Treppenhaus begegnet, so sehr regt er ihre Fantasie an, sobald sie im Bett liegt.

Als auch Josi Simons Charme verfällt, beginnt für sie ein aufregendes Spiel um Macht und Unterwerfung. Doch dann geschieht etwas, das alles in einem neuen Licht erscheinen lässt. Voller Angst fragt Josi sich plötzlich, wer der Mann eigentlich ist, den sie so vertrauensvoll in ihr Bett gelassen hat.

Eine hinreißende Liebesgeschichte mit viel Herz und einer kräftigen Prise Erotik. Enthält erotische Szenen in derber Sprache und mit BDSM-Elementen.

*****

Leserstimmen:

»Sehr unterhaltsam, sehr prickelnd, interessante Story, toller Schreibstil … herrlich. Gefällt mir gut!«

»Die erotischen Szenen sind wunderbar beschrieben und driften zu keiner Zeit ins Schmuddelige ab.«

»Eine sehr interessante Geschichte, ausgeklügelt und spannend, mit einigen Überraschungen und unvorhergesehenen Wendungen. Genau das Richtige, wenn man eine erotische, aber auch niveauvolle Geschichte sucht, die mehr zu bieten hat, als den üblichen Einheitsbrei. Hat mir wirklich sehr gut gefallen.«

*****

Leseprobe:

»Josi, wo bleibt dein Text?«

Melissa besaß die unangenehme Angewohnheit, mit schriller Stimme quer durch die ganze Redaktion zu brüllen, wenn sie etwas von einem wollte. Und sie wollte oft was.

»Ist gleich fertig«, rief ich munter zurück. Das war, gelinde gesagt, ein wenig übertrieben. Genau genommen bestand der Text für meine Kolumne bis jetzt nur aus einer Überschrift und ein paar wirren, zusammenhanglosen Sätzen. Seufzend vergrub ich mich hinter dem Monitor meines Rechners.

»*Warum immer mehr Frauen auf SM stehen*«, stand ganz oben auf dem Bildschirm. Seit *Shades of Grey* härtere Erotik salonfähig gemacht hatte, wollte alle Welt ständig damit unterhalten werden. Unfassbar, was dieses Buch angerichtet hatte. Millionen Frauen waren begeistert, ihre Männer verwirrt – und unsere Redaktion in zwei Lager gespalten.

»Der Trend hält an. Darum müssen wir dazu auch immer wieder was bringen«, sagte Melissa Lahnstein, die Chefredakteurin der *Annabella*. »Daran kommen wir nicht vorbei.«

»Allmählich kann ich es nicht mehr hören«, stöhnte Lea aus dem Kulturressort. »Gibt es nicht mal originellere Aufhänger für Erotikthemen?«

»Es ist ein Phänomen«, stellte Anja fest, die für Psychologie zuständig war. »Gab es jemals ein Buch, das den Buch- und Erotikmarkt derart verändert hat?«

»Warum zur Hölle lesen die Leute dieses ganze Zeug?«, fragte ich.

»Sie mögen Geschichten mit viel Sex«, sagte Melissa. »Das war schon immer so. Und wenn es noch ein bisschen Herzschmerz dazugibt, sind sie nicht mehr zu halten.«

»Früher konnten die Leute gute von schlechten Büchern unterscheiden«, brummte Lea.

Ich hob zweifelnd die Augenbrauen. »Ich glaube nicht, dass sich daran etwas geändert hat. Früher gab es nur kein Internet und darum konnte so ein Hype nicht entstehen.«

»Es ist das Fremde, das Unbekannte, das Verbotene, was die Menschen reizt«, glaubte Anja.

Ich hob erneut die Augenbrauen. »Na, von verboten und unbekannt kann ja wohl längst nicht mehr die Rede sein. Heute weiß doch jedes fünfzehnjährige Mädchen über Erotik mehr, als unsere Eltern in ihrem ganzen Leben erfahren haben.«

»Da täuschst du dich«, behauptete Melissa. »In der Großstadt mag das so sein. Die meisten Leute leben aber irgendwo in Kleinkleckersdorf, wo sie sich nicht mal trauen, Kondome im Drogeriemarkt zu kaufen, weil die Kassiererin sie kennt. Für solche Leute ist die Vorstellung wahnsinnig aufregend, dass eine Frau sich einem Mann unterwirft und von ihm den Hintern versohlen lässt.« Sie lächelte triumphierend in die Runde. »Und darum werden wir uns dem Thema wieder einmal widmen – ob ihr wollt oder nicht.«

Ich wollte nicht. Aber was half es? Jetzt saß ich vor meinem Bildschirm und musste mir irgendwie einen Text aus den Fingern saugen. Ich rieb mir die Augen und gähnte.

»Müde?«, fragte Lea, die mir gegenübersaß, mitfühlend.

Ich nickte. »Wahrscheinlich habe ich darum so eine Leere im Hirn. Ich kann nicht denken, wenn ich müde bin.«

»Immer noch der Kleine von nebenan?«

Wieder nickte ich. »Angeblich zahnt er gerade.« Ich kämpfte gegen den übermächtigen Drang an, die Augen zu schließen. »Aber genau genommen zahnt dieses Kind, seit es auf der Welt ist. Jedenfalls hört es sich so an.«

Das Haus, in dem ich wohnte, war wahnsinnig hellhörig. Seit einem Jahr hatten meine Nachbarn ein Kind, dessen Zimmer an mein Schlafzimmer grenzte. Sie hätten die Wiege mit dem Kleinen auch direkt neben mein Bett stellen können, das hätte keinen Unterschied gemacht.

»Aber der Spuk ist bald vorbei.« Ich löschte ein paar besonders sinnlose Sätze. »Die Nachbarn ziehen aus.«

»Hurra!« Lea grinste breit. »Ich hoffe allerdings für dich, dass die dreiköpfige Familie nicht durch eine sechsköpfige abgelöst wird.«

»Nein, sicher nicht. Dafür sind die Wohnungen zu klein.«

»Interessant wäre doch ein Mann«, fuhr Lea fort. »Ruhig, freundlich, hilfsbereit – und natürlich Single und sehr attraktiv.«

Lea wusste, dass ich seit drei Jahren keinen festen Partner mehr hatte und mich von einem armseligen Abenteuer zum nächsten hangelte, wobei das letzte nun auch schon geraume Zeit zurücklag. Ich hatte schon so lange keinen Sex mehr gehabt, dass ich kaum noch wusste, was das überhaupt war. Genau genommen war es eine Schande, dass ausgerechnet ich für die *Annabella* über Liebe, Lust und Leidenschaft schrieb.

Ich seufzte versonnen: »Oh ja, das wäre was! So ein richtig supersexy supernetter Kerl.«

»Josi! Dein Text!« Melissas schrille Stimme ließ mich erneut aufschrecken.

Fieberhaft, ohne nachzudenken, begann ich zu schreiben: *»Neulich lud mich eine Freundin zu einer Dessous-Party ein. Dort, so erklärte sie unverblümt, könne man nicht nur hübsche Wäsche, sondern auch Dildos und andere Sextoys* *erstehen. Eine andere Freundin erzählte mir, sie sei mit ihrem Mann kürzlich in einem Swingerclub gewesen. ›Das war gar nicht so schlimm, wie ich immer dachte‹, behauptete sie. Blümchensex scheint ausgedient zu haben. Kuscheln und Zärtlichkeiten tauschen? Langweilig. Die gute alte Missionarsstellung? Fantasielos. Die Erotikshops verzeichnen einen enormen Zuwachs an Handschellen und anderen Sextoys. In deutschen Schlafzimmern wird aufgerüstet.«*

Ich hatte wahrhaftig schon bedeutend bessere Kolumnen verfasst, aber ich machte das Beste aus der Situation, und nachdem Melissa noch dreimal meinen Text eingefordert hatte – jedes Mal mit einer noch schrilleren Stimme, sofern das überhaupt möglich war –, schickte ich ihn ihr endlich rüber. Danach herrschte Ruhe in unserer Redaktion. Ich atmete erleichtert auf.

Als ich nach Hause kam, stand vor dem Haus ein Transporter und im Treppenhaus traf ich auf zwei Männer, die eine Kommode nach unten schleppten. Aha, der Auszug der Nachbarn war bereits in vollem Gange. Ich hatte erst in einigen Tagen damit gerechnet, da der Monat noch nicht ganz um war. Aber je eher der kleine Schreihals fort war, umso besser.

Erleichtert schloss ich meine Wohnungstür hinter mir. Ich hängte meinen Mantel auf einen Kleiderbügel an der Garderobe, zog die schwarzen Wildlederstiefel von Gabor aus, legte Schuhspanner ein und stellte sie in den Schuhschrank. Anschließend mixte ich mir eine Caipirinha und ließ mich damit auf mein Sofa sinken. Das war mein abendliches Entspannungsritual: Einen Drink mixen, Füße hochlegen, durchatmen. Diese halbe Stunde war mir heilig. Danach konnte das Abendprogramm beginnen – mit was auch immer.

Ich sah mich zufrieden in meinem Wohnzimmer um. Die Möbel waren erlesene Designerstücke, für die ich lange gespart hatte. Eine Kommode aus gebürstetem, rot lackiertem Metall, eine Bogenlampe im 50er-Jahre-Retrodesign, ein Rolf-Benz-Sofa aus weißem Leder. Für jedes dieser schönen Stücke hatte ich drei alte, klapprige Teile aus meinen Studentenjahren entsorgt. Ich mochte es puristisch und elegant.

Nebenan ertönte lautes Gepolter. Jetzt musste ich nur noch ein bisschen Umzugslärm ertragen und dann herrschte hoffentlich wieder Ruhe hier im Haus.

Früher hatte in der Nachbarwohnung eine alte Frau gelebt, die so leise gewesen war, dass mir gar nicht aufgefallen war, wie hellhörig es in diesem Haus eigentlich war. Dann war das junge Paar eingezogen. Nette Leute, aber eben deutlich lauter als die alte Dame. Nachts drangen häufig lustvolle Töne zu mir herüber. Die Frau seufzte und stöhnte vor Verlangen. Ihr Mann, von dem ich selten etwas mitbekam, schien seine Sache gut zu machen. Manchmal, in einsamen Nächten, stellte ich mir vor, dass ich hinübergehen und mitmachen würde. Ich stellte mir vor, dass Sex zu dritt wahnsinnig aufregend sein musste. Das waren erregende Nächte, in denen ich mich mit brennendem Verlangen nach einem Mann sehnte.

Doch dann wurden die lustvollen Schreie der Frau vom Brüllen ihres Babys abgelöst. Es war vorbei mit dem Vergnügen.

An einem regnerischen Samstag Anfang November stand erneut ein Transporter vor dem Haus, als ich mittags vom Einkaufen heimkam. Eine Frau hob eine Stehlampe aus dem Wagen, ein hässliches, billiges IKEA-Teil mit wackeligem Ständer und einem Schirm aus Plastik.

»Hallo«, sagte ich. »Ziehen Sie hier ein?«

»Nein, ich helfe nur. Mein Freund Simon ist der neue Mieter.« Sie nickte freundlich und schien noch etwas sagen zu wollen. Aber da ertönte eine Stimme aus dem Inneren des Transporters und ein älterer Mann reichte ihr eine Kiste an, die offenbar recht schwer war. Leise fluchend stellte sie die Kiste auf den Boden und stemmte ihre Hände anklagend in den Rücken. Zu allem Überfluss fing es nun auch noch an zu regnen.

Ich machte, dass ich fortkam, bevor mich noch jemand zum Mithelfen nötigte. Im Treppenhaus traf ich auf zwei Männer, die sich mit hochroten Gesichtern mit einer Waschmaschine abschleppten. Ich wartete, bis die beiden unter Stöhnen und Schnaufen verschwunden waren, dann folgte ich ihnen hinauf in den zweiten Stock und schloss meine Wohnung auf.

Ich zog meine Stiefel aus, hängte den Mantel auf und räumte meine Einkäufe aus. Den Nachmittag verbrachte ich mit Aufräumen und Putzen.

Ein Mann würde also mein neuer Nachbar werden. Simon Irgendwer. War es einer der Kerle, die sich mit der Waschmaschine abgemüht hatten? Ich hatte sie mir nicht so genau angesehen und wusste gar nicht mehr, wie sie aussahen.

Als ich mit den Hausarbeiten fertig war, streckte ich mich auf meinem Sofa aus und klickte mich auf dem

Smartphone durch meine Facebook-Timeline. Die Anspannung einer anstrengenden Arbeitswoche fiel langsam von mir ab und in das Gefühl von Trägheit, das meine Glieder schwer werden ließ, mischte sich eine leise Sehnsucht nach ... ja, wonach eigentlich? Nach Nähe? Lust? Liebe? Es war wohl alles zusammen und noch ein wenig mehr. Immer häufiger spürte ich in letzter Zeit eine gewisse Unzufriedenheit. Dabei hatte ich doch einen erfüllenden Job. Ich arbeitete seit zwei Jahren bei der Annabella, einem der führenden Frauenmagazine auf dem Markt. Ich schrieb über Lust und Liebe und tat dabei abgeklärt, erfahren und wahnsinnig selbstbewusst. Schließlich war ich keine zwanzig mehr, ich wusste, wovon ich schrieb. Mit 32 Jahren, einem überdurchschnittlichen Einkommen (nun ja, knapp überdurchschnittlich – wie viele andere tolle Jobs in der Medienbranche wurde auch meiner recht bescheiden bezahlt) und einem glücklichen Singleleben repräsentierte ich unsere Zielgruppe perfekt. Meine Artikel über Online-Dates, flüchtige Affären und die Suche nach Mr Right schrieb ich im Grunde für mich selbst.

»One-Night-Stands sind in der Regel überflüssige Aktionen«, hatte ich einmal geschrieben. *»Aufbrezeln, Small Talk halten, raus aus den Klamotten, rein in die Kiste – für was? Für ein bisschen Körpernähe und ein wenig Lust. Meistens sogar ziemlich wenig Lust, denn sonst würde man das Ganze wiederholen und es wäre kein One-Night-Stand mehr. In Wahrheit sind diese einmaligen Geschichten totale Pleiten, über die niemand gerne spricht.«*

Auch ich hatte einige solcher Pleiten erlebt und nicht gerne darüber gesprochen. Für meine Freundinnen und

Kolleginnen besaßen diese schrägen Affären zwar großen Unterhaltungswert. Für mich selbst wurden sie jedoch erst unterhaltsam, wenn alles vorüber war und ich mit anderen darüber lachen konnte. Vorher war ich frustriert und genervt, manchmal auch verletzt.

Die Beziehung zu meinem letzten Freund, Tim, war auseinandergegangen, als er einen Job in London annahm. Wir hatten es nicht geschafft, die Entfernung zu überbrücken, und aus der räumlichen Distanz war zunehmend auch eine emotionale geworden. Unsere Beziehung hatte vier Jahre gedauert und ich hatte ab einem gewissen Punkt immer angenommen, wir würden ewig zusammenbleiben und eines Tages heiraten und eine Familie gründen. Dass alles anders kam, hatte mich lange Zeit sehr traurig gestimmt.

Vor Tim war ich nur mit zwei Männern zusammen gewesen, beide Male recht kurz, dennoch war auch hier viel Herz im Spiel gewesen. Mit einem Mann ins Bett zu gehen, ohne ihn zu lieben, war überhaupt nicht mein Ding – bis Tim und ich uns trennten. Dann begann eine Phase des Experimentierens, ich meldete mich bei einer Singlebörse im Internet an und hatte einige mehr oder weniger aufregende Abenteuer. Doch glücklich machte mich das auch nicht. Irgendwann gab ich die Jagd wieder auf.

Ich starrte in den dunklen Novemberabend hinaus. Nebenan war Stille eingekehrt. Der Umzug war erfreulich rasch über die Bühne gegangen. Regen prasselte gegen die Fensterscheiben. Wollte ich da wirklich noch mal raus? Aber ja, ich war mit Lea verabredet und froh, dass ich den Abend nicht alleine verbringen musste.

Ich ging ins Badezimmer und machte mich zum Ausgehen zurecht, schminkte meine Augen und Lippen neu, löste die Spange, mit der ich die Haare tagsüber hochgesteckt hatte, und bürstete meine Haare so lange, bis sie in weichen Wellen über meine Schultern fielen.

Bei der Wahl meines Parfüm zögerte ich einen Moment. Sollte ich *All About Eve* von Joop nehmen, das fruchtig und frisch roch und das ich seit Jahren trug? Oder *Symphonie*, das neue Parfüm von Peter Laurentius? Der Duft war etwas schwerer und sinnlicher und eigentlich eher etwas für besondere Momente. Aber ich mochte die aufregende Mischung aus Jasmin, Veilchen und Pfirsich mit einem Hauch von Sandelholz sehr gern. Warum also sollte ich nicht meine Kollegin damit erfreuen? Zumal sie genauso verrückt wie ich hinter den Proben des neuen Laurentiusduftes her gewesen war, die Ayse, unsere Beautyredakteurin, kürzlich in der Redaktion verteilt hatte.

Ich schlüpfte in meine neuen, schwarzen Ankleboots mit Schnürung von Belmondo. Die hatte ich erst zweimal getragen und mit der kleinen Plateausohle und den schmalen, 12 cm hohen Absätzen wirkten sie sehr elegant zu meinem kurzen, bordeauxroten Wollkleid von Sandro.

Abschließend musterte ich mich prüfend in meinem großen Spiegel im Schlafzimmer, der bis zum Boden reichte. Mein ovales Gesicht wurde von dicken, braunen Haaren eingerahmt, die grünbraunen Augen wanderten streng und selbstkritisch über meinen schlanken Körper. Ich fand meine Hüften etwas zu ausladend, meinen Po zu rund und meinen Mund zu groß. Allerdings kaschierte das Kleid einige körperliche Unzulänglichkeiten recht gut. So schlecht sah das alles gar nicht aus.

Wie die meisten Frauen war ich selten zufrieden mit meinem Äußeren, und seit sich kein Mann mehr für mich interessierte, zweifelte ich noch mehr als ohnehin schon daran. Lea hatte mal behauptet, ich sei die hübscheste Frau der ganzen Redaktion. »Außer Ayse«, fügte sie hinzu, »aber die schafft das auch nur, weil sie jeden Tag zehn Stunden im Bad steht. Du hingegen bist von Natur aus schön.« Ich hatte damals gelacht und irgendwas Albernes erwidert, um meine Verlegenheit zu überspielen. Ich glaubte Lea ohnehin nicht.

Im Treppenhaus lehnte auf dem unteren Treppenabsatz ein Mann an der Wand und tippte auf seinem Handy herum. War es einer der Umzugsmänner? Ich war mir nicht sicher. Hatten die zwei mit der Waschmaschine nicht hellere Haare gehabt? Dieser hier hatte dunkles, fast schwarzes Haar, das ihm in zerzausten Locken ins Gesicht hing.

Er schaute kurz auf, als ich die Stufen herabstieg, wobei sein Blick verschlossen und abweisend war.

»Hallo«, sagte ich. »Bist du Simon? Ich meine, ziehst du hier ein?«

Er sah so aus, als sei es angebracht, ihn gleich zu duzen. Schätzungsweise Mitte dreißig, groß und schlank, in ausgebeulten Jeans und einem offenen Parka, unter dem ein T-Shirt mit buntem Aufdruck hervorlugte (Ed Hardy war doch längst out, aber das war sicher kein Originalshirt – oder etwa doch?).

»Ich ziehe hier ein, ja.« In seiner Stimme lag ein leichtes Zögern und einen Moment lang wirkte er etwas unschlüssig, als müsse er sich überwinden, weiterzusprechen. Oder als müsse er erst mal überlegen, wer er eigentlich war. Doch dann stieß er sich von der Wand ab und reichte mir die Hand zu einem festen, energischen Händedruck. »Simon. Simon Franke.«

Dieser Mann konnte zupacken, keine Frage.

»Josephine Kettelbach.«

Wieder dieses eigenartige Zögern, als müsse er sich zwingen, das Gespräch mit mir fortzusetzen. »Ulkiger Name. Stammst du aus Bayern oder so?« Auch er duzte mich ganz selbstverständlich, mit einem schnodderigen, abfälligen Tonfall.

»Nein. Wieso?«

Er grinste herablassend, wobei in seinem Mund sehr weiße, sehr gerade Zähne sichtbar wurden. »Keine Ahnung. Dein Name klingt irgendwie so.«

»Aha. Tja, gegen Namen kann man leider nichts machen.« Ich schnaubte verächtlich. »Kann ja nicht jeder Simon Franke heißen. Wobei – zum Glück heißt nicht jeder Simon Franke«, fügte ich spitz hinzu.

Daraufhin presste der Kerl die Lippen zusammen und wandte sich schweigend ab. Sehr schön! Es hatte dem Spaßvogel die Sprache verschlagen. Ich schob mich mit einem Gefühl großer Befriedigung an ihm vorbei.

»Dann mal noch viel Spaß beim Einziehen«, rief ich über die Schulter zurück und hoffte, dass meine Worte genauso abfällig wie sein Lachen geklungen hatten.

Ich eilte so schnell die Treppe hinab, wie es meine Schuhe zuließen. *Kommst du aus Bayern?* Was war denn das für eine bescheuerte Frage? Überhaupt – was war das für ein dämlicher Typ? Na, mit dem würde ich sicher keine innigen nachbarschaftlichen Kontakte pflegen, so viel war schon mal sicher. Mister Supersexy-Supernett sah eindeutig anders aus.

Empört machte ich meinem Unmut Luft, als ich mit Lea im *Chamäleon* saß, unserer Lieblingsbar.

»Ich glaube, mein neuer Nachbar ist ein ziemlicher Idiot.«

»Warum denn?«

»Er hat mich gefragt, ob ich aus Bayern stamme, weil mein Name so klingt.«

»Und – tust du es?« Lea wirkte amüsiert. Kurze, mahagonifarbene Locken umspielten ihr schmales, reizvolles Gesicht, in dem ihre sehr ausdrucksstarken großen, grünen Augen leuchteten. Ich persönlich fand ja, Lea sei die Hübscheste unter uns *Annabella*-Ladys, aber davon wollte sie genauso wenig wissen wie ich von ihren Komplimenten. Waren Männer eigentlich auch so dämlich wie wir Frauen?

»Natürlich nicht, das weißt du doch«, sagte ich ungeduldig. »Meine Mutter stammt aus Westfalen, mein Vater aus Bremen. Ich selbst habe mein ganzes Leben hier in Hamburg verbracht. Keine Ahnung, wo der Name Kettelbach herkommt, vielleicht gab es da wirklich mal süddeutsche Vorfahren, wer weiß. Ist aber auch wurscht. Es hat mich nur genervt, wie dieser Kerl das gesagt hat. Es klang so abwertend.«

Lea nippte an ihrem Wein. »Vielleicht war das nur ein etwas plumper Versuch, sich an dich ranzumachen.«

»Dann hat er sich aber selten dämlich angestellt. Ehrlich, Lea, so einen bescheuerten Spruch habe ich überhaupt noch nie gehört.«

Lea kicherte amüsiert. »Von ihm oder von mir?«

»Von ihm natürlich.« Ich stieß ihr meinen Ellbogen in die Seite und kicherte mit. »Wobei deiner auch nicht sonderlich weitsichtig klang.«

»Das liegt nicht an mir, sondern an den Männern«, behauptete Lea, und jetzt lachte sie so sehr, dass sie sich beinah an ihrem Wein verschluckte.

Ich lehnte mich zurück. Wie gut es tat, mit Lea, die für mich viel mehr Freundin als Kollegin war, hier zu sitzen und herumzualbern. Zur Hölle mit Männern wie Simon Franke! Da blieb ich doch lieber alleine, statt mich mit solchen Dummköpfen herumzuplagen.

Ende der Leseprobe

*Der Roman »Nachbarschaftsdienste« ist
in allen Onlineshops als E-Book erhältlich.*

Über die Autorin

Violetta Stern lebt, liebt und lacht in Hamburg, irgendwo zwischen Kiez und Elbe. Sie teilt ihre Wohnung mit ihrem Kater Peppermint, der ihre Arbeit gelegentlich boykottiert, indem er sich den Laptop als Schlafplatz aussucht. Das hält Violetta jedoch nicht davon ab, sich immer neue Geschichten auszudenken, die voller Herz, Leidenschaft und Erotik sind.
Ihr Roman »Nachbarschaftsdienste« wurde über Nacht zum Bestseller und stand monatelang auf Platz 1 in den Charts.

Kontakt:
nachricht@violetta-stern.de
www.facebook.com/autorinviolettastern